Le secret des Bauges

Violette Le Febvre

Le secret des Bauges

Roman

Pierre TÉQUI *éditeur*
8 rue de Mézières 75006 Paris
www.editionstequi.com

ISBN : 978-2-7403-2323-6

Aux innombrables générations de Baujus
qui ont façonné leur terroir
autant qu'ils se sont laissé façonner par lui
Aux martyrs d'École-en-Bauges de 1944

À mes aïeux et à mes descendants,
en particulier mes chers
Jean-Baptiste, Aliénor, Aude et Gabrielle
À mon mari, leur père

À mes fidèles soutiens :
Catherine, Ombeline et Claire

« L'enfant est enregistré aussitôt sa naissance
et a dès celle-ci le droit à un nom,
le droit d'acquérir une nationalité et,
dans la mesure du possible,
le droit de connaître ses parents
et d'être élevé par eux. »

ONU,
Convention internationale des droits de l'enfant,
article 7

Avertissement

Ce livre est un roman, donc le fruit de l'alchimie de multiples sources d'inspiration dont le processus est difficile à décrire. Bien entendu, il y a un cadre : le cœur des Bauges, dont la poésie a enchanté tant d'artistes avant moi et que je me suis efforcée de dépeindre le plus fidèlement possible ; et un point d'histoire : le massacre d'École-en-Bauges par les Allemands en 1944 ; et enfin la lecture du best-seller de Mme Ancelin Schutzenberger, *Aïe, mes aïeux !* qui m'a ouvert des perspectives insoupçonnées sur les effets des secrets de famille de génération en génération. Je prie tout de suite les experts de ce domaine tout à fait sérieux des sciences humaines de pardonner mes libertés sur le sujet, en particulier sur la façon d'élaborer un génosociogramme. Et je remercie vivement mon amie Bénédicte de m'avoir offert la lecture de cet ouvrage passionnant.

Concernant le point d'histoire, je tiens à souligner que toutes les circonstances du massacre des Bauges décrites dans ce récit sont authentiques, puisées dans le témoignage bouleversant du curé du village. J'ai souhaité rendre hommage aux dix-neuf victimes répertoriées en les citant nommément. Pour les besoins du roman cependant, j'ai inventé le traître et le soldat allemand. Tout le reste du roman est pure fiction.

J'espère par cet ouvrage donner envie aux lecteurs de rencontrer ce magnifique pays des Bauges, et les faire réfléchir sur la question très actuelle de l'identité et du rapport de l'individu aux générations qui le précèdent et qui le suivent.

Puisse ce moment de lecture vous être agréable !

Violette Le Febvre
Cusy, juin 2020

Généalogie de la famille Aviernoz (branche Dunant)

DUNANT Lucien – LEROUX Antoinette

- DUNANT Madeleine (1915-1967)
  épouse **AVIERNOZ Émile** (***Grand-Papa***, 1909-2002)
  - **AVIERNOZ Paul** (***Papy***, 1943 ou 1944 ?-2014)
    épouse BURLATS Suzanne (***Mamina***, 1945)
    - **AVIERNOZ Émilien** (1968)
      épouse LACHENAL Marie-Laurence (1968)
      - AVIERNOZ Paulin (1992)
      - AVIERNOZ Ludovic (1994)
    - **AVIERNOZ Jean-Paul** (1970)
      épouse BENOIST Ysabelle (1973)
      - AVIERNOZ Nolwenn (1998)
      - AVIERNOZ Théo (1999)
      - AVIERNOZ Félix (2002)
    - **AVIERNOZ Magali** (1970)
    - **AVIERNOZ Valérie** (1973)
      épouse FERRAND Régis (1972)
      - AVIERNOZ-FERRAND Maëlle (1994)
      - FERRAND Alexandre (2003)
- DUNANT Mathilde (1919-1944)
  épouse **BOGÉ Félix** (1915-1944)

1
Un curieux courrier

– Bon anniversaire, Lulu !

– Ça alors, Évelyne ! Comment tu sais que c'est mon anniversaire ?!

– Bah !... Tout se sait à La Poste !

Les bises claquent sur les deux joues rondes de la postière au bon visage replet. Elle adore ce gamin à peine plus âgé que son fils. Pourtant, ça fait seulement quinze jours qu'il a débarqué dans l'équipe, pour prendre le relais de Jojo qui s'est cassé la jambe en randonnée et en a pour plusieurs semaines d'arrêt de travail. Ludovic, il s'appelle. Mais elle préfère l'appeler Lulu. Elle ne peut pas s'en empêcher, il faut toujours qu'elle abrège le nom des gens : Jojo, Lulu... Elle, c'est bien Lili, non ?

– Ça te fait quel âge, dis-moi ?

– Vingt-cinq...

– Tant que ça ? J'aurais pas cru ! Et t'y as fait la fête alors ce week-end ?

– Non, ce sera la semaine prochaine. Hier, j'étais chez mes parents. Ils tiennent aux anniversaires... On est presque fétichiste sur le sujet dans la famille ! plaisante-t-il.

– Faut pas rigoler avec ça, énonce Lili sérieusement. C'est toujours important, un anniversaire. Surtout les chiffres ronds comme les jubilés !

Ludovic hausse les épaules. Pour lui, c'est juste un an de plus et l'occasion de s'amuser avec ses copains. Est-ce qu'on s'exclame à chaque fois qu'un compteur tourne ? Mais il ne veut pas lancer sa bavarde collègue sur ce terrain-là.

– Il fait bien frais ce matin, soupire-t-il. L'hiver se fait long cette année… Dire qu'on a presque failli croire à l'été la semaine dernière !

– Y a plus d'saison, mon pauv' garçon ! Les saints de glace, c'était y a quinze jours déjà ! Et malgré l'beau temps de la semaine passée, y a encore de la neige sur les sommets.

– On va attendre un peu avant de remiser les raquettes, alors ! Dis-moi, y a beaucoup d'taf aujourd'hui ?

– Comme un lundi ! Ça a circulé ce week-end : y a du courrier de partout et pour partout ! Et on nous dit que les gens n'écrivent plus à cause d'Internet…

– Sûr ! Mais ils passent des commandes… Et pas qu'un peu ! T'as vu le nombre de paquets et de colis que j'trimballe à chaque tournée ? Heureusement qu'on ne les fait plus à vélo comme autrefois !

– Autrefois, c'était l'bon temps. Mon père, il était déjà facteur… Il connaissait toutes les fermes du coin ! Et, à chaque fois, il avait l'temps d'y avaler un p'tit verre ! C'est clair que les gens étaient plus sympas autrefois… Et puis on courait pas comme aujourd'hui !

Évelyne caquette, mais elle est efficace. Tout en parlant, elle va et vient dans le local du courrier en attente. Ludovic repère son chargement et remplit sa petite camionnette aux couleurs de La Poste. Il vérifie son itinéraire du jour et contrôle la bonne répartition des colis, lettres et journaux. On lui a confié un secteur assez large, qui va de la Combe-aux-Cerfs, en contrebas de la grand-route, jusqu'aux hauteurs de Fésigny, d'où l'on aperçoit le lac du Bourget par temps clair. Il n'est pas très familier des lieux, même s'il est souvent venu crapahuter dans le massif. Un beau pays verdoyant et boisé serti entre deux lacs et quatre « villes-portes » : Rumilly, Annecy, Albertville et Chambéry. Un îlot à l'écart du monde… Ici, on est presque en périphérie. Il connaît mieux le cœur des Bauges. Il s'y sent bien, comme s'il y était né. Mais lui a grandi à Chambéry, comme son père et son grand-père et encore au-delà. La lignée maternelle compte plus de diversité, à Grenoble et autour, avec même une branche italienne.

– Tiens, c'est quoi cette lettre ? J'connais pas l'adresse…

– Fais voir !… Ma parole ! C'est pas un timbre d'aujourd'hui, ça ! Et il n'a pas été oblitéré. Comment ça a pu passer au tri ? Regarde ! Tu vas devoir taxer le destinataire…

– Curieux, ça… Et y a pas le code postal, dis donc ! Et l'écriture aussi est bizarre…

– T'as raison, on dirait celle de mon grand-père… comme ils faisaient à l'époque, avec des pleins et des déliés.

– Et l'enveloppe non plus, elle date pas d'aujourd'hui ! Regarde comme elle est fine et lisse, et sa couleur grisâtre…

– C'est p't-être un rigolo qui fait une invitation à l'ancienne, va savoir ! On a de ces idées d'nos jours !

– En attendant, ça m'dit pas où j'dois l'apporter. *Fésigny, Haute-Savoie*, c'est un peu vague.

– Et c'est pour qui, la lettre ?

– *Madame Félix Bogé*… Ça m'dit rien.

– Des Bogé, c'est pas ce qui manque dans le coin !

– C'est clair, mais à Fésigny ? Ça fait pas quinze jours que je suis là, mais je suis quasiment certain d'avoir fait le tour de tout le monde à Fésigny. C'est vite vu : y a le château et trois ou quatre maisons, guère plus ! Et y a pas de Bogé là-dedans !

– Tu veux que j'appelle mon père ? Il saura peut-être nous y dire… Il connaît chaque buisson du secteur, lui ! Et comme on dit dans le canton : *Tape sur un bosquet, il en sort un Bogé !*

– Pourquoi pas ? Essaie toujours…

Évelyne saisit son mobile et effleure rapidement le numéro paternel.

– Je vais parler fort car il est un peu sourd, murmure-t-elle à l'adresse de Ludovic.

– Allô ? dit une voix bourrue dans le haut-parleur.

– Allô Papa ? C'est Lili ! Dis-moi, j't'appelle vite fait car on est au boulot, là. On a un problème. Y a une lettre qui est arrivée, mais on sait pas où on doit la porter. Elle est bizarre…

– Qu'est-ce qu'elle a de bizarre ?

– Ben, déjà le timbre : il est pas actuel. Et puis l'adresse est mise à l'ancienne. Alors on s'est dit que toi, tu saurais p't'être…

– Qu'est-ce qu'elle dit, l'adresse ?

– *Madame Félix Bogé, Fésigny, Haute-Savoie.*

– C'est tout ?

– Ouais, c'est tout. Ça te dit quelque chose ?

– Mince alors ! Ça doit faire au moins un demi-siècle qu'on n'écrit plus comme ça !

– C'est clair ! Mais ça t'parle ou pas ?

– Attends, faut que je réfléchisse, c'est loin tout ça… C'est quel nom, tu dis ?

– Bogé. Félix Bogé. Moi, j'ai jamais entendu ce nom-là !

– Si si, y avait un Félix Bogé dans l'temps. Il a fait parler d'lui à la fin de la guerre, je sais plus pour quoi. Y a eu du malheur en tout cas… J'avais pas quinze ans, moi, à l'époque. Je me souviens maintenant, il habitait sur les hauteurs, entre Les Reys et Fésigny. Une ferme avec des ruches… Le coin était plus peuplé à c'temps-là. Y avait même une école, je m'souviens, oh toute petite ! Mais quand j'ai commencé à travailler, en 1950, y avait déjà plus personne dans c'te ferme.

– Ben tu vois, la lettre, là, elle est pour Mme Félix Bogé…

– C'est bizarre… Peut-être que des descendants sont venus s'installer ? Mais doit y avoir du boulot ! La ferme, elle a dû tomber en ruines depuis le temps ! J'me d'mande même si elle avait pas déjà cramé à l'époque !

– P'têt' ben… Mais bon, c'est pas tout, ça, comment il fait pour y aller, le gamin ?

– Alors, tu vas y dire, au jeunot : quand il arrive à Fésigny, au château, faut qu'il laisse la voiture devant chez Pierrot et qu'il continue à pied. Ou à vélo, comme autrefois, il fait du vélo, ton gars ?

– Je ne sais pas.

– Enfin, bref. Y en a pour un petit kilomètre, si c'est bien ce que je pense. Mais peut-être qu'il y a un chemin carrossable aujourd'hui, pour les tracteurs. Si des gens se sont installés… Mais passons… Il longe la bâtisse à Pierrot et il suit le chemin. Ça monte un peu, puis ça fait un coude, puis ça descend au-dessus des Reys… Il peut aussi passer par Les Reys, mais c'est plus compliqué à expliquer, et ça grimpe plus !

– Ok, merci Papa ! T'as compris, Lulu ?

Ludovic opine :

– Ouais, j'crois… J'devrais me débrouiller. J'espère qu'ils ont mis une boîte aux lettres à l'entrée du chemin !

– Tu leur diras sinon, rigole Évelyne. *Arvi* P'pa ! À la prochaine !

Et elle raccroche avec satisfaction.

– Et voilà ! Une chose de réglée ! Vise un peu la conscience professionnelle !

– J't'en ficherai, de la conscience pro ! J'ai bien envie d'jeter cette lettre, ni vu ni connu ! Y a même pas d'expéditeur au dos !

– Arrête de râler ! T'as bien de la chance de pouvoir aller te promener, par c'beau temps !

– Beau, beau… Tu l'as dit toi-même, c'est pas d'saison ! J'ai connu des 27 mai plus chauds ! Drôle de cadeau d'anniversaire !

Lili a raison cependant : au fond, il est ravi à l'idée d'explorer un nouveau coin qu'il ne connaît pas. Il ira cet après-midi, après sa tournée. Il avait prévu d'aller se promener du côté d'Allèves, vers les tours Saint-Jacques, mais ça ne l'empêche pas de faire un détour par Fésigny.

***

Ludovic sifflote en garant sa moto devant la maison du dénommé Pierrot. Le soleil a fini par faire une timide apparition qui rappelle qu'on est bien au printemps. Mais la saison est étrange cette année. On dirait que le bonhomme Hiver tente désespérément de retenir Mme Printemps par son manteau. Sa main glacée refuse de lâcher prise. Mme Printemps se rebiffe. Des lambeaux d'étoffe arrachée s'éparpillent sur la terre. La végétation jaillit sous un soleil chantant que le bonhomme Hiver s'empresse d'étouffer sous des orages de grêle ou des giboulées de neige. Il dresse des congères, hache menu les bourgeons et souffle sur les braises gelées de son règne finissant. Mais la vie sous-jacente sourd de toutes parts comme un secret impossible à garder. Malgré ses engelures, Mme Printemps force le passage. La loi naturelle finira bien par l'emporter sur les ombres mortifères.

Et, en effet, les graminées sauvages ont envahi les pâtures, noyant jusqu'au poitrail les vaches trop heureuses de s'y vautrer après les longs mois d'herbe sèche à l'étable. De lumineux boutons d'or se haussent du col parmi la foule bigarrée des fleurs des champs. De frêles corolles blanches se balancent avec indolence au bout de longues tiges souples, tels des cygnes ployant leur sinueux cou blanc dans une mer de joncs, tandis que les petits chardons roses et trapus se serrent frileusement sur le talus qui borde le chemin. Le passage des tracteurs a laissé des empreintes profondes et boueuses sur celui-ci.

Le jeune homme vérifie une dernière fois qu'il a bien la précieuse lettre dans la poche intérieure de son blouson. Cette lettre étrange l'intrigue. Il brûle de connaître le fin mot de l'histoire. Hélas, telles sont la grandeur et la servitude du facteur : son devoir de réserve lui impose de distribuer les missives sans s'interroger sur leur origine, leur destination et surtout leur contenu ! C'est parfois bien frustrant, pense-t-il. Et parfois bien agaçant aussi de se donner du mal, comme maintenant, pour s'apercevoir au bout du compte qu'il n'y a pas d'abonné à l'adresse indiquée ! Mais bon... il aura toujours gagné une promenade ! Et il attaque d'un bon pas le sentier odorant.

Comme il a bien fait de laisser sa bécane à l'entrée du chemin ! Il se serait embourbé dans les ornières détrempées par la neige et la pluie de ces dernières semaines, et il aurait dû l'astiquer à grande eau au retour ! Ce n'est pas un engin de motocross... Tout à ses réflexions, il ne sent pas le vent tourner et fraîchir. Mais il réajuste machinalement son écharpe en polaire autour du cou. C'est le silence des oiseaux soudain qui l'interpelle. Où sont passées leurs joyeuses vocalises ? Tout à l'heure, il s'était amusé à traduire leurs trilles en langage morse (au collège, un de ses camarades l'avait initié à ce code pour communiquer à la barbe des professeurs) : *ti* pour les sons brefs, *ta* pour les sons longs. Mais là, plus rien. Pas même le bourdonnement affairé des abeilles ou des mouches. Disparu également, le fond sonore des grillons invisibles qui l'accompagnait comme une main courante tout au long du chemin. La lointaine tronçonneuse aussi s'est étouffée, qui brutalisait l'air en ce début d'après-midi. Toute vie semble s'être figée dans une brume grise, homogène, qui a envahi l'espace. « Ça sent la neige », se dit-il. Et une giclée de flocons glacés le gifle au visage. « Manquait plus que ça ! » grogne-t-il en hâtant le pas. « Foutu bonhomme Hiver ! » La voie se perd dans les hautes herbes. Il y a belle lurette que plus personne ne passe par ici ! La grimpette est finie, on arrive au coude annoncé par le père d'Évelyne. « Bon, je suis où, là ? Normalement je dois descendre. Ça ne devrait plus être très loin. »

La giboulée cesse aussi brusquement qu'elle a surgi. Un rayon de soleil perce l'horizon et le paysage s'éclaire peu à peu. Les oiseaux ont repris leurs échanges comme si de rien n'était, et les grillons leur allègre mélopée. De gaies abeilles zélées s'en viennent à sa rencontre. Le passage se découvre à nouveau, proprement dégagé, aplani comme un honnête chemin emprunté quotidiennement. Il débouche sur une clairière aux allures d'alpage. Au milieu se dresse une maison, ou plutôt une ferme, dans le plus pur style bauju : un toit à quatre pans légèrement décentré de manière à abriter l'imposante réserve de bois sous son large débord, l'étable et le hangar agricole à un bout, sous le fenil, l'habitation à l'autre, au-dessus de la cave qui a été creusée dans la pente. La haute porte de la grange en impose avec ses planches croisées en X en travers. Ébahi, Ludovic contemple l'apparition. Non seulement la bâtisse est loin d'être en ruines, mais en plus elle est carrément « dans son jus » comme on dit ! Rien à voir avec les constructions neuves qui se répandent dans la région… Si descendants il y a, ils ont sacrément bien retapé l'héritage. Mais, en même temps, ça ne sent pas la « retape » non plus… Déconcerté, le visiteur se pose un instant pour observer les lieux. C'est comme si le temps s'était arrêté ici.

Sur la gauche, un potager aligne quelques sillons de terre morcelée sous un pommier en fleurs dont une branche cassée pend misérablement. Derrière la maison, on devine d'autres arbres fruitiers à leur floraison cotonneuse. Deux antiques ruches semblent en hibernation. L'abreuvoir en pierre qui jouxte l'étable fait entendre un chant continu et monotone. Quelques poules pataugent dans les flaques de la cour. « S'il y a des poules, il y a des gens », se rassure le garçon. En plus, un filet de fumée s'échappe de la cheminée, offrant au vent d'âcres effluves de bois mouillé. Incontestablement, l'endroit est habité.

Ludovic passe la main dans ses cheveux qu'il a un peu longs sur la nuque. Une curieuse sensation de bien-être s'infuse en lui, en même temps qu'une étonnante impression de déjà-vu mêlée de nostalgie. Secouant sa torpeur, il se décide à avancer.

À ce moment, la porte s'ouvre et un grand chien de berger bondit en aboyant dans sa direction. Un chien, la bête noire des facteurs ! Ludovic fait un mouvement pour se protéger, avant de comprendre que l'animal lui fait fête ! Il jappe joyeusement et se dresse sur ses pattes arrière dans une vaine tentative pour lui lécher la figure... Comme si le jeune homme était un familier de la maison !

– Mouxy, ça suffit ! Laisse-le tranquille ! ordonne une voix féminine.

Le chien se tait aussitôt, baisse la tête d'un air penaud et s'en va fureter plus loin, la truffe au sol et la queue frétillante.

Une jeune femme se tient en haut de l'escalier en pierre qui mène au logement. Elle est vêtue d'une longue jupe en laine marron qui s'arrête au-dessous des genoux et d'une grosse veste tricotée de couleur verte croisée sur un corsage à pois assorti. D'abondantes boucles brunes s'étalent sur ses épaules, sagement maintenues derrière les oreilles par deux peignes en écaille. Une petite croix de Savoie en or finement ciselée scintille au bout d'une chaîne suspendue à son cou. « Plutôt jolie, constate le jeune homme éberlué, mais qu'est-ce qu'elle est mal fringuée ! »

– Bonjour ! dit-il d'une voix forte. J'ai une lettre pour vous.

– Montez, je vous attendais, répond-elle simplement.

Elle l'attendait ? Que veut-elle dire par là ? Bien sûr, c'est la lettre qu'elle attend... Ludovic grimpe les trois marches et entre dans la maison à la suite de l'étrange apparition. L'intérieur n'est guère plus moderne que l'extérieur. Tout est *vintage* ici : de l'évier en pierre coincé dans un angle au vaisselier en bois massif qui occupe tout le fond de la pièce, en passant par la table de ferme recouverte d'une toile cirée à carreaux rouges et blancs et le coucou suisse fixé à côté d'un grand crucifix austère... « Mince alors ! Mais rien n'a changé depuis un siècle ici ? » s'étonne Ludovic en son for intérieur. Et le fourneau ! Un véritable fourneau à bois d'autrefois, qui fait à la fois poêle, cuisinière et four... Une douce chaleur s'en dégage. Une bouilloire métallique fume légèrement sur la plaque d'acier. La jeune femme s'en saisit :

– Voulez-vous un café ? Enfin, café est un grand mot... soupire-t-elle en lui versant un liquide noirâtre dans un bol en grès vernissé. Je rajoute une p'tite goutte ? On la fait avec nos poires.

Ludovic est trop surpris pour répondre. Il laisse son hôtesse le servir sans y penser. Il la dévisage en silence. Sans être très grande, elle n'est pas petite non plus. Elle doit avoir son âge à peu près, entre vingt et vingt-cinq ans. Ses yeux sont magnifiques : deux lacs d'un vert profond, pailletés de soleil, frangés de longs cils bruns comme des branches de sapin qui n'en finissent pas de s'étirer... Ils happent son regard malgré lui. Aucun artifice dans ce visage pâle, aucune trace de maquillage, mais une insondable tristesse comme un voile de fard indélébile. Ludovic est saisi d'un élan de compassion : quel secret fardeau porte cette inconnue ? Pourquoi ressent-il une telle proximité avec elle ? Serait-ce parce qu'elle ressemble… oui, ça doit être ça : elle ressemble à sa cousine Maëlle !

– C'est curieux, vous me faites penser à quelqu'un, dit-il pour rompre le silence.

– Vraiment ? À qui donc ? interroge la jeune femme.

Son sourire et la chaleur de sa voix effacent d'un coup l'embarras du garçon.

– Une de mes cousines, du côté de mon père.

– Ça arrive parfois.

Le silence retombe. Ludovic porte le bol à ses lèvres et retient une grimace. En effet, ce jus de chaussette n'a de café que le nom ! Mais la petite poire qu'elle y a ajoutée fait bien passer le goût.

– J'ai une lettre pour Madame Bogé, reprend-il. Madame Félix Bogé.

– C'est moi.

– C'est vous ? s'exclame-t-il, incrédule. Vous êtes mariée ?

Mme Bogé sourit à nouveau et lui montre son annulaire où brille une alliance :

– Cela vous étonne ?

– Mais vous avez l'air si jeune !

– Je suis censée avoir vingt-cinq ans et je suis mariée depuis trois ans déjà.

– Trois ans !

Ludovic n'en revient pas, lui qui vient de rompre avec sa dernière copine.

– Et vous habitez ici depuis quand ?

– Depuis mon mariage. Mon mari s'est installé ici à cause des ruches. C'est un bon endroit pour les abeilles. Elles donnent un très bon miel. Vous aimez le miel ?

– Ah oui, beaucoup ! Surtout le miel de châtaignier. Et aussi le miel de printemps, tout blanc et crémeux…

– Oui, c'est bon aussi ! Vous êtes connaisseur, la plupart des gens préfèrent le tout-venant : miel toutes fleurs ou de montagne… Voulez-vous goûter de la dernière récolte ? C'est moi qui l'ai faite. Je ne suis pas aussi douée que Félix, mais j'ai essayé de retenir ce qu'il m'avait montré.

Elle pousse vers lui un pot encore aux trois quarts plein et lui tend une cuillère en fer-blanc. Il prend le temps de flairer le produit. Aucun doute, c'est du bon ! Il introduit avec gourmandise la cuillère dans sa bouche. La substance sirupeuse et dorée s'étale voluptueusement sur sa langue, éveille ses papilles les unes après les autres, tapisse les parois de son palais avant de se répandre en douceur tout au long de la gorge jusqu'à l'œsophage. Ludovic ferme les yeux de plaisir et savoure jusqu'à son terme la lente glissade du baume. Quand il rouvre les paupières, son regard croise celui de la jeune femme. Elle scrute avec intensité son visage :

– Comme vous lui ressemblez tout à coup ! murmure-t-elle. Il a exactement la même façon de fermer les yeux et de rentrer ses lèvres lorsqu'il goûte son miel, pour ne laisser perdre aucune parcelle de plaisir…

– Euh, de qui parlez-vous ? s'étonne Ludovic, un peu gêné.

– Mais de mon mari, bien sûr !

– Et où est-il, votre mari ?

Ignorant la question, Mme Bogé se rejette au fond de son siège en soupirant. Craignant d'avoir été indiscret, Ludovic attarde son regard sur une belle aquarelle fixée au mur derrière elle. Elle représente la ferme et son verger en fleurs. Au fond, quelques sommets enneigés se perdent dans l'azur. En contrebas, on devine le pâle reflet d'un lac invisible dans la brume printanière. Au premier plan, à la façon des cartes postales du début du siècle dernier, est peint un ravissant bouquet de cyclamens dont l'éclat tranche sur l'ensemble.

– Mais revenons à nos moutons, dit-elle brusquement. Si vous me montriez cette lettre ?

Ah oui, la lettre ! Heureux de la diversion, le jeune facteur fouille dans son blouson. Il attrape la mince enveloppe entre deux doigts et la sort avec précaution de sa poche intérieure. Puis il la tend à la destinataire. À sa grande surprise, celle-ci ne fait aucun mouvement pour s'en saisir. Une expression douloureuse fige son visage et ses mains se tordent dans un réflexe nerveux.

– Vous allez bien ? s'alarme-t-il. Voulez-vous que j'appelle le SAMU ?

– Non, non, n'appelez personne. Il ne peut rien m'arriver désormais... Mais je ne peux toucher cette lettre. Elle arrive trop tard. Mon heure est passée...

– Que voulez-vous dire ? interroge Ludovic, perplexe et vaguement inquiet quant à l'état mental de la jeune femme.

– Cette lettre n'est pas pour moi, elle est pour vous.

Sidéré, Ludovic contemple son interlocutrice. Cette fois, c'est sûr, elle est cinglée ! Ne sachant trop comment réagir, il pose la lettre sur la table et recule sa chaise pour se lever et partir.

– Non ! Restez, je vous prie...

La forme est courtoise, mais le ton impérieux. Le garçon s'arrête net.

– Ouvrez cette lettre.

– C’est que… balbutie Ludovic, horriblement gêné et peu rassuré par la tournure des événements.

– Ouvrez !

Le ton est coupant, les traits durs et le visage crispé. Le vert lacustre des yeux a viré à l’orage. À la petite fenêtre par où le regard affolé de son visiteur cherche à s’échapper, un éclair jaillit dans le ciel soudain noir et un coup de vent violent achève d’abattre la pauvre branche pendante du pommier au-dehors. Mais, aussitôt, la voix s’adoucit et c’est presque plaintive qu’elle répète :

– Ouvrez-la… je vous en supplie…

Ludovic tourne et retourne la lettre entre ses doigts. Son cœur bat la chamade. Tout ceci est insensé ! Cette femme est folle, certainement. Mais, après tout, il ne s’agit que d’ouvrir une lettre. Elle lui lâchera la grappe ensuite, du moins l’espère-t-il.

– Vous avez quelque chose pour l’ouvrir proprement ? Un couteau ?…

Elle attrape un tiroir de la table et en sort un petit couteau de cuisine qu’elle lui tend en silence.

Ludovic entreprend de fendre l’enveloppe. La tension est pénible. On n’entend que le crissement du papier qui se déchire doucement.

Deux feuilles de papier apparaissent, soigneusement pliées en quatre. Ludovic les retire avec prudence de leur écrin. Le grain semble épais sous les doigts. Il jette un coup d’œil à la destinataire. Elle est livide. D’un coup de menton, elle lui indique de continuer.

Ludovic déplie les feuilles. Ses yeux tombent sur la date – *Chambéry, le 27 mai 1944* – puis sur l’en-tête imprimé dans l’angle supérieur gauche et son sang se glace : ce nom… Qu’est-ce que ça veut dire ?

Il lève le regard sur elle, stupéfait; ouvre la bouche, mais rien ne sort…

– Lisez, dit-elle simplement.

Ludovic commence :

« Ma chère, très chère Mathilde… »

Il hésite un instant, lève les yeux à nouveau; elle ne bronche pas. Alors il poursuit, trébuchant parfois sur cette écriture d'un autre âge, manifestement tracée à la hâte et dans une certaine fièvre. Les caractères sont serrés, jambages et hampes disproportionnés, les mots courent sur la page, agressivement penchés vers la droite…

« Alors ça y est, c'est fini. L'enfer s'est abattu sur nos têtes et tu es tombée.

« Ce jour néfaste est arrivé, à la pleine fleur de ton âge. Tu n'es plus là…

« Tu vas me manquer, c'est sûr. Comme tu me manques déjà depuis si longtemps. Depuis le jour où tu m'as préféré Félix, ce paysan… Qu'est-ce que tu pouvais bien lui trouver, à lui? Qu'est-ce qu'il avait de plus que moi, que je ne pusse t'offrir? Toi, si délicate, si cultivée, si raffinée, dans les bras de ce rustre! Un rustre qui n'a pas craint de t'abandonner en pleine guerre, d'abandonner son enfant, de vous laisser à la merci de l'adversité, à la merci des Boches, des miliciens… Tout ça pour éviter le STO! Un égoïste, un salopard, voilà ce que tu as épousé! Un vaurien qui est allé rejoindre ses semblables, des bandes de va-nu-pieds, de voleurs de poules, des étrangers, Espagnols et communistes, dont le seul but est de flanquer le chaos en France! Comme si on n'en avait pas déjà

assez… Et qui pour finir les a trahis… Oui, un traître en plus d'un mauvais Français !

« Car Félix est mort lui aussi. Abattu comme un chien par les siens, de plusieurs balles dans le dos. On l'a retrouvé dans un fossé… On dit que c'est à lui qu'on doit les massacres du 1er mai dans les Bauges. En voilà un héros !

« Et toi, pendant ce temps-là, tu étais malmenée par la Gestapo… À cause de lui ! Heureusement, ta sœur a pu sauver ton fils. Les miliciens ont mis ta maison à sac, un vrai cauchemar !… C'est à peine si elle a pu récupérer quelques affaires pour Paul après leur départ. Et puis elle est partie à toutes jambes, complètement affolée, avec ton fils qu'elle a ramené chez vos parents…

« Paul est en sécurité maintenant. Il est chez moi avec Madeleine. Et je dois reconnaître qu'il est magnifique ! Je me dis qu'il ne mérite vraiment pas de devoir porter à vie la traîtrise de son père. Quelle marque d'infamie ! Comment pourrait-il vivre avec ça ?

« Alors j'ai réfléchi. Ton fils sera le mien. Il portera mon nom. Je vais effacer toute trace de son indigne père. Et malgré la peine immense que cela me coûte, je vais effacer aussi ta trace. Car tu as refusé de m'épouser ! Mais mon fils, Paul Aviernoz, sera quand même de ton sang et du mien. Nos familles sont liées depuis si longtemps. Nos ancêtres côtoyaient Jean-Jacques Rousseau… Ton fils sera heureux et fier d'appartenir à de telles lignées !

« Si seulement tu m'avais épousé ! Tu serais heureuse aujourd'hui, avec notre fils et ton affectueux

« ÉMILE »

Ludovic a lu la lettre d'une traite. Un silence spectral lui succède. Le garçon n'ose lever les yeux. Son corps est paralysé par une tension extrême, mais son cœur court un marathon. Mille questions se bousculent en tous sens dans sa tête. Qu'est-ce que cela veut dire ? Qu'est-ce qui se passe ici ? Est-il le jouet d'une mauvaise farce ? Y a-t-il une caméra cachée quelque part ? Bon sang, mais qui donc est cette bonne femme ?

Il se sent en équilibre fragile au bord d'un précipice. D'une seconde à l'autre, il va basculer dans le chaos, et son esprit fait mille moulinets en arrière tel un funambule éperdu sur le point de tomber.

Le silence a atteint son point d'orgue, insoutenable. Alors elle lâche, d'une voix très douce :

– Ludovic…

Il tressaille :

– Vous connaissez mon nom ?

– Je connais beaucoup de choses sur toi, Ludovic.

Il y a tant de douceur dans cette voix ! Avec étonnement, Ludovic constate comme un retour d'enfance, lorsque sa maman le berçait pour l'apaiser après un gros chagrin ou une peur panique. Il perçoit exactement le même réconfort, la même paix, le même sentiment de sécurité inébranlable. Toute peur, toute angoisse ont disparu. Ne reste que le désir de comprendre…

– Si vous vouliez bien m'expliquer… bredouille-t-il d'une voix timide.

– Je suis Mathilde. Mathilde Dunant. Cela ne te dit rien ?

– Non. Je devrais ?

– Qui es-tu, Ludovic ?

– Comment ça, qui suis-je ? Qui voulez-vous que je sois ? Et vous, plutôt, qui êtes-vous ?

– Je te l'ai dit : Mathilde Dunant.

– Celle de la lettre ? articule-t-il, incrédule.

– Oui, celle de la lettre, comme tu dis.

– Mais c'est impossible ! Vous m'avez dit tout à l'heure que vous aviez vingt-cinq ans !

– En effet, je suis censée avoir vingt-cinq ans aujourd'hui. Mais ce jour n'est jamais arrivé : je suis morte hier, le 26 mai 1944, dans le bombardement de Chambéry.

– Le 26 mai 1944 ? s'exclame-t-il, bouche bée. Vous voulez dire que… ?

– Oui. Nous sommes le 27 mai 1944.

Ce qui surprend le plus Ludovic n'est pas tant qu'il se retrouve soixante-quinze ans en arrière ni même qu'il discute avec un fantôme, ou encore que la lettre arrive à destination le jour même où elle a été écrite, mais plutôt qu'il trouve cela parfaitement naturel ! « Je dois être en train de rêver, je vais me réveiller d'un moment à l'autre. » Cette pensée le rassure et il décide de se laisser porter par les événements sans plus de résistance.

– Et cet homme, Émile Aviernoz… ?

– Oui, c'est bien celui auquel tu penses.

– Vous voulez dire… L'homme qui a écrit cette lettre… c'est… ce serait… ? Je ne comprends pas !

En effet, le pauvre garçon est complètement perdu. Hébété, il regarde tour à tour la femme, la lettre, la femme… Les mots se brouillent dans sa tête. Il ne comprend plus leur sens. Même le nom Aviernoz, son propre patronyme, lui paraît étranger, comme s'il l'entendait pour la première fois. Il attrape la bouteille d'alcool de poire et s'en verse une lampée. Le liquide le brûle, mais ça lui fait du bien.

Alors, après un long soupir, Mathilde commence son récit.

2
Le récit de Mathilde

Mathilde Dunant était arrivée à Fésigny à l'automne 1940, pour la rentrée scolaire. Elle avait pris possession de la petite école en tant qu'institutrice. C'était son premier poste. Elle avait vingt et un ans. Le logement de fonction, quoiqu'exigu, était suffisant pour elle seule. Ses parents n'étaient pas très rassurés, ils ne trouvaient pas convenable qu'une jeune fille de bonne famille s'établît seule et gagnât son pain comme une suffragette, surtout en ces temps troublés. Ils s'étaient imaginé qu'après l'école normale, elle aurait été affectée à Chambéry dans une institution respectable et logerait chez eux en attendant sagement un mari. Tel n'était pas son état d'esprit. Sans être une féministe enragée, elle appréciait de pouvoir vivre à son idée. Et son idée à elle, c'était certes de transmettre la connaissance aux enfants, mais surtout de s'extraire du cocon familial, de sortir de la ville, de découvrir d'autres horizons, d'autres façons de penser. Elle était ravie de ce premier poste, où elle était entièrement maîtresse d'elle-même et des lieux, sans partage. Et elle avait immédiatement succombé à la beauté du cadre environnant, dont les lignes harmonieuses, travaillées de main d'homme, dessinaient en douceur alpages et forêts sous d'abruptes falaises blanches. Son regard d'aquarelliste avait tout de suite perçu les différentes nuances de vert qui s'arrondissaient sous les bleus changeants du ciel et les lointains reflets du lac, souvent humectés de nuages. Les gens du coin, d'abord réservés, lui avaient peu à peu accordé sa place dans leur communauté, et elle était devenue une personnalité respectée. Elle allait à la messe et ne tenait pas de propos subversifs. Sa bonhomie et surtout son dévouement auprès des enfants avaient fait le reste. C'était une jeune femme sans histoires.

Elle avait rencontré Félix au marché du village. Il vendait sa production de miel. C'était un grand gaillard taiseux, mais au regard bavard sous d'épais sourcils broussailleux. Elle avait tout de suite compris qu'elle lui faisait de l'effet. Lui cependant était convaincu qu'il n'était pas à la hauteur. Penses-tu ! Un paysan comme lui pouvait-il intéresser l'institutrice ? Elle était instruite, et surtout venait de la ville ! Il était déjà incongru qu'elle enseignât au village. Sa place était à la ville... Il avait fallu beaucoup d'efforts à Mathilde pour vaincre les préjugés et les complexes de ce grand bonhomme, pourtant généreux comme le soleil et fin comme un renard. Elle avait multiplié les hasards et les rencontres providentielles. Il adorait le massif qu'il arpentait à longues enjambées déliées. Elle l'avait suivi, carnet de croquis en main, sur des sentiers mémorables où il lui expliquait chaque fleur, chaque plante rencontrée... La flore sauvage le passionnait et il nourrissait un faible pour les cyclamens qui tapissaient les sous-bois à la belle saison, jusqu'aux premiers frimas d'octobre. Elle découvrit avec stupeur que les abeilles aussi transhumaient à la montagne aux beaux jours : Félix déplaçait ses ruches à proximité des prairies les plus fleuries, les plus parfumées, afin d'obtenir le miel qui faisait sa réputation à des kilomètres à la ronde. Elle qui rêvait de lâcher ses bouquins et de se jeter dans « le grand livre de la vie » avait trouvé là un maître de choix ! Son savoir était encyclopédique. Il l'avait emmenée parfois observer bouquetins et chamois, et lui avait conté mille anecdotes sur la vie des animaux les plus mystérieux du terroir, du craintif tétras-lyre au lynx féroce. Il la ravissait avec les légendes locales : les sulfureux baptiseurs de cabris d'Héry qui espéraient exorciser leur misère à coups de messes noires et autres sorcelleries, les orpailleurs du Chéran qui puisaient l'or dans le torrent, les miracles de Bellevaux et les chartreux d'Aillon... Elle ne se lassait pas de l'écouter, dans son patois sobre aux phrases courtes et lapidaires. De retour chez elle, les pinceaux prenaient le relais des fusains. Elle s'efforçait de retranscrire dans ses aquarelles les paysages fantasmatiques éclos de la synthèse de ses émotions. À la longue, elle ne savait plus de qui elle était amoureuse, de l'homme ou du massif. Avant de se rendre compte que les deux ne faisaient qu'un : l'homme, c'était le massif; si elle prenait l'un, elle prenait l'autre.

Ils s'étaient mariés à la fin de l'été 1941, dans l'église du village. Ses parents avaient fait grise mine au départ. Ils avaient rêvé pour elle d'un meilleur parti, tel Émile Aviernoz, fils unique du meilleur ami de son père et digne rejeton d'une lignée de hauts gratte-papier dont l'illustre ancêtre avait, comme le rappelait la lettre, « côtoyé Jean-Jacques Rousseau »... Cet Émile était certes très épris d'elle, mais ce garçon rondouillard et court sur pattes, de dix ans plus âgé qu'elle, était, malgré ses manières policées, d'une fatuité insupportable qui irritait profondément Mathilde. Hélas, la lettre de ce jour le confirmait! Moins brillant que son père, greffier au tribunal de Chambéry et lecteur assidu des Mémoires de l'Académie de Savoie, il compensait son complexe d'infériorité par de constantes rodomontades sur ses glorieux aïeux. Rien à voir en effet avec le rustique Félix, issu d'une nombreuse flopée de paysans austères, attachés à leur terre, à leurs montagnes et à leurs vaches, fiers comme l'Arcalod, rafraîchissants comme le Chéran et bons comme le bon pain d'Arith... Mais, de même qu'elle avait su apprivoiser ces derniers, Félix avait su séduire ses beaux-parents par sa simplicité, sa droiture et surtout la vénération qu'il lui manifestait. Sa passion pour les abeilles l'avait tout naturellement mené à l'apiculture, où son savoir-faire et son sens des affaires n'avaient pas tardé à porter leurs fruits. Travailleur et sérieux, il était heureux de pouvoir fonder un foyer à l'abri du besoin, et d'envisager à terme une aisance matérielle suffisante pour élever les nombreux enfants qu'il espérait. Sur ce dernier point, Mathilde se trouvait jeune encore et il avait admis qu'elle souhaitât d'abord enseigner quelque temps avant de se lancer dans l'aventure familiale, d'autant que la guerre n'était pas totalement terminée. Les Bauges étaient un havre de paix où ne parvenaient que de loin en loin les échos des belligérants. Félix, démobilisé depuis l'armistice de 1940, voulait faire confiance au Maréchal. Mais on restait tendu et aux aguets. Le bonheur semblait si fragile ! Et presque indécent…

– Oh oui ! Le bonheur !... Notre bonheur !... Nous en avions presque honte tant nous étions heureux ! Un bonheur frêle, léger, aérien, limpide et irisé comme une bulle de savon, une bulle funambule sur le fil du destin, à la merci des vents contraires…

Les vents contraires, ils les redoutaient tous les deux en cette guerre qui n'en finissait pas. L'air était à la suspicion. Tout le monde se méfiait de tout le monde. Les Allemands menaient la danse, les Italiens étaient aux portes. On parlait de plus en plus sous le manteau d'un certain De Gaulle. Des mots nouveaux faisaient leur apparition : maquis, Résistance… En novembre 1942, le coup de théâtre du débarquement allié en Afrique du Nord avait précipité les événements. Les Italiens envahirent la Savoie. L'armée d'armistice fut dissoute et nombre de militaires français s'escamotèrent dans la nature pour organiser une armée secrète. Félix avait été un bon soldat, tenu en estime par ses supérieurs. Certains s'en étaient souvenu et il avait été approché par les clandestins. Un soir d'hiver 1942, deux inconnus s'étaient présentés. Pendant que l'un s'installait à la grande table de ferme avec Félix, l'autre s'était posté à la fenêtre, l'œil et l'oreille aux aguets. L'homme parlait à voix basse, Félix écoutait gravement. Les visiteurs étaient repartis très vite, mais Mathilde avait compris que l'étau se resserrait sur leur bonheur. L'angoisse ne l'avait plus quittée depuis. Les hommes n'étaient pas revenus. Puis vint février 1943 et le couperet du STO, le service du travail obligatoire ordonné par Vichy…

Mathilde se tait un long moment. Le regard noyé dans l'ombre des souvenirs, elle oublie Ludovic. Les larmes coulent le long de ses joues pâles sans qu'elle s'en avise. Le coucou suisse sonne soudain de sa voix de métal un coup sonore, puis un autre, et un autre encore… Mathilde tressaille.

– Le coucou… oui… triste coucou !… Il a sonné de la même façon, lugubre et lancinante, quand Félix est parti. Il m'a fait ses adieux, à sa manière sobre et abrupte. M'embrassant violemment, brièvement, dans ses bras trop grands. Son regard disait tout : son désespoir, sa tristesse, sa colère aussi… et son amour ! Tellement d'amour ! J'en ai eu le cœur déchiré…

Il avait pris le maquis. Comme tant d'autres. Il ne comptait pas revenir, même en secret. Trop dangereux, l'avait-il prévenue. Il ne voulait pas l'exposer. Il reviendrait après la victoire, quand tout serait fini… Elle devait être forte. Son métier d'institutrice lui assurait de quoi vivre et lui garantissait une certaine protection : on avait besoin d'elle, elle ne serait pas inquiétée. Elle avait dit oui à tout, en silence, en pleurant. Et il était parti.

Ce n'est que trois semaines plus tard qu'elle comprit qu'elle était enceinte. Cruel souvenir ! Vertigineux jusqu'à la nausée… Balloté entre ciel et gouffre, tel un yoyo au bout d'un élastique, tantôt frôlant l'abîme, puis se cognant aux cimes, son cœur, de rebond en rebond, se fracassait en un kaléidoscope de sentiments divers : joie de porter un enfant, tristesse de le porter seule, angoisse de l'avenir et surtout hantise de ne pouvoir partager cela avec Félix ! Où était-il ? Comment le prévenir ?

Et fallait-il le prévenir ? Si elle le disait aux sources, celles-ci le répéteraient aux fleurs, qui le souffleraient aux abeilles, et bientôt le massif entier irait bruissant de la nouvelle... Félix la percevrait aussitôt. Par tous ses pores, par tous ses sens, par tout son amour surtout...

Les gendarmes étaient venus le chercher quand il ne s'était pas présenté pour le STO. Ils avaient interrogé Mathilde. Elle avait joué la stupéfaction – Comment ?! Mais il lui avait dit qu'il partait s'enrôler ! Il n'était pas du genre rebelle... Les gendarmes avaient bien voulu la croire. Mais les miliciens lui tournaient autour. Ils se méfiaient davantage. Au fil du temps, elle apprit qu'ils soupçonnaient son mari de jouer un rôle clé dans les maquis baujus. Pour sa part, elle n'avait aucune nouvelle et l'anxiété la tenaillait.

Sa taille devenait bien ronde, il devait savoir maintenant, par la rumeur locale, que l'institutrice était enceinte. Cela ne risquait-il pas d'entraver son courage et ses actions ? Elle espérait que non, mais savait les miliciens prêts à tout si leurs soupçons sur Félix se confirmaient. Elle redoublait de prudence dans ses fonctions, faisant chanter « Maréchal, nous voilà » à ses élèves et courtisant les officiels à la remise des prix.

Dieu merci, sa grossesse se portait bien. Ses parents et sa sœur vinrent lui tenir compagnie pendant les mois d'été. En ces temps de pénurie, ils étaient mieux à la campagne, et elle de toute façon refusait de quitter le massif. Tout ici lui parlait de Félix. Elle percevait son souffle dans la brise, ses caresses dans le soleil, sa voix dans les sources... Chaque fleur rencontrée lui rappelait leurs promenades et leurs éclats de rire. Et les nuits ! Les nuits de pleine lune surtout, où l'astre rond et blanc comme une hostie baignait la terre de tendresse et de paix, masquant de sa clarté rédemptrice les méfaits homicides des démons qui se disaient des hommes... La lune l'apaisait quand elle ne savait plus dormir. Elle ne doutait pas que Félix, là où il était, contemplait avec elle la beauté du monde. Sur la lune, leurs regards se rencontraient. Oui, le massif et l'homme ne faisaient qu'un ; partir, même pour quelques jours, eût été le trahir.

Un matin du mois d'août, elle découvrit un bouquet de cyclamens encore tout emperlés de rosée sur le pas de sa porte… Il était vivant ! Quel soulagement après ces mois suspendus aux journaux qui décrivaient les campagnes menées contre les « terroristes » des maquis ! Celles menées au printemps avaient été violentes. Les fermiers accusés de ravitailler les maquisards étaient molestés, voire torturés pour livrer des informations. D'autres au contraire récriminaient contre ceux qu'ils appelaient les « voleurs de poules » qui, selon eux, venaient piller leurs réserves.

La présence de sa famille lui réchauffait le cœur. Elle aimait profondément sa sœur Madeleine, de cinq ans son aînée. C'était une jeune femme mélancolique, qui parlait peu et se confiait moins encore. D'une extrême sensibilité, elle se nourrissait de poésie, de musique et de rêves. Mais c'était dans le chant qu'elle s'épanouissait. Alors elle se transformait : ses yeux bleus prenaient un éclat céleste, sa taille se redressait, sa voix s'affirmait, et jusqu'à ses cheveux prenaient un lustre qui l'auréolait d'une gloire discrète. Lorsque sa voix montait, tout se taisait autour d'elle. Son registre allait du bruissement de perles sur un fond de velours au roulis de galets dans un torrent en crue, et c'était un pur bonheur d'entendre ses harmoniques accompagner la lune montante dans le soir descendant. C'était une cantatrice-née ! Mais elle manquait de confiance en elle. Elle n'imaginait pas la magie envoûtante de son timbre. Jamais elle n'aurait pensé qu'elle pût rivaliser avec les plus grandes voix de l'histoire. Et c'était en effet impensable : dans leur famille, cela ne se faisait pas. Il était certes de bon ton de prendre des cours de piano, de chanter un joli couplet en société, mais de là à se produire sur une scène publique, fût-elle la Scala de Milan, il y avait un gouffre qu'on ne pouvait franchir… On n'était pas des saltimbanques ! Alors elle se contentait de rêver, insatisfaite, incapable de trouver sa voie puisqu'elle lui avait tourné le dos d'entrée de jeu. Elle admirait et jalousait à la fois, bien qu'elle s'en défendît, sa cadette qui avait eu l'audace d'imposer ses vues et ses choix, et avait su trouver le bonheur.

À la fin de l'été, Mathilde lui avait demandé de rester. La naissance était prévue pour la mi-novembre et elle appréhendait de passer ces derniers mois seule, dans l'incertitude du sort de Félix. Une nouvelle vague d'attaques contre les maquis avait ébranlé la région. Mathilde avait été convoquée pour interrogatoire. Elle avait eu très peur. On l'accusait de ravitailler son mari et ses comparses. Elle s'était récriée avec véhémence. Elle ne savait rien de son époux ! Et c'était vrai, Félix avait tenu sa promesse de ne jamais se manifester pour lui éviter les ennuis. Madeleine avait accepté, enchantée de se sentir utile. L'adversité qui menaçait ce foyer heureux l'émouvait au plus profond d'elle-même. Elle y trouvait une résonance romantique à sa propre mélancolie. Elle avait donc raccompagné ses parents à Chambéry avant de revenir s'installer pour la mauvaise saison.

L'année 1943 s'enfonçait dans l'incertitude. En septembre, les Italiens conclurent un armistice avec les forces alliées. Aussitôt les troupes allemandes se déployèrent en Savoie. La Wehrmacht était déjà à Chambéry depuis plusieurs jours. L'espoir s'amenuisait en même temps que les jours décroissaient. Le printemps allait-il jamais renaître après cet interminable hiver ?

Les deux sœurs se réconfortaient comme elles pouvaient. Mathilde était reconnaissante à Madeleine d'être restée. Celle-ci s'activait comme une abeille, mettant le miel en pots, récoltant pommes et poires, les transformant en confitures, gelées, conserves de toutes sortes, faisant de même avec les légumes du potager. Elle aimait ramasser les œufs des poules au petit matin et nourrir les lapins, mais était bien incapable de les transformer en civets ou en pâtés ! Mathilde se consacrait à ses élèves. Elle en avait deux nouveaux qu'elle soupçonnait d'être des juifs réfugiés sous une fausse identité, mais ne posait pas de questions. L'ignorance et la discrétion étaient leur meilleure protection.

Premier novembre 1943, fête de la Toussaint. Les premières douleurs la prirent par surprise. Déjà ! Madeleine paniquée s'empressa d'alerter la fermière voisine. La matrone en avait vu d'autres et tranquillisa les deux sœurs. Tout se présentait bien, il fallait juste attendre. Jamais journée ne parut aussi longue… Les contractions faisaient leur travail lentement, à intervalles irréguliers, d'abord espacés, puis de plus en plus rapprochés à mesure que les heures s'écoulaient. Le coucou ponctuait l'attente. La sage-femme ne put arriver que le soir. Quand le coucou sonna le douzième coup de minuit, Mathilde gémit. Elle ne voulait pas que son enfant naquît le 2 novembre, jour des Morts. Elle y voyait un funeste présage. Paul vit le jour en pleine nuit, un peu avant une heure du matin. Mathilde, pour conjurer le sort, insista pour qu'on déclarât la naissance au 1er novembre, espérant ainsi pour lui la protection de tous les saints du Ciel. Après tout, on n'était pas à une heure près ! Premier mensonge… Le destin n'aime pas qu'on triche avec la vie !

– Non, le destin n'aime pas ça. Toujours, la mémoire emmurée suinte chez les vivants…

Ces mots soufflés dans un murmure ont la résonance muette d'une déflagration. Ils pénètrent dans le crâne de Ludovic sans passer par la case oreilles. Il a l'impression d'enregistrer sans bande-son.

– Et que s'est-il passé ensuite ? demande-t-il, captivé par ce récit.

Ensuite, les événements extérieurs se sont précipités. Les bombardements rapprochaient la guerre de la vie réelle :

Modane, Annecy… La Résistance s'organisait et multipliait les coups de main. Les Allemands ripostaient sans pitié, assassinant les civils en représailles. Les rafles de juifs redoublaient. La sinistre Gestapo rôdait autour de l'école, miliciens en laisse tels des chiens de chasse flairant le gibier. Mathilde tremblait pour ses élèves. Et se rongeait les sangs pour Félix. Elle craignait et désirait à la fois, de tout son être, qu'il cherchât à voir son fils, au moins une fois. Elle n'en pouvait plus de son absence… Mais c'était folie pure ! L'ennemi aussi comptait sur l'instinct paternel et tendait ses souricières autour de la maison. La naissance de Paul lui avait valu un ultime bouquet de cyclamens, probablement les derniers de la saison, en un discret mais merveilleux hommage. Elle l'avait fait sécher et le conservait pieusement dans son herbier, qu'elle embrassait tous les soirs avec la ferveur des enfants.

– Et nous voici en 1944 ! Funeste année…

La voix de Mathilde s'étrangle. Le cœur de Ludovic se serre. Tous deux redoutent d'aborder ce qui doit suivre. Mais la roue est lancée et il semble que rien ne puisse plus l'empêcher de tourner.

– Le rideau s'ouvre sur le plateau des Glières. L'Armée secrète s'y est établie sous les ordres de Tom Morel et de Maurice Anjot. La radio de Londres appelle à l'insurrection générale et ordonne à tous les maquisards de rejoindre les Glières… Je ne vivais plus ! Où était Félix ?! Les ondes se livraient une bataille sans merci. Entre la propagande de Radio-Paris et celle de la BBC, on ne savait plus que croire ! Les femmes priaient à longueur de journée à l'église. Les enfants à l'école étaient agités, moi-même j'avais du mal à rester concentrée. L'annonce de la mort de Tom Morel secoua toute la province, celle de la chute des Glières le 26 mars ébranla toute la France. Le désespoir m'accablait. Qu'était-il advenu de Félix ? Était-il encore en vie ? Je repris espoir quand j'appris que les Bauges s'agitaient à nouveau. Allemands et miliciens repartaient en chasse. Mais, fin avril, les miliciens sont venus me chercher à l'école…

À nouveau, la voix se brise, un sanglot écrase les paroles.

– Ils ne m'ont même pas laissée embrasser mon enfant. Ils m'ont arrachée à ma vie, à mon foyer, à mes élèves, brutalement, sans pitié. Emmenée comme une criminelle. Sans une explication.

Ils l'avaient fait monter dans leur camion. Celui-ci avait fait toute une tournée. À chaque arrêt, c'étaient des cris, des ordres brutaux, des femmes apeurées poussées à l'intérieur. Cela avait duré toute la matinée. À la fin, on les avait fait descendre en troupeau dans une cour anonyme entourée de hauts murs, avant de les enfermer dans une cave sombre à peine éclairée par un soupirail terne. Elles étaient restées là plusieurs heures dans l'angoisse, sans manger ni boire, terrifiées. Les unes pensaient qu'elles étaient à Annecy, mais personne n'en savait rien au juste. On vint chercher Mathilde. De la cave, elle se retrouva sous les toits, dans une petite pièce exiguë dont l'étroit vasistas scellé n'offrait qu'un lambeau de ciel gris pour toute échappatoire. Elle attendit encore un long moment, à l'affût des bruits de la maison. Ceux-ci ne lui disaient rien qui vaille : bruits de bottes sur des parquets grinçants, voix rauques et gémissements. Puis deux hommes surgirent dans la chambre : la Gestapo ! Son sang s'était glacé. Et ç'avait été le début d'un long cauchemar…

Mathilde cesse de parler. Livide, le souffle court, les yeux agrandis par l'horreur, ouverts sur des images insoutenables. Ludovic a la chair de poule, il sent le malaise le gagner lui aussi. Tel un cheval épuisé par la course, elle refuse cet ultime obstacle qui lui demande un trop grand effort. Secouant la tête dans un mouvement las, elle soupire :

– Ils voulaient savoir où était Félix, ce qu'il planifiait. Qu'est-ce que j'en savais, moi ! Ils savaient mieux que moi s'il était encore en vie…

Elle était restée plusieurs semaines enfermée, interrogée, maltraitée, suppliciée… Et puis un jour, ils l'avaient jetée à nouveau dans leur camion. Elle avait cru sa dernière heure venue. Mais ils l'avaient lâchée brutalement dans un endroit désert d'un faubourg d'Annecy, à la tombée de la nuit. C'était le 10 mai 1944.

– J'étais complètement hagarde, dans un état de choc indescriptible. Je ne savais pas où j'étais. Je n'avais qu'une pensée : rentrer chez moi, retrouver mon bébé, mes parents, ma sœur, mon mari ! Mais où était chez moi ? Où étais-je, tout simplement ?

Des passants qui se hâtaient avant le couvre-feu l'avaient prise en pitié. Ils lui avaient expliqué où elle était et indiqué le chemin jusqu'à la rue où habitaient des amis de ses parents. Elle ne savait par quel miracle elle avait réussi à se traîner jusque-là. Ceux-ci lui avaient ouvert leur porte et elle s'était écroulée dans leurs bras.

Elle avait déliré plusieurs jours. À son réveil, ses parents étaient à son chevet. Elle fut soulagée d'apprendre que Madeleine avait sauvé son fils et qu'il était à l'abri. Émile Aviernoz, ce brave garçon, les hébergeait tous deux à ses risques et périls. Mais personne n'avait été inquiété par la Milice ou la Gestapo.

Et Félix ? avait-elle demandé. Avaient-ils des nouvelles de Félix ? Ses parents, gênés, avaient baissé les yeux et tenté d'éluder la question. Mais elle avait insisté, devinant qu'ils savaient quelque chose. Et ils avaient fondu en larmes. Félix était mort. Les Allemands avaient lancé une offensive contre les villages du cœur des Bauges, celui d'École en particulier, le 1er mai à l'aube. Ils recherchaient des armes et des munitions qui avaient été parachutées quelques heures plus tôt, mais ils cherchaient surtout des hommes : les meneurs des maquis, Félix entre autres. Ils avaient découvert le dépôt d'armes et de munitions caché dans la maison forestière de Bellevaux et l'avaient fait sauter. Ils avaient incendié le hameau de La Chapelle et quelques granges à fourrage proches. Et, dans le même temps, ils avaient arrêté et torturé un certain nombre de jeunes gens qu'ils avaient emmenés à Sainte-Reine. N'arrivant pas à mettre la main sur les chefs, ils s'étaient vengés en mettant le feu au village d'École et en abattant comme des lapins plusieurs de ces jeunes gens. Félix, lui, avait été fauché à l'extérieur du hameau, mais ils ne l'avaient pas identifié comme tel. Ce n'est que quelques jours après qu'ils apprirent qu'ils avaient enfin eu sa peau... Mathilde comprit alors pourquoi elle avait été relâchée : on n'avait plus besoin d'elle. Mais ses parents n'eurent pas le courage de lui répéter l'odieuse rumeur qui colportait la trahison supposée de leur gendre.

Félix était mort... Elle ne l'avait plus revu depuis son départ furtif en février 1943. Il n'avait jamais pu serrer son fils dans ses grands bras tendres. Son fils... Madeleine, la bonne Madeleine, s'en occupait. Mathilde, affaiblie par les sévices reçus, désespérée par la fin tragique de son époux tant aimé, le pleura longtemps, prostrée plusieurs jours dans son lit. Mais ses parents s'inquiétaient : on ne pouvait s'attarder plus longtemps chez leurs amis, et Paul avait besoin d'elle. L'évocation de son bébé la sortit enfin de sa torpeur. Une fièvre nouvelle s'empara d'elle, une fébrilité bénéfique qui fouetta son énergie. Retrouvant son dynamisme d'antan, elle n'avait de cesse désormais de reprendre son fils. Son père s'occupa de trouver un train qui les ramenât tous à Chambéry. Ce n'était pas facile avec les convois militaires prioritaires qui bloquaient les voies et perturbaient l'organisation des transports civils. Enfin ils obtinrent des billets pour un train le matin du 26 mai.

Un long silence. Ludovic retient son souffle. Il se demande si la conteuse perçoit encore sa présence. Puis la voix s'élève à nouveau.

– Il y avait beaucoup de monde dans ce train, c'était la cohue. Nous étions arrivés en avance pour être sûrs de pouvoir y monter. Il devait partir en début de matinée. Quand il s'est enfin ébranlé, j'étais tendue comme une corde à violon. Nous ne parlions guère. Je ne pensais qu'à Paul. J'avais hâte d'arriver, de le serrer sur mon cœur, pour ne plus jamais le quitter ! N'était-il pas tout ce qui me restait de Félix ? Le train se traînait comme un tortillard de campagne, s'arrêtant à chaque gare, et même parfois sans raison apparente en pleine nature, attendant on ne savait quoi. Ça n'en finissait pas !...

Peu avant dix heures, le train s'immobilisa une nouvelle fois. Les employés couraient à travers les wagons en hurlant aux passagers de descendre immédiatement et d'aller s'abriter aussi loin que possible : on annonçait l'approche de bombardiers américains. L'affolement fut général. On se bousculait, on criait, des enfants pleuraient, des femmes glapissaient, des hommes s'étripaient. Certains escaladèrent même les fenêtres. L'hystérie était collective. La mère de Mathilde était oppressée. Elle au contraire, à son grand étonnement, restait parfaitement calme. Elle attendit que la bousculade cessât, puis fit descendre ses parents. Une fois à l'abri sous des arbres à plusieurs centaines de mètres du convoi, elle interrogea un cheminot. On n'était qu'à quatre ou cinq kilomètres de la gare de Chambéry. Sa décision fut vite prise. Nonobstant le danger, elle poursuivrait à pied. Ses parents se récrièrent : elle était folle ! Les bombardiers allaient arriver d'une minute à l'autre. Mais elle ne pouvait pas attendre plus longtemps. Elle voulait voir son fils, c'était viscéral. Surtout s'il était en danger ! Alors ses parents lui emboîtèrent le pas.

– Nous avons longé les voies de loin. Je courais presque. Ma pauvre mère avait du mal à suivre. Je les eus bientôt distancés. Assez vite, on entendit les sirènes de la sécurité civile qui hurlaient leur sinistre appel. Ce son lugubre et lancinant était infernal. Mon cœur battait à tout rompre, mes tempes cognaient, je manquais de souffle, mais je courais quand même. Puis on entendit les avions. Un bourdonnement sourd d'abord, puis un ronflement sonore, effrayant, qui se mêlait au mugissement des sirènes. Je n'osais pas lever la tête. Je courais, les yeux au sol pour ne pas trébucher. Je vis leur ombre passer au-dessous de moi. Je levai enfin le nez : ils étaient des dizaines ! Très haut dans le ciel, mais bien visibles. Nous n'étions plus très loin de la gare. Mes parents me rejoignirent, à bout de souffle, apeurés. Et ce fut le sabbat… Le ciel nous est tombé sur la tête.

Silence de mort… Dans les yeux de Mathilde défilent les soixante-douze bombardiers, les sept cent vingt bombes, cent soixante-quatre tonnes d'anéantissement.

– Je suis morte le 26 mai 1944, la veille de mes vingt-cinq ans. Je n'ai pas revu mon fils… Rends-moi mon fils, Ludovic. Rends-nous notre fils !

3
Le jour d'après

Assis sur son lit, les cheveux en bataille, un peu groggy, Ludovic se tient le front dans les mains. Les yeux fermés, sourcils froncés, il grimace de douleur.

– Mais qu'est-ce que j'ai foutu hier soir ? J'ai une de ces gueules de bois !…

La langue pâteuse, la gorge râpeuse, il a du mal à extraire ces quelques mots. L'esprit embrumé de sommeil, il tente de se remémorer sa nuit. Il a fait un de ces cauchemars ! C'était quoi déjà ? Ah oui, ça lui revient peu à peu… Une ferme baujue, une femme tordue – non, un fantôme des années 1940 ! – le reste est encore confus. Il a un petit rire ironique : foutu rêve ! D'où a-t-il bien pu tirer tout ça ? Aïe aïe aïe ce mal de tête ! Ça cogne dur, ce matin. Mais qu'est-ce qu'il a fait hier ? Impossible de s'en souvenir ! Le trou noir…

– Allez, un café bien serré, un comprimé pour la migraine… Ça va passer dans la journée.

Machinalement, il jette un œil à son smartphone et saute aussitôt sur ses pieds : bon sang ! Sept heures quinze ! Kyrielle de jurons. Il devrait être au bureau de poste à cette heure-là ! Foutue journée… Il appelle Évelyne :

– Allô Lili ? C'est Ludo…

– Lulu ? Qu'est-ce tu fabriques ? T'as un problème ?

– Panne de réveil… avoue rageusement Ludovic. Je pars tout de suite, mais compte pas sur moi avant trois quarts d'heure !

– Tu vas prendre du retard dans ta tournée.

– Ouais, je sais ! Tant pis, j'finirai plus tard, voilà tout. Quand on n'a pas de tête, on a des jambes !

– T'inquiète, j'vais t'y préparer ton taf. Ça te f'ra gagner du temps.

– T'es une mère pour moi ! J'te r'vaudrai ça !

– J'y compte bien ! dit-elle en riant. Au fait, tu l'as portée, la lettre ?

– La lettre ? Quelle lettre ?

– Ben la lettre, la bizarre, là. Celle à la dame Bogé, à Fésigny.

Ludovic a un éblouissement : la lettre !

– Ah oui… Oui, bien sûr… On en cause plus tard, ok ? J'suis à la bourre, là !

– Te bile pas, va ! Allez, sois prudent sur la route !

La lettre ! Mais oui, c'est ça qui a causé ce rêve fantasmagorique ! Ça et son anniversaire… Curieux cocktail ! Rassuré et tout à fait réveillé désormais, il se dépêche d'avaler son café et deux comprimés, s'asperge vite fait sous la douche et enfile ses vêtements en un temps record. Au moment d'attraper son blouson, il inspecte la poche intérieure… et hausse un sourcil étonné : pas de lettre ! Il aurait pourtant juré qu'il l'avait glissée là la veille.

– Pas le temps de réfléchir, il faut qu'j'y aille ! On verra plus tard !

Il dégringole l'escalier quatre à quatre – pas le temps d'attendre l'ascenseur –, atterrit au box où il gare sa moto et saute sur son engin qui démarre au quart de tour. Ouf, il reste juste assez de carburant pour rejoindre son poste.

En abordant l'autoroute, il se détend un peu. L'air frais du matin lui fouette le sang. Il aime la sensation de liberté que lui offre la vitesse. Il adore dépasser plein pot tous ces automobilistes bêtement alignés au pas les uns derrière les autres comme des chapelets de saucisses. La plupart sont seuls dans leur voiture ; ils devraient se mettre au deux-roues, comme lui !

Ces réflexions l'éloignent de ses préoccupations du réveil et il se laisse porter par sa monture sans plus réfléchir à rien, la tête vide, confiant dans ses réflexes sur cette route qu'il connaît bien. Vingt-cinq minutes, record battu ! Sourire aux lèvres, il pousse la porte du bureau de poste. Évelyne est en train de servir les clients au guichet. Il la salue discrètement et se rend directement au service des livraisons. Lili a tenu parole : sa camionnette est déjà chargée. Par chance, il y a moins de volume aujourd'hui. Les gens ne se rendront peut-être pas compte que leur facteur passe plus tard que d'habitude.

***

– Tiens, v'la notre intérimaire ! lance une voix rustique derrière Ludovic alors qu'il s'apprête à taper au carreau de Pierrot à Fésigny. Comment va Jojo ?

– Mieux, je crois, répond Ludovic en se retournant d'un bloc. En fait, je n'ai pas beaucoup de nouvelles. Et vous, m'sieur Pierrot, comment allez-vous ? J'ai un colis pour votre père.

– Ah bien ! C'est ses médicaments. Pour les yeux, il y voit plus bien clair. Et j'me d'mande s'il fait pas aussi un peu d'Alzemeur… Tu penses ! Il a presque quatre-vingt-dix ans ! Mais il court toujours comme un lapin ! Tiens, le v'là qu'arrive. Oh, Pépé ! Y a un colis pour toi !

– Bien, bien ! C'est mes médicaments… Faut ma signature ? Bonjour, gamin.

– Bonjour, monsieur, répond poliment Ludovic. Non, pas besoin de signature. C'est un Colissimo. Mais c'est trop grand pour votre boîte.

– Ah, bien bien… fait le vieillard. Dis, t'y passes plus tard que d'habitude aujourd'hui. Midi a déjà sonné au clocher. D'habitude, tu passes avant.

– Euh… oui, en effet, répond Ludovic un peu gêné. J'ai démarré plus tard ce matin.

– On a fait la bringue hier ? reprend le vieux avec un clin d'œil complice.

– Ho Pépé ! Un lundi soir ? T'es pas sérieux ! intervient Pierrot. J'y crois plutôt qu'il est malade, notre intérimaire…

– Pourquoi dites-vous ça, m'sieur Pierrot ? demande Ludovic, interloqué.

– Ben hier soir, en fin d'après-midi, j't'y ai croisé dans le ch'min et c'est comme si tu m'voyais pas !

– Qu'est-ce que vous racontez ?

– C'est comme j'te dis ! J't'y ai croisé, là, juste comme t'y passais devant la maison, et tu m'as même pas salué ! T'avais l'air complètement dans l'coaltar !

– Vous êtes sûr que c'était moi ? interroge Ludovic, abasourdi.

– Ah ah ! Tu m'fais marcher, gamin ! Bien sûr qu'c'était toi ! Même que t'avais garé ta bécane juste là-devant. T'y es monté d'ssus sans dire un mot, pas même un signe de tête. Qu'est-ce tu foutais par ici ?

– Ah… euh… Oui, oui, bien sûr, reprend Ludovic, embarrassé et complètement perdu.

Et, pour sauver la face, il ajoute :

– J'étais allé porter une lettre.

Cette déclaration provoque un éclat de rire tonitruant chez Pierrot :

– Porter une lettre ? Elle est bien bonne, celle-là ! Tu portes des lettres aux vaches maintenant ?

Et le vieux de rire avec son fils comme si c'était la meilleure blague de l'année. Ludovic les regarde, interdit. Son cerveau travaille à toute allure. Les images de son rêve lui reviennent par bribes.

– Non, pas aux vaches, bien sûr que non !… Je suis allé jusqu'à la ferme.

Les deux hommes cessent de rire, interloqués à leur tour.

– Quelle ferme ? Y a pas de ferme par là-bas.

– Une grande ferme baujue, avec des arbres fruitiers et des ruches.

– Des arbres fruitiers, ça oui, y en a. Mais y a plus de ferme depuis bien longtemps. Y a qu'des pierres tombées des ruines. Allez, tu nous as bien fait rire, gamin ! Arrête ton char et viens boire une goutte. Le fait est qu'hier, t'y avais pas bien l'air dans ton assiette !

Ludovic hésite. Il n'a pas fini sa tournée et il doit encore ramener la camionnette à l'agence avant la fermeture. Mais il aimerait bien comprendre ce qui s'est passé hier. Il consulte l'heure.

– Ça serait pas d'refus, m'sieur Pierrot, mais jamais pendant le service. Et j'ai pas fini ma tournée.

Il fait mine de remonter dans la camionnette.

– Excusez-moi si je vous ai pas salué hier. Je ne sais plus du tout à quoi je rêvais. J'étais parti me promener…

– T'excuse pas, va ! T'as bien le droit de te promener où tu veux.

Ludovic s'installe au volant.

– Cette maison, là-haut, c'était quoi avant ?

– La ruine ? dit Pierrot. Je sais pas, moi. Une ferme probablement…

– C'était pas une ferme, non ! intervient son père d'une voix véhémente. C'était chez Bogé, l'apiculteur !

– Comment dites-vous ? s'exclame Ludovic.

– Chez Bogé ! L'apiculteur ! Il avait des ruches ! Il faisait un sacré bon miel… Il a disparu pendant la guerre, c'est pour ça que sa maison, elle est tombée en ruines.

– Et son prénom, c'était quoi ?

– Ah ça je sais plus ! On disait Bogé, c'est tout. Nous, les gosses, on aimait bien aller le voir. Il était taiseux, mais il nous montrait ses abeilles, et comment il tirait le miel.

– Mais tu nous as jamais raconté ça, Papa ! s'étonne Pierrot.

Le vieux hausse les épaules.

– P'têt' ben qu'tu m'as jamais demandé…

Ludovic reprend :

– Et il était marié, Bogé ?

– Oui oui ! Il avait épousé l'institutrice du village. Ça nous a fait drôle, à nous les mômes ; on était tous un peu amoureux d'elle… Elle avait remplacé le vieux ronchon qui était parti en retraite. Un sacré changement pour nous ! Jolie comme un cœur et le cœur sur la main ! Mais faut pas croire qu'elle nous laissait la bride sur le cou ! Oh ça non ! On filait doux aussi avec elle, allez ! La différence, c'est qu'on voulait pas lui faire de peine, à elle…

– Et elle aussi, elle a disparu pendant la guerre ?

Le vieux secoue tristement la tête.

– On sait pas trop ce qui s'est passé. Moi, j'y ai quitté l'école en 1941, à onze ans. J'avais loupé le certificat d'études. Je suis resté à la ferme aider mes parents et j'ai plus mis les pieds à l'école. C'était une sale époque, c'temps-là. Un jour, les miliciens ou les Boches, je sais plus, sont venus. Ils ont emmené la Bogé et brûlé la maison. Moi j'étais pas là. C'est ma mère qui a tout vu.

Pierrot le regarde, ébahi.

– Mais pourquoi tu nous as jamais raconté tout ça ? Et Mémé non plus ?

– C'est pas des histoires qu'on aime à raconter… soupire le vieux.

Ludovic hésite un instant, puis l'interroge à nouveau :

– Et ils avaient des enfants ?

– Ah ça, j'me souviens plus ! Elle était pas mariée quand j'ai eu quitté l'école.

– Ah bon ? Et elle s'appelait comment, avant son mariage ?

– Comment qu'elle s'appelait ? Ma foi, j'en sais rien ! On l'appelait tous Mademoiselle. Et même après, on a continué à dire Mademoiselle.

– Après son mariage ?

– Ben ouais, question d'habitude. Tu comprends, elle venait d'la ville. Quand on disait Mademoiselle, au village, on parlait forcément d'elle. Mais pourquoi tu demandes tout ça ? Ça t'intéresse ?

– Oh pour rien ! Juste je m'intéresse à l'histoire locale…

Et Ludovic prend congé avant de démarrer, pensif, d'un geste plus nerveux que nécessaire.

Sa migraine l'a repris. L'effet des comprimés avalés le matin commence à se dissiper. À la boîte aux lettres suivante, il en ingère une nouvelle dose avec une gorgée d'eau de sa petite bouteille de poche. Encore un client et il aura fini sa tournée. Un petit coup d'accélérateur le ramène à sa base, juste à temps avant la fermeture. Évelyne est déjà partie déjeuner. Tant mieux, ça lui évitera les explications sur la lettre bizarre. Il remet les clés du véhicule à leur place, fait un rapide rapport à son supérieur, range les colis non livrés dans la réserve et les récépissés dans la bannette prévue à cet effet. Sa journée est finie. Il va pouvoir réfléchir à tout ce qui lui arrive depuis l'apparition de cette fichue lettre.

Apparition… et disparition ! Car impossible de remettre la main sur ce curieux bout de papier ! Il a fouillé son blouson, retournant toutes les poches ; son jean et son sac à dos aussi : rien à faire ! Il inspecte sa moto : hormis le casque, le coffre est vide. Serait-elle tombée dans le chemin ? Il n'ose pas retourner voir, de peur d'éveiller la curiosité de Pierrot.

Ludovic est profondément troublé. Un arceau douloureux oppresse sa tête depuis l'arcade sourcilière droite jusqu'à la chute de la nuque. Une vague sensation nauséeuse oscille de son nez à sa poitrine. Il a faim. Avant de remonter sur sa machine, il pousse la porte de la boulangerie voisine pour s'acheter un sandwich et une viennoiserie. Un banc lui tend les bras sur la place, le long du terrain de boules. Il décide de s'y poser le temps d'avaler son repas et de laisser agir l'aspirine.

Tout en mâchant son jambon-crudités, il récapitule les événements. La veille, cette étrange lettre, comme sortie d'un autre temps, non oblitérée… Non oblitérée ? Une idée surgit : et si c'était une farce ? Lili ? D'un geste compulsif, il saisit son téléphone – elle va devoir s'expliquer ! La farce est de bien mauvais goût ! – puis suspend son mouvement : pourquoi ferait-elle ça ? Et puis, son rêve, elle ne pouvait pas le fabriquer ! Et mettre Pierrot et son père dans la combine, ça fait un peu beaucoup... Non, l'hypothèse est un peu trop tirée par les cheveux ! Restons-en aux faits avant de chercher des explications hasardeuses...

Il y a donc cette lettre mystérieuse. Et ce rêve ensuite. Mais était-ce bien un rêve ? Il avait l'air si réel ! A-t-il été victime d'une hallucination ? Voyons... Dans ce rêve, il prenait le chemin indiqué par le père d'Évelyne – encore elle ! – derrière chez Pierrot. Était-ce un rêve ou la réalité ? Pierrot dit qu'il l'a vu. Ludovic fronce les sourcils. « Oui, franchement, il me semble bien que je suis allé me promener par-là hier. Pour remettre la lettre à sa destinataire justement. J'ai pris ma moto, je l'ai garée devant chez Pierrot, il faisait froid, un temps à giboulées... » Il revoit le chemin détrempé, les vaches dans les hautes herbes... Et puis la maison, comme s'il y était à nouveau ! Il a l'impression qu'il l'a toujours connue. Mais comment ? Pierrot et son père disent qu'il n'y a que des ruines ! « C'est là que j'ai dû m'endormir, forcément ! Et j'ai fait ce rêve bizarre. » Après tout, la dame étrange ne ressemblait-elle pas comme deux gouttes d'eau à sa cousine Maëlle ? Il a donc juste rêvé de celle-ci, en la transposant sur un autre personnage. Cette réponse-là est satisfaisante. Ludovic se sent soulagé. Il attaque sa viennoiserie et poursuit sa réflexion. Mais *quid* des troublantes révélations du père de Pierrot sur la famille Bogé ? Elles correspondent en tous points à celles de son rêve, reçues avant ! Il n'est tout de même pas tombé dans une faille temporelle ! Serait-ce un phénomène de déjà-vu ? Une forme de dédoublement du cerveau qui fait qu'on croit avoir déjà vécu un instant donné ? Tout le monde a expérimenté un jour cette sensation fugace de revivre une situation. Mais justement, c'est fugace ; or ici les révélations données par la dame de son rêve étaient longues et nourries, foisonnant de détails… Peut-être un neurologue pourrait-il lui fournir une explication ?

Ludovic se relève. Sa migraine le fatigue et toutes ces cogitations n'arrangent rien. Il enfourche sa moto, tourne la clé dans le contact. Reste la question la plus angoissante : pourquoi a-t-il rêvé un contenu aussi effrayant à cette lettre ? Signé de son arrière-grand-père ?!

Et enfin, comment se fait-il qu'il ne se rappelle pas s'être endormi ni réveillé ? À quel moment s'est-il endormi ? À quel moment s'est-il réveillé ? Et à quel endroit ? Serait-il possible qu'il se soit évanoui ? Après tout, Pierrot a dit qu'il avait mauvaise mine hier, et la migraine ne le quitte pas depuis ce matin. Était-il déjà malade ? Si ça ne va pas mieux demain, il ira voir le médecin !

Il prend la route du retour, à une allure plus modérée qu'à l'aller.

***

Le jeune postier somnole dans une douce hébétude quand le téléphone fait entendre sa petite musique électro.

– Allô ?

– Bon anniversaire, frérot !

– Paulin !… Merci ! Mais tu me l'as déjà fêté dimanche !

– Bien sûr, mais je voulais te le fêter le bon jour.

– Raté, c'était hier !

– Mais j'ai appelé hier ! T'as pas répondu, je t'ai laissé un message. Tu ne l'as pas entendu ?

Ludovic s'étrangle : comment n'a-t-il pas vu qu'il avait des messages ? Sa boîte doit être saturée de vœux de bon anniversaire… Mais surtout, comment se fait-il qu'il n'ait pas entendu son téléphone sonner la veille ? Toujours cette question dingue : qu'a-t-il bien pu faire hier au point de ne pas s'en souvenir ? Toujours ce damné cauchemar qui se ramène, comme s'il n'avait fait que ça : passer sa journée en pleine hallucination.

– Ludo ? Tu es là ?

– Hein ? Oui, oui, bien sûr… Non, excuse-moi, je n'ai pas écouté ton message. Je n'étais pas bien hier et j'ai coupé mon mobile, ment-il. Et ce matin, panne de réveil… Je me suis carapaté au boulot sans prendre le temps de rien ! J'ai pas eu une minute à moi. Et je pionce depuis que je suis rentré. J'ai une bonne migraine !

– Qu'est-ce qui t'arrive ? Tu es allé voir un toubib ?

– Non, non, pas besoin ! C'est juste une migraine. Ça va passer, faut juste attendre un peu.

– Faut que tu sois en forme samedi…

– T'inquiète, je serai à fond !

– J'espère bien ! Bon, à part ça, ça va toujours au boulot ?

– Ouais, je me promène, c'est cool.

– Veinard ! Moi, je reste enfermé toute la journée à enseigner le droit administratif à des étudiants qui n'en ont rien à faire…

– Il doit bien y en avoir un ou deux que ça intéresse. Une jolie petite étudiante, par exemple ?

– Tu parles ! Y a que dans les films qu'on voit ça !

Ludovic éclate de rire. Il a du mal à imaginer son frère assailli de jolis minois minaudants. À vingt-huit ans, ce rat de bibliothèque long et sec comme un rouleau de parchemin ne sort de ses dossiers juridiques que pour se plonger dans les archives de la Deuxième Guerre mondiale dont il est un connaisseur passionné. Seuls des vestiges sur le terrain peuvent l'amener à prendre l'air à l'extérieur. Il n'hésite pas à faire des kilomètres pour vérifier l'authenticité d'un événement ou simplement s'imprégner des lieux qui en ont été témoins. Une idée traverse Ludovic :

– Dis-moi, Paulin. Il s'est passé quoi, exactement, le 26 mai 1944 à Chambéry ?

– Le 26 mai 1944 ? Ben voyons, c'est le jour de cet épouvantable bombardement qui a rasé une bonne partie de la ville ! Soixante-douze bombardiers américains ont dévasté une douzaine d'hectares. Ils visaient essentiellement le quartier de la gare et les infrastructures ferroviaires. Pourquoi cette question ?

– Quelqu'un me rappelait cette date comme une pierre noire de notre histoire. Et… il y a eu beaucoup de morts ?

– Plusieurs centaines, oui. On le rappelle régulièrement dans les journaux. Surtout cette année : c'était il y a soixante-quinze ans tout ronds ! Tu n'es pas allé aux commémorations ?

– Et dans la famille ? Y a eu des morts ?

– J'en ai parlé un jour avec Grand-Papa. Il a évoqué ses beaux-parents. On les a retrouvés soufflés par les bombes non loin de la gare, avec leur autre fille.

– Ils s'appelaient comment déjà ?

– Dunant. Je peux te retrouver leurs prénoms si tu veux, j'ai refait notre arbre généalogique récemment.

– Ah oui ? Et tu connais aussi le nom de leur autre fille ?

– Je ne m'en souviens pas là maintenant, mais je pourrai le retrouver. Tu peux aussi aller au cimetière, ils ont été enterrés ensemble tous les trois.

– Elle avait quel âge, la belle-sœur de Grand-Papa ?

– Je ne sais pas. Elle était plus jeune que sa femme, c'est sûr. En tout cas, Grand-Papa ne m'a rien dit à son sujet. Ou je ne m'en souviens plus. Cette conversation remonte à longtemps. J'avais une dizaine d'années, c'était peu avant la mort de Grand-Papa. Il ne parlait jamais de notre arrière-grand-mère, tu sais. Encore moins de sa belle-famille. Il n'y en avait que pour les Aviernoz.

– Tiens, c'est vrai, ça. Je n'avais pas fait gaffe, mais maintenant que tu le dis. C'est curieux, non ?

– Bof. Sa femme est morte peu de temps après le mariage de Papy et Mamina, en 1967 je crois. On peut comprendre qu'il n'aimait pas en parler. Cela devait remuer des souvenirs.

– Tu as probablement raison. Mais, du coup, on ne sait pas grand-chose de ce côté-là.

– Tu t'intéresses à la généalogie, maintenant ?

– Oh non, pas plus que ça ! C'est juste que le 26 mai 1944, c'est pile cinquante ans avant ma naissance, à un jour près. La coïncidence n'est pas très gaie.

– C'est loin tout ça ! Et puis tu es un Aviernoz... Les fantômes de la famille Dunant ne devraient pas te faire peur ! conclut Paulin en riant avant de raccrocher. Allez, je dois te laisser, frérot. J'ai des copies à corriger...

– Merci, Paulin, à samedi !

Ludovic reste un moment songeur. « Tu es un Aviernoz... Les fantômes de la famille Dunant... » Ces phrases résonnent dans sa tête. C'est vrai, quand on y pense : la famille voue presque un culte à la lignée Aviernoz. Les Aviernoz par-ci, les Aviernoz par-là... Et les autres alors ? La figure tutélaire de Grand-Papa se dresse devant lui. Ludovic avait huit ans quand il est mort, en 2002. Il garde cependant un souvenir très précis de ce bisaïeul irascible, au parler fort et que personne n'osait contredire. Sa mort soudaine a surpris tout le monde et déstabilisé certains. Ceux-ci mesurent encore leurs choix ou leurs opinions à l'aune de « ce qu'aurait pensé Grand-Papa »... Pourquoi ne parlait-il jamais de sa femme ni de sa belle-famille ? Et Papy, son fils, n'était guère plus loquace sur le sujet…

Un bip de son mobile lui annonce un sms : « Oups, je suis en retard ! Bon anniversaire quand même ! » lit-il. Il fait défiler les conversations : il en a eu, des messages, depuis vingt-quatre heures ! *Idem* sur sa messagerie vocale, Twitter, Instagram… Il a du buzz à rattraper !

La migraine s'estompe ; un dernier cachet achèvera d'en venir à bout. Reste-t-il une bière dans le frigo ? Non, de l'Ice Tea seulement. Ce n'est pas plus mal, dans son état… Il se lève et va se verser un verre dans la kitchenette. Puis il s'installe confortablement sur son canapé, sa tablette sur les genoux : un petit tour sur les réseaux sociaux s'impose ! Ses copains vont s'inquiéter de son silence… Une avalanche de mails et de messages Facebook lui tombe dessus, un joyeux tohu-bohu de bons vœux en tout genre. Ludovic sourit et entre dans la danse avec entrain.

Maëlle est bien sûr la première à avoir souhaité « l'anniv le plus cool » à son « cousin chéri » dès 00 h 00 le 27 mai. Avec un paquet de *selfies* comme un concours de grimaces toutes plus hilarantes les unes que les autres…

– Sacrée Maëlle ! Elle remporte toujours le record des *likes* ! s'amuse Ludovic.

Là encore, ça n'a pas raté. Cette brune pétulante à la langue bien pendue a toujours un succès fou sur les réseaux sociaux comme dans la vie réelle. « *Ma che !* C'est mon côté italien !… » proteste-t-elle avec drôlerie à chaque fois qu'on lui en fait la remarque. C'est en effet toute l'incandescence méridionale – héritage paternel – qui vibre dans ses gestes, sa démarche, sa voix de contralto et son abondante chevelure sombre et bouclée. Nul ne peut soutenir l'intensité de ses yeux verts posés comme deux émeraudes de prix sur son fin visage mat. Ludovic revoit soudain le visage de son rêve ; il se superpose à celui de sa cousine. À nouveau, la ressemblance le frappe. Si ce n'est que l'un est très pâle et l'autre plus cuivré. Mais c'est le même regard et le même sourire, et presque les mêmes traits... Ludovic en frissonne.

D'un geste vif, il attaque son clavier pour répondre enfin à la longue litanie des vœux qui ruissellent sur la page de son « journal ». Les discussions bondissent en tous sens. Comme un poisson dans l'eau, il louvoie adroitement parmi les ricochets des uns et des autres. Une vidéo par-ci, un clip par-là, des cartes animées à gogo et des photos en veux-tu en voilà... La soirée arrive vite à ce petit jeu-là.

Après un bref repas pris sur le pouce – vivent les plats surgelés tout faits, deux minutes au micro-ondes ! – ponctué d'une crème dessert au chocolat, Ludovic retourne à son écran. La migraine l'a enfin lâché. Ainsi que le souvenir taraudant de son « hallucination », comme il l'appelle désormais. Il voudrait maintenant se pencher sur les préparatifs de sa fête d'anniversaire prévue samedi. Une fête dont il va partager la vedette avec sa cousine : Maëlle a juste trois mois de plus que lui, on les appelle « les jumeaux » car ils sont toujours fourrés ensemble. Maëlle a déjà quasiment tout organisé avec Tante Mag, bien entendu ! On peut leur faire confiance. Il serait temps cependant qu'il s'y intéresse un peu lui aussi. Voyons voir... Elles ont retenu une salle dans un karaoké branché de la ville.

« Tante Mag est vraiment trop sympa ! se dit Ludovic. C'est hyper cool de sa part de nous payer la soirée dans ce karaoké avec nos potes ! Et elle sera même pas là ! »

En effet, la pauvre Tante Mag souffre d'acouphènes depuis des années. Depuis ce jour terrible d'octobre 1995 où une bombe a explosé dans le RER C à Paris. Elle était dans la rame qui a sauté. Elle ne s'en est jamais totalement remise. Ses tympans sont restés très sensibles depuis et elle ne supporte pas le bruit. Elle souffre aussi de maintes phobies qui se répercutent dans ses œuvres, souvent tourmentées. Car Magali Aviernoz est une artiste. Elle peint de nombreuses toiles et sculpte aussi à l'occasion. Ne supportant plus la capitale après ce traumatisme et fuyant les transports en commun, les lieux surpeuplés et la ville en général, elle a fini par s'établir au cœur des Bauges, seul endroit, dit-elle, où elle trouve « un peu de paix ». Elle a acheté une ancienne fruitière qu'elle a restaurée au fil des années. Elle loue des chambres d'hôtes, propose des stages de peinture en pleine nature et expose ses œuvres un peu partout dans la région et jusqu'à Genève, où elle partage une galerie avec une communauté d'artistes de talent. Elle est toujours restée célibataire et reporte toute son affection sur ses sept neveux, qui la lui rendent bien ! Elle a beaucoup contribué à la cohésion des cousins, surtout des aînés. Si Ludovic et Maëlle sont si soudés, c'est en grande partie grâce à elle. Ils ont partagé d'innombrables congés scolaires dans son havre bucolique en toutes saisons. Ils l'accompagnaient gamins sur leurs courtes pattes, peinant à suivre ses grandes enjambées déliées à travers alpages, champs de myrtilles ou sous-bois farcis de champignons… On ne s'ennuyait jamais avec cette femme créative, toujours pleine d'idées et d'allant ! Parfois un peu écervelée aussi, il faut bien l'admettre, et certaines mésaventures qui les font sourire aujourd'hui auraient pu tourner au drame… Dieu merci, leurs mères n'en ont jamais rien su !

Ludovic ignore cependant si le tempérament fantasque de sa tante date de cet événement tragique de 1995 ou relève juste de son côté artiste. Par exemple, cette lubie qu'elle a de célébrer fastueusement les vingt-cinq ans de ses neveux. Un caprice plutôt onéreux ! Tout ça parce qu'elle-même n'a pas pu fêter son vingt-cinquième anniversaire : c'était le lendemain de ce fameux attentat… Elle prend donc sa revanche en gâtant ses neveux ! Maëlle prétend que c'est pour elle une façon d'exorciser l'angoisse qui la tenaille ces jours-là : défier les puissances mortifères par un surcroît de vitalité. Ça vaut ce que ça vaut…

Maëlle, elle, a d'autres soucis. Elle n'en parle guère, mais son cousin sait que ses allures décontractées et son entrain contagieux tentent vainement de colmater une fêlure congénitale : Maëlle est née sans père. On dirait presque qu'elle a été conçue sans père. Un fait dont personne ne parle dans la famille. Un sujet tabou. Ludovic a bien essayé d'interroger son frère, toujours au courant de tout, mais même lui a dû confesser son ignorance, manifestant son impuissance d'une mimique désabusée. « Tout ce que j'en sais, a-t-il cependant expliqué, c'est que Maëlle est un bébé Erasmus, comme on dit. Tante Valérie était allée étudier à Rome... Personne ne sait qui est le père. Elle a toujours refusé de dire son nom. Mais c'était un Italien. Un drame personnel suffisamment douloureux pour qu'on lui fiche la paix. » Perplexe, Ludo s'était tourné vers Tante Mag. Mais celle-ci lui avait répondu sèchement que ce n'était pas ses oignons, ni ceux de personne d'ailleurs, et que c'était aussi bien comme ça. Et sa réponse abrupte, si peu dans ses habitudes, avait laissé son neveu pantois. Il n'avait plus jamais osé questionner quiconque. Cependant, Maëlle restait une énigme aux yeux de tous. Elle ressemblait si peu au reste de la famille ! De petite taille et gracile alors que tous les autres étaient plutôt grands et massifs, elle est aussi la seule, avec lui-même, Ludovic, à bénéficier d'un élégant dessin de sourcils légers. Les autres ont le front barré d'épais sourcils qui donnent certes de la profondeur à leur regard, mais aussi en dissimulent la clarté. Si certains ont comme elle les yeux verts, aucun n'a cet éclat de gemme précieuse qui auréole le sien si spectaculairement.

Même son petit frère Alexandre, né en 2003, a peu de points communs avec elle. De sa parentèle Aviernoz, il n'a conservé que la fameuse barre sourcilière ; pour le reste, il tient nettement de son père, Régis Ferrand, un officier de gendarmerie aux allures de chat maigre, que des années d'entraînement militaire en haute montagne ont tanné et musclé. Il a épousé Tante Valérie en 2002 et adopté officiellement Maëlle dans la foulée, avec une sincère affection. Celle-ci avait accueilli avec joie ce père inattendu, heureuse d'être enfin « comme les autres ». À huit ans, c'est important. Mais un patch, si remarquable soit-il, saurait-il cicatriser une telle béance ? Ludovic se pose parfois la question, lorsqu'une ombre fugitive égratigne de son aile le sourire de sa cousine.

Alexandre, le benjamin de la tribu, fait la paire avec Félix, à peine plus âgé que lui, dernier-né de l'oncle Jean-Paul. Cet oncle est le frère jumeau de Tante Mag et ils se voient aussi souvent que possible. Paulin prétend que c'est la naissance de Félix qui a provoqué la mort de leur arrière-grand-père ! Le patriarche aurait piqué une colère mémorable en apprenant le prénom choisi par la maman. C'était selon lui un prénom ridicule, tout juste bon pour les chats ! D'abord interloquée, Tante Ysabelle s'était rebiffée, trouvant que le vieillard tyrannique dépassait les bornes… Et cette colère démesurée, excessive au regard de son objet, totalement inexplicable, avait eu raison de l'ancêtre. Grand-Papa s'était alité et avait rendu l'âme peu de temps après. Il avait quatre-vingt-treize ans. L'affaire avait aussi porté un coup fatal au mariage d'Oncle Jean-Paul et de Tante Ysabelle, révélant les failles qui s'étaient creusées entre ces deux personnalités si divergentes. Personne n'avait compris ce qui avait pu rapprocher le botaniste taiseux, chercheur au CNRS côté cour, mais montagnard au long cours côté jardin, et l'élégante Parisienne décoratrice d'intérieurs huppés et de vitrines de marque, toujours juchée sur des talons bien peu compatibles avec l'escalade. Blessée par le faible soutien de son compagnon, trop pusillanime à son goût devant son acariâtre grand-père, Tante Ysabelle s'était réfugiée dans un activisme mondain qui l'avait définitivement détournée de la montagne et de sa belle-famille. Elle s'était entichée d'un architecte à la mode et faisait de temps en temps l'objet d'un entrefilet dans la presse *people* que Maëlle dévorait chez le dentiste. Mais les trois enfants du mariage, Nolwenn, Théo et Félix, respectivement âgés de vingt-deux, vingt et seize ans, bien qu'élevés chez leur mère, étaient tout autant férus de montagne que leur père et faisaient de fréquents séjours parmi leurs cousins savoyards.

Ludovic s'entendait bien avec eux. Dans leurs jeunes années, c'était l'oncle Jean-Paul qui emmenait toute la ribambelle en balade, sac au dos et godillots aux pieds. Maintenant, c'était lui, Ludovic, qui guidait la bande dans la montagne, été comme hiver. Et pas seulement dans les Bauges ! Dans les massifs voisins aussi, et les stations de sports d'hiver où il était parfois moniteur de ski. Mais les Bauges restaient son domaine de prédilection. Il les arpentait à longueur d'année. Même l'oncle Jean-Paul, qui avait pourtant fortement contribué à élever le massif au rang de parc naturel régional, lui demandait conseil parfois, c'est dire !

« Dommage qu'ils ne puissent pas venir ce week-end », regrette Ludovic en tombant sur leurs vœux. En effet, Théo, le brillant cousin, est en plein dans les concours d'entrée aux grandes écoles. Son ambition est de travailler plus tard dans l'environnement et l'écologie. Félix, lui, est un peu jeune : qu'irait-il faire à un « anniversaire de vieux », comme il dit malicieusement ? Il préfère rester à Paris avec ses potes. Quant à la blonde Nolwenn, elle est à l'autre bout du monde. Son profil Facebook la présente désormais en pied sous un délicat cerisier en fleurs ; en arrière-plan, on devine la silhouette embrumée du Fuji Yama. Cette passionnée d'art floral est partie au Pays du Soleil Levant s'initier à l'ikebana ; elle espère, dans le sillage de sa mère, proposer à son retour d'originales créations florales à de prestigieuses maisons parisiennes. Ludovic sait qu'elle en est capable. Elle a toujours adoré les fleurs. Lors des randonnées estivales en famille, tandis que les garçons caracolaient comme des chamois de rocher en rocher, elle restait auprès de son père. Il lui avait patiemment, passionnément, appris les plantes. Ses préférées étaient les cyclamens, dont elle faisait de jolis bouquets au grand dam du botaniste, fâché qu'elle contrevînt ainsi aux règles de préservation du site qu'il avait lui-même supervisées. Mais Tante Mag s'empressait de les immortaliser dans ses toiles ou ses aquarelles sublimes.

Ce rapide tour d'horizon familial ranime imperceptiblement le léger malaise qui habite Ludovic depuis la veille. Les révélations de son hallucination le tourmentent à nouveau. Et si réellement quelque chose clochait dans la famille ? Pourquoi cette attaque fatale de Grand-Papa à la naissance de Félix ? Haïssait-il vraiment ce prénom à ce point ? Y aurait-il un lien avec le Félix Bogé de son rêve ? Mais ce Félix a-t-il seulement existé ?

– Non non non non non, mon Ludo, tu débloques, là ! s'exclame brusquement le jeune homme en bondissant de son siège.

Ces nouvelles pensées qui surgissent tout à coup l'effraient comme jamais. Il court au lavabo se rafraîchir la figure. Le miroir lui renvoie un visage blême. « Qu'est-ce qui m'arrive ? Je deviens cinglé à commencer à imaginer des choses… ! J'ai besoin d'un remontant… »

Il balaie du regard son logement : plus de bière dans le frigo… mais il reste du génépi dans son placard. Une rasade le revigore. « Allons prendre un verre au bar, ça me changera les idées. »

Il n'est pas tard, la soirée commence à peine. Les rues sont encore animées. En cette saison où les jours rallongent, le disque presque plein de la lune amorce une discrète ascension que les citadins pressés ne remarquent guère. Une brise agréable rafraîchit le front enfiévré du garçon.

« Ça doit être superbe chez Tante Mag ! songe-t-il avec nostalgie. Le lever de la lune sur les Bauges, c'est tellement magique ! Et comme la brise doit être parfumée dans les vergers en fleurs ! »

Cette réflexion éveille un écho dans sa conscience. Où a-t-il entendu évoquer la splendeur de la lune sur les Bauges récemment ? La réponse lui vient en poussant la porte du café voisin : c'est son fantôme qui l'a mentionnée, et avec quelle poésie ! Secouant la tête, Ludovic franchit le seuil et commande un gin Tonic au comptoir. Puis il s'installe à une table isolée. Il n'a pas envie de réfléchir. Mais ici, dans le brouhaha de la salle, il a moins peur de ses élucubrations.

« C'est complètement ridicule, se défend-il, comment peut-on faire des cauchemars pareils ? Les fantômes, ça n'existe pas ! Je devais être un peu malade, et la conjonction de la lettre bizarre et de mon anniversaire a fait le reste… »

Tout de même, en y repensant, certains points soulèvent des questions. Le bombardement qui a tué l'arrière-grand-tante et ses parents ? Bah ! Il a dû en entendre parler un jour dans une réunion de famille et il l'avait oublié… Sa mémoire a dû l'exhumer inconsciemment, voilà tout. Ce n'est pas agréable de se souvenir qu'on est né à la date anniversaire d'une telle tragédie ! Cependant, l'histoire de cette arrière-grand-tante le titille désormais. À quoi ressemblait-elle ? Quand est-elle née ? Était-elle mariée ? Il aurait dû demander à Paulin s'il y avait des Bogé dans la famille. S'il n'y en a pas, cela résoudra le problème : il aura bel et bien rêvé, c'est tout ; fermez le ban.

Une gorgée de gin Tonic. Ludovic la laisse gouleyer dans son palais. Il aime la sensation des bulles qui picorent ses papilles et le léger vertige qui émane rapidement de l'alcool. Il espère que le mélange du gin avec le génépi précédemment absorbé va assoupir sa réflexion. Mais alors que la salle autour de lui se met à tanguer doucement, les contours de ses pensées se font au contraire plus précis, comme émergeant d'un brouillard au petit matin.

Deux hommes accoudés au comptoir accrochent son regard : un vieux d'au moins soixante-dix ans et un type dans la quarantaine. Ils discutent avec le barman. Un père et son fils apparemment. Pourquoi apparemment ? Tout simplement parce que la ressemblance entre les deux est frappante… Le jeune est le portrait craché de l'ancien. La différence réside dans les rides et la couleur des cheveux. Fasciné, Ludovic les observe un instant. La même carrure trapue, les mêmes sourcils dessinés au charbon, les mêmes petits yeux marron perdus dans de lourdes poches disgracieuses, le même nez de boxeur, la même bouche lippue dans une large mâchoire carrée. L'ensemble coiffé d'une épaisse tignasse frisée, d'une blancheur immaculée chez l'un, poivre et sel chez l'autre. Et une nouvelle question s'insinue dans son esprit : à qui lui-même, Ludovic, ressemble-t-il ? Les avis sont divers : on lui trouve la stature de son père, mais les traits maternels. Il partage indéniablement un air de famille avec certains de ses cousins Lachenal. Paulin, lui, serait plutôt le contraire : élancé comme leur mère, il ne pourrait cependant renier leur père. À cause notamment de cette arcade sourcilière si caractéristique de leur grand-père, Paul Aviernoz, qui pare la quasi-totalité de ses descendants. Ludovic fait le compte : son père, son oncle et ses tantes en sont marqués, ainsi que tous les cousins, sauf Maëlle et lui. D'où vient cet héritage ? De Grand-Papa ou de sa femme ? Il ne se souvient plus très bien de l'apparence de son bisaïeul ; quant à son arrière-grand-mère, elle est morte juste après le mariage de leur fils, Papy. Il faudrait retrouver des photos. Paulin en a sûrement quelques-unes !

À ses oreilles reviennent des propos de son rêve. Ils lui reviennent dans un friselis spectral et chaud à la fois, comme si l'ombre vivante de Mathilde Bogé les susurrait à son tympan : « Le destin n'aime pas qu'on triche avec la vie. Toujours, la mémoire emmurée suinte chez les vivants… »

Se pourrait-il que sa famille porte un secret ? Un secret tellement secret qu'aucun d'entre eux ne le saurait ?

4
Au karaoké

Le temps passe à toute allure entre les tournées du courrier et les préparatifs de la soirée d'anniversaire. Ludovic n'a guère le loisir de réfléchir aux billevesées hallucinatoires qui l'ont tellement secoué en début de semaine. Quand ces pensées lui traversent l'esprit, un haussement d'épaules suffit à les éloigner. Il n'a pas recroisé Pierrot ni son vieux père, et Lili semble avoir complètement oublié l'affaire de la lettre. Elle en a vu d'autres, depuis le temps qu'elle fait ce métier! La Poste fourmille d'anecdotes toutes plus curieuses les unes que les autres…

Ce soir, la fête bat son plein sous les leds cramoisis du karaoké surchauffé. Tout le monde s'époumone sur les derniers airs à la mode. Reggaeton, variété, électro, pop et dance alternent avec de vieux airs nostalgiques des années quatre-vingts, voire soixante! Luis Fonsi, Calogero, DJ Khaled et Rihanna valsent ainsi dans un allègre anachronisme avec Michel Sardou, Gloria Gaynor, Jean-Jacques Goldman ou Céline Dion… Certains se trémoussent avec vigueur dans de grands éclats de rire et de joyeuses interpellations sonores.

– On dirait des ombres chinoises, crie Ludovic à l'oreille de son frère.

– Des ombres chinoises dans un restau japonais ? sourit ce dernier, amusé.

Ludovic s'esclaffe, mais ne répond pas. Le volume de décibels est trop fort et décourage toute conversation de plus de deux phrases. Il est reconnaissant à Paulin d'être venu, lui qui préfère l'atmosphère feutrée des bibliothèques aux ambiances lourdes des discothèques. Ici on en est loin, mais le bruit et la chaleur l'incommodent tout autant.

– Que ne ferait-on pour son frangin ! soupire l'aîné d'un air faussement accablé, comme s'il devinait les pensées de son cadet. Et me voici même contraint d'avaler du poisson cru aux algues, moi qui n'aime que la bonne chère bien de chez nous ! ajoute-t-il en engloutissant deux makis coup sur coup.

– Entre nous, c'est surtout Maëlle qui est à la fête ! constate Ludovic.

Au micro, en effet, Maëlle, ravie, fait son numéro sous les applaudissements flatteurs de ses nombreux admirateurs. Après un vibrant *« I will survive »* qui a électrisé son public, la voici qui entame, bras flottants et hanches ondulantes, un blues d'Amy Winehouse d'une voix rauque et sensuelle.

– Où a-t-elle bien pu pêcher une telle voix ? s'étonne une grande fille plate qui s'est rapprochée des deux jeunes gens.

Elle sirote un cocktail au bout d'une longue paille plongée dans un haut verre cylindrique qu'enserrent des doigts de pianiste aux ongles vernis de rouge. Le verre, qui masque en partie l'ingénu décolleté d'une extravagante robe de guipure écarlate, fait loucher les deux frères. Le vêtement s'évase en corolle au-dessus des genoux, telle une ombrelle déployée sur des jambes démesurément longues et effilées. Les talons aiguilles de ses escarpins assortis hissent la haute silhouette filiforme à une altitude qui oblige les garçons, pourtant grands, à lever les yeux pour rencontrer les siens.

« Tout est long chez cette fille », se surprend à penser Ludovic en croisant le regard de l'inconnue. Les yeux clairs dans la pénombre s'étirent sur de délicates pommettes qui semblent héritées de cosaques des plaines slaves, le nez pointu saille de l'ovale du visage comme le bec d'un moineau s'échappant de son œuf, et les lèvres fines colorées au pinceau allongent un grand sourire carminé qui creuse une fossette dans le menton étroit. Des cheveux raides et mi-longs encadrent l'ensemble dans un camée auburn qui jure quelque peu avec la robe sous les néons rouges.

Ludovic hausse les épaules :

– Je n'en sais rien. Elle a toujours aimé chanter et je ne me suis jamais posé la question.

– Ça vient peut-être de notre arrière-grand-mère paternelle, intervient Paulin.

– Maëlle est notre cousine, précise Ludovic. Paulin ici présent est mon frère. Tu es une amie de Maëlle ?

– Oui et non, nous avons sympathisé au travail. Elle m'a invitée ici, mais je ne connais personne. J'imagine que c'est toi, Ludovic ? Bon anniversaire !

– Merci, mais nous fêtons aussi l'anniversaire de Maëlle. Nous n'avons que trois mois de différence !

– Oui, c'est ce qu'elle m'a dit. Vingt-cinq ans, c'est ça ?

Ludovic opine de la tête. La conversation est vraiment difficile à mener dans le brouhaha ambiant. Un groupe de joyeux lurons vient bousculer le trio :

– Allez, Ludo ! À ton tour de chanter !

– Oui ! Une chanson ! Lu-do, une chanson ! Lu-do, une chanson ! piaillent des créatures hystériques.

– Pas maintenant, proteste celui-ci, je ne suis pas encore assez saoul pour me donner en spectacle !

– Alors au bar tout de suite !

– Au bar ! Au bar ! crient en chœur les groupies. Lu-do ! Une boisson ! Lu-do, une boisson !

Dans les glapissements hilares et la bousculade, Ludovic est poussé jusqu'au bar. Il y retrouve Maëlle qui a fini son tour de chant et se désaltère vivement en riant aux éclats avec ses camarades. Un quatuor de cantatrices improvisées a pris la relève sur la scène.

– Je vois que tu as fait connaissance avec Valentine, se réjouit Maëlle.

– Valentine ?

– Valentine Schneider, ma copine du centre. La grande fille en rouge là-bas, à côté de Paulin.

– Ah, elle s'appelle Valentine ? On vient tout juste de faire connaissance. Elle n'a pas eu le temps de se présenter, j'ai été happé par mes admirateurs !

Un vivat assourdit leurs oreilles. De nouveau, ils sont bousculés par leurs invités de plus en plus excités. On leur verse rasade sur rasade :

– Levons nos verres aux héros de la fête ! criaille une voix éméchée.

Sushis et sashimis tournoient sur les plateaux, petits fours et canapés dévalent dans les gosiers sur des cascades de cocktails et de punchs variés. Les chansons braillées au micro font tourner les têtes. L'ivresse gagne les esprits et les corps. Une langueur s'empare des cousins.

– Allons prendre l'air, décide Maëlle, on étouffe ici.

Une petite terrasse offre des sièges dans un décor zen. Quelques fêtards s'y reposent déjà avant de replonger dans l'enfer de la fête. Maëlle et Ludo s'affalent sur une banquette.

– Alors, cousin chéri, joyeux anniversaire !

– Joyeux anniversaire, cousine chérie !

Les verres s'entrechoquent gaiement, mêlant une note cristalline à leur rire juvénile.

– Ta Valentine, là, elle travaille au Buisson avec toi ? C'est une de tes collègues ?

– Non, elle n'est pas éducatrice. Elle est psychologue. Elle suit les enfants en difficulté.

– Je ne l'ai jamais vue à la fondation. Elle y est le mercredi, quand j'emmène les mômes en randonnée ?

– Je ne sais pas du tout. Mais il est possible que tu ne l'aies pas reconnue : au boulot, elle est toujours en tenue stricte, avec les cheveux tirés et des lunettes, et des chaussures plates. C'est la première fois que je la vois en robe, sans lunettes et les cheveux libres ! Et je ne te parle pas de ses échasses… on voit qu'elle n'a pas l'habitude ! Je t'assure, ce n'est pas la même fille !

De son geste familier, elle secoue ses boucles brunes en riant de plus belle.

– Elle est plutôt canon, pour une psy ! remarque Ludovic.

– Ah ouais ? C'est comment, une psy, d'après toi ?

– Heu… je sais pas trop… Un vieux chauve à grosses lunettes ?

Et de rire à nouveau. La complicité des deux cousins ne se dément pas. Ils savourent ce moment d'insouciance.

– Vieille, je te l'accorde. Je crois bien qu'elle a presque trente ans.

– Trente ans ?! s'exclame Ludo. C'est bien ma veine : trop vieille, trop grande, trop savante ! Je n'ai aucune chance…

C'est le moment que choisissent Paulin et Valentine pour surgir dans l'encadrement de la porte.

– Maëlle ! Ludo ! Vous êtes là ? Tout le monde vous cherche pour le gâteau !

– On arrive, on arrive !

Les cousins se précipitent. Ils sont accueillis par un formidable « Joyeux anniversaire » aussi cacophonique qu'affectueux. Le DJ s'empresse d'embrayer sur un air moins discordant. Dans un feu d'artifice de flammèches tournoyantes, un impressionnant fraisier fait son apparition, porté sur un brancard par deux solides gaillards. Une avalanche de cadeaux submerge le binôme. Maëlle camoufle son émotion sous une pluie de paroles et de blagues à l'emporte-pièce. Puis Clémence et Joanny, leurs plus proches amis, réclament le silence.

– Nous avons un petit cadeau pour vous, commencent-ils. Toute la bande a participé.

– Toute la bande ? s'émerveille Maëlle.

– Quel cadeau ? s'enquiert Ludovic, intéressé.

– Tadamm ! lance Clémence tandis que Joanny soulève un magnifique sac à dos flambant neuf.

– C'est pour qui ? s'exclame Ludovic.

– À ton avis !

– Pour moi ? Mais j'en ai déjà un !

– Nous avons ouï dire que le tien n'était largement plus en état de subir une saison de plus… Alors voilà !

– Il y a quelque chose dedans ? demande Maëlle, curieuse, en s'emparant du sac d'une main avide.

Prestement, elle fouine à l'intérieur et en extrait une enveloppe cartonnée constellée de paillettes et ornée d'une faveur dorée, ainsi qu'un coffret-cadeau pour un week-end bien-être.

– Le coffret, c'est pour toi, s'empresse de préciser Clémence. L'enveloppe, c'est pour Ludo : une cagnotte pour se trouver du matériel d'alpinisme de qualité. On a renoncé à le choisir nous-mêmes.

– Génial ! s'enthousiasme Ludovic. Merci, les copains !

Maëlle est trop émue pour ajouter quoi que ce soit, elle qui ne se laisse pas clouer le bec si facilement… Les embrassades s'ensuivent et le gâteau circule dans l'euphorie.

– Et maintenant, une chanson ! lance une voix dans l'assemblée.

– Oui ! Une chanson ! Une chanson !

Maëlle interroge son « jumeau » :

– Tu es prêt ?

– Faut bien ! soupire celui-ci, résigné. Puisqu'on est là pour ça. Mais je vous préviens, les amis, faudra pas vous plaindre. Le chant, c'est pas ma spécialité !

Des encouragements burlesques lui répondent. Maëlle attrape le micro et annonce :

– Comme mon cher cousin est trop timide pour affronter le succès tout seul, nous avons préparé un duo. Cette chanson, nous la dédions à notre chère Tante Mag, qui nous offre cette magnifique soirée d'anniversaire ! Mais qui malheureusement ne peut pas se joindre à nous pour raisons de santé… Ce sera donc *« Là-bas »*, de Jean-Jacques Goldman et Sirima. Je sais, c'est vieux, mais on l'aime trop, et Tante Mag aussi !

Une salve d'applaudissements suit cette déclaration, puis le silence s'impose. La bande-son est lancée. Les premières notes coulent, fluides et douces, le temps pour les chanteurs de se mettre au diapason et de réguler leur trac. Ils se concentrent sur l'écran, à l'affût des premières paroles.

– *« Là-bas, / Tout est neuf et tout est sauvage… »* commence timidement Ludovic d'une voix maladroite.

Chacun retient son souffle, conscient de la violence qu'il s'inflige pour chanter devant tout le monde. Maëlle à ses côtés l'encourage d'un sourire.

– *« Libre continent sans grillage / Ici, nos rêves sont étroits / C'est pour ça que j'irai là-bas »*, poursuit-il les yeux rivés sur les phrases qui défilent.

Celles-ci lui étreignent étrangement le cœur, comme chaque fois qu'il les entend. Elles éveillent toujours au fond de lui le vibrato d'un blues qu'il ne saurait expliquer, une forme de mal des profondeurs qu'il n'arrive pas à sonder, pas même à formuler. À quel « là-bas » aspire-t-il ? Quel « ici » voudrait-il fuir ? Il a conscience cependant qu'il ne s'agit pas de lieux géographiques. C'est juste qu'il se sent à l'étroit dans sa tête. Un sentiment diffus d'inachevé, « d'inatteint » qui le laisse désorienté. Sa scolarité, laborieuse, ne l'a guère aidé à trouver sa voie. Il erre d'un boulot à l'autre, d'une fille à l'autre, d'un rêve à l'autre, sans jamais parvenir à se fixer. Il a parfois l'impression de courir vers des « là-bas » sans réels contours.

– *« Là-bas / Faut du cœur et faut du courage… »*

Bien sûr, du cœur et du courage… Il n'en manque certes pas ! Mais pour aller où ?

– *« Mais tout est possible à mon âge… »*

Oui, l'univers des possibles est à lui ! Vingt-cinq ans seulement… Vingt-cinq ans déjà ! Mais bon sang, pour aller où ? La plupart de ses potes ont déjà un emploi, un appart', une compagne… Et lui qui aspire à des horizons plus vastes que ses rêves… Quel est donc cet or « à portée de ses doigts », qu'il a tant de mal à découvrir ? Dans quel « là-bas » ? Et où puiser « la force et la foi » ?...

Ses yeux interceptent le regard de Valentine au-delà de l'écran. La psychologue semble scruter son âme. Il frémit et se cramponne à la vidéo.

La voix de Maëlle s'élève à son tour, aérienne, céleste, comme suspendue à des gouttelettes de brume :

– « *N'y va pas / Y a des tempêtes et des naufrages…* »

Maëlle ! Sa voix est un enchantement qui confine au miracle. L'assistance est sous le charme. La question de Valentine lui revient aux oreilles : « Où a-t-elle bien pu pêcher une telle voix ? »

– « *Je te sais si fragile parfois…* »

Oh oui, il est fragile ! Il ne le sait que trop bien. Quelle idée d'avoir choisi cette chanson ! Il a l'impression de se déshabiller en public, d'exposer son âme à nu. Et Valentine qui le regarde de ses yeux de psy ! Que doit-elle penser de lui ? Il se sent si ridicule… Au bord du vertige, il se tourne vers Maëlle.

Celle-ci ne semble guère plus solide. Son regard vacille en croisant le sien. Pour ne pas chavirer, ils se saisissent les mains dans un même élan.

– « *On a tant d'amour à faire, tant de bonheur à venir…* »

La voix de Maëlle prend de l'ampleur, s'envole au firmament de la gamme :

– « *Je te veux mari et père / Et toi, tu rêves de partir* »

Ludo comprend alors que sa cousine tente elle aussi d'exorciser ses propres affres : elle ne s'adresse pas à lui, elle ne s'adresse pas à la foule, elle ne chante même pas Goldman ; elle s'adresse à l'Absent, à celui qui a disparu avant d'être un père, avant même d'être un mari. À cette ombre qui n'existe pas, qui n'a peut-être jamais existé…

Et les deux monologues s'enchevêtrent en un double slalom improbable, chacun glissant sur son versant avant de revenir vers l'autre pour s'en éloigner à nouveau.

– « *Ici, tout est joué d'avance / Et l'on n'y peut rien changer / Tout dépend de ta naissance / Et moi je ne suis pas bien né…* »

Un éclair fugace jaillit des turbulences, aussitôt disparu à peine entraperçu ; un fantôme furtif comme un Mirage 2000 ; un visage happé dans l'ombre de la mémoire ; des mots échappés d'une lettre oubliée… Est-il beaucoup plus certain de sa naissance que Maëlle ? Tout est-il vraiment joué d'avance ?

– « *J'ai beau te serrer dans mes bras / Tu m'échappes déjà / Là-bas* », gémit Maëlle.

Le duo s'enflamme, emporté dans la spirale des émotions. Ludovic jette dans les mots de Goldman sa frustration et son désarroi, sa quête aussi, sans boussole, sans objet ; Maëlle crie sa détresse orpheline. Les mélodies s'entremêlent, se décroisent, se répondent, dans un corps-à-corps éperdu. Les chanteurs sont seuls au monde, ils ont oublié le temps, l'espace et leurs amis.

– « *Là-bas / J'aurai ma chance, j'aurai mes droits…* »

– « *N'y va pas…* »

– « *Et la fierté qu'ici je n'ai pas…* »

– « *Là-bas…* »

L'assistance est sidérée. Les voix s'emballent et se déchaînent. L'émotion est au paroxysme. Et c'est l'apothéose :

– « *Je me perds si je reste là…* »

– « *N'y va pas…* »

– « *C'est pour ça que j'irai là-bas…* »

– « *N'y va pas…* »

Les applaudissements fusent, les hurlements de joie, c'est un triomphe ! Bouleversés, les chanteurs sont épuisés, presque hagards. Ils réclament un verre d'eau. Personne n'a rien perçu de leur état intérieur. Maëlle est la première à se ressaisir, toujours maîtresse d'elle-même. Pour mettre un terme à son émotion et en finir une fois pour toutes avec ses ombres, elle lance un vibrant :

– Tous avec moi !

Et, sur un signe de sa part, le DJ envoie la musique de Stromae : « *Où t'es, Papa où t'es ?...* »

Ludovic s'éclipse jusqu'à la petite terrasse retrouver la fraîcheur de la nuit. Celle-ci est étonnamment douce après les frimas de ces dernières semaines. La lune au-dessus diffuse une pâle lumière qui gomme les étoiles. La sérénité de l'astre l'apaise. Il s'installe dans un fauteuil en fer forgé garni d'un confortable coussin en skaï rouge. Il est vanné.

Une silhouette longiligne s'approche et lui tend un verre.

– Tiens, prends ça, ça te fera du bien !

– Ah, c'est toi, Valentine ! Merci, je meurs de soif ! Qu'est-ce que c'est ?

– Juste un Coca ; je ne connais pas tes goûts, alors je n'ai pas pris de risques !

Ludovic vide son verre d'une traite. Valentine lape le sien doucement à petits coups de paille.

– Vous avez super bien chanté tous les deux ! dit-elle après un silence.

– Bof !... Je me sentais vraiment nul !

– Non ! Ne dis pas ça, c'était vraiment chouette ! Vous aviez tellement l'air de vivre vos paroles !... Et Maëlle a une voix sublime ! Une tessiture incroyable !

– Oui, heureusement qu'elle chantait avec moi, elle a sauvé la mise, répond Ludovic avec un petit rire.

Il se garde bien de demander ce que signifie « tessiture ». Paulin arrive à cet instant, dans des effluves musicaux au passage de la porte et une bouffée d'air tropical, lourd et moite.

– Ah, te voilà ! dit-il à son frère. Je suis crevé, je vais me coucher !

– Déjà ? Mais tu n'as pas encore chanté !

– Même pas en rêve, n'y songe pas ! À moins que tu ne tiennes à ce que je massacre « *Étoile des neiges* »…

Le trio s'esclaffe.

– Au fait, vous ne m'avez pas dit de qui votre cousine tenait sa superbe voix, rappelle Valentine.

– Ben, on ne sait pas trop, en fait. Personne ne chante tant que ça chez nous. Maëlle est la seule à vouer un véritable intérêt au chant. Elle fait partie d'une chorale et je crois même qu'elle prend des cours particuliers au conservatoire.

– Et toi, Paulin, tu as évoqué votre arrière-grand-mère tout à l'heure. Elle chantait ?

– On ne sait pas grand-chose sur elle. Elle est morte à l'époque du mariage de nos grands-parents. Notre arrière-grand-père n'est mort qu'en 2002, à quatre-vingt-treize ans, je crois. Il ne parlait jamais d'elle.

– Alors pourquoi dis-tu que Maëlle tiendrait d'elle ?

– Parce que je suis tombé un jour sur un article de journal des années cinquante, qui évoquait un concert donné dans une église au profit de je ne sais quelle bonne œuvre. Et l'on y lisait que la soliste Madeleine Aviernoz avait été particulièrement applaudie. La chorale était celle de la paroisse de notre famille. Il ne pouvait s'agir que de notre aïeule.

– Ah bon ? s'étonne Ludovic. Tu es sûr de ça ?

– Tu connais d'autres Aviernoz que nous, dans le coin ?

Ludovic doit bien reconnaître que non.

– C'est bizarre qu'on n'en ait jamais parlé dans la famille, si elle avait un tel talent.

– N'oublie pas que Grand-Papa n'aimait pas évoquer son souvenir !

– Lui d'accord, mais Papy, son fils ?

Paulin soupire.

– Papy était un taiseux. Après la mort de son père, il lui est arrivé de raconter certaines choses. Et il a en effet rappelé que sa mère aimait chanter ou fredonner des petits airs quand il était enfant, qu'elle avait une voix magique qui l'émerveillait à chaque fois. Mais elle était de nature mélancolique. Elle était souvent malade. Puis on a découvert un cancer qui l'a rongée assez longtemps, quelques années peut-être, avant de l'achever. Je ne pense pas que Mamina l'ait entendue chanter. Il faudrait lui demander.

– Votre arrière-grand-mère aurait été dépressive ? interroge Valentine.

– La psy se réveille ? lance malicieusement Ludovic.

La jeune femme sourit :

– Tu sais mon métier ? Oui, la psy se réveille, si tu veux. En fait, elle n'est jamais bien loin. J'adore les histoires de famille.

– Tu vas bien t'entendre avec Paulin, alors ! s'exclame Ludovic. Lui aussi adore ça : il est toujours plongé dans les généalogies. C'est notre archiviste familial !

– Faut pas exagérer, proteste l'intéressé. Je suis curieux, c'est tout. Pour en revenir à Grand-Maman, je pense en effet qu'elle devait être dépressive.

Valentine reprend :

– Mais si aucun autre membre de votre famille ne semble particulièrement porté sur le chant, c'est peut-être du côté paternel de Maëlle qu'il faut chercher ?

– Ah ! Tu touches là un sujet sensible… commence Ludovic en secouant la tête.

– Ah bon ? Pourquoi ?

Les deux frères se regardent pensivement. C'est Paulin qui se lance :

– Maëlle n'a pas de père… Ou plutôt, on ignore tout de lui. Sa mère est revenue enceinte d'un séjour Erasmus en Italie et n'a jamais voulu rien dire sur le père. C'est un sujet tabou. Tout ce qu'on subodore, c'est qu'il doit être Italien : tout chez Maëlle est méditerranéen ; son teint mat, ses cheveux bruns et abondants, sa physionomie entière et surtout son allant, son exubérance, sa *tchatche* permanente… Bref, tout ce qui fait son charme !

– Je suis désolée, je ne savais pas, s'excuse Valentine, embarrassée.

Un silence s'installe. La jeune femme fait louvoyer sa paille dans une mer de glaçons.

– Et qui est votre Tante Mag ? Celle à qui vous avez dédié votre chanson ?

Le visage de Ludovic s'éclaire :

– Tante Mag est la troisième des quatre enfants de nos grands-parents. On l'adore ! Elle ne s'est jamais mariée et nous a toujours chouchoutés, nous ses neveux. C'est une originale. Elle est artiste peintre, elle fait des toiles extraordinaires !

– Tu en parles avec beaucoup de chaleur ! Ça me donne envie de la connaître. Dommage qu'elle ne soit pas là, si c'est elle qui vous offre la soirée !

– Oui, c'est à cause de ses acouphènes, explique Ludovic.

Il raconte à Valentine le traumatisme subi par sa tante la veille de ses vingt-cinq ans, dans l'explosion du RER C à Paris en 1995.

– Et c'est pour ça qu'elle a décidé de fêter en grand les vingt-cinq ans de chacun de ses neveux, conclut-il.

Paulin fait alors cette remarque inattendue :

– Tiens, cela me fait penser tout à coup à notre arrière-grand-tante Mathilde, tu sais, celle dont tu m'as parlé en début de semaine, la belle-sœur de Grand-Papa…

– Oui ? Eh bien quoi ? interroge Ludovic, soudain sur la défensive.

– Après notre conversation, je suis allé voir au cimetière la tombe des Dunant. Eh bien figure-toi que la tante Mathilde est morte la veille de ses vingt-cinq ans ! Rigolo, non ?

– Tu trouves ? riposte Ludovic sèchement. Je ne vois rien de drôle là-dedans !

– Bien sûr que non ! C'est la coïncidence qui est étonnante.

– De quoi est-elle morte ? intervient Valentine.

– Du bombardement américain qui a détruit Chambéry, le 26 mai 1944, explique Paulin.

– Mon Dieu, c'est terrible ! s'exclame la jeune femme.

– Oui, je trouve aussi, commente Ludovic.

Et il ajoute d'une voix légèrement tendue :

– Mais alors… Elle est née un 27 mai, comme moi ?

– Eh oui ! Ça aussi c'est rigolo, non ? Elle aurait eu cent ans.

– C'est étonnant, ce que vous racontez là, poursuit prudemment la psychologue, songeuse. Deux femmes de la même famille reçoivent une bombe la veille de leurs vingt-cinq ans…

– Bah ! Il y a presque un demi-siècle entre les deux événements, proteste Paulin.

– Tout de même, c'est troublant, insiste Valentine. Je me passionne pour les phénomènes familiaux du type répétitions : syndromes d'anniversaire, coïncidences curieuses, phénomènes transgénérationnels… Quelquefois, un événement en rappelle d'autres, similaires, parfois à plusieurs générations d'intervalle.

Ludovic la fixe alors avec un intérêt accru et lui demande d'une voix anxieuse :

– Je suis né pile cinquante ans après ce drame, soixante-quinze ans après l'arrière-grand-tante... Tu crois qu'il y a un lien ?

Paulin lève les yeux au ciel :

– Bon, il est tard et je suis vanné ! Vous êtes grotesques avec vos histoires. Si tous les descendants des gens qui meurent de mort violente dans le monde devaient subir un sort semblable, il n'y aurait plus beaucoup de morts naturelles ! Et on aurait tous du souci à se faire... Ne commence pas à gamberger, frérot, tu vois bien que tu n'es pas mort ! Allez, je vais dire au revoir à Maëlle. À la prochaine !

Et, haussant les épaules, il tourne les talons. Valentine regarde Ludovic, quelque peu ennuyée.

– Il a raison, je me suis un peu emballée, excuse-moi et oublie tout ça, je suis ridicule.

– Non, ça m'intéresse...

La psychologue se redresse à son tour.

– Allons rejoindre la fête, il commence à faire froid ici !

Ouvrant la porte, elle plonge à nouveau dans la chaleur rouge et bruyante de la salle. Ludovic la rattrape et lui saisit le bras brusquement pour la retenir :

– Et les fantômes ? Tu y crois, aux fantômes ?

Surprise, elle se retourne et le dévisage avec des yeux ronds :

– Aux fantômes ? Non, bien sûr que non ! Qu'est-ce que tu racontes ?

Confus, Ludovic ne sait que dire et se maudit de se trouver si stupide. Valentine reprend cependant, intriguée par sa question :

– Enfin, il y a bien un phénomène que nous traduisons par « fantôme » dans notre jargon, nous les psys qui étudions les phénomènes transgénérationnels. Mais ça n'a rien à voir avec les esprits frappeurs ou autres inventions du même genre ! Pourquoi cette question ? Tu crois aux fantômes, toi ?

– Non, non ! Bien sûr que non, bafouille Ludo. C'est juste que…

– Écoute, si ça t'intéresse, on en parlera une autre fois. C'est un peu compliqué tout ça, et je ne suis pas sûre que tu veuilles t'y plonger. Les gens rationnels comme ton frère ont du mal à y adhérer, et pourtant nos recherches sont parfaitement scientifiques !

– Pourquoi pas ? Il y a des choses que j'aimerais comprendre dans ma vie, mais…

Le garçon s'interrompt, mal à l'aise. Valentine le scrute un moment de son regard aigu puis dit simplement :

– On va danser ?

5
Tante Mag

Ce matin, Ludovic doit mettre les bouchées doubles afin d'être à l'heure à la Fondation du Buisson. Cet institut privé fondé par des Salésiens accueille des jeunes de tous âges en rupture de ban, que la DDASS lui confie parfois en dernier recours. Ludovic est chargé un mercredi sur deux d'accompagner en excursion tantôt des collégiens tantôt des lycéens. La ponctualité, lui a-t-on expliqué, est un élément pédagogique essentiel à la structuration de ces jeunes aux trajectoires souvent erratiques. C'est Maëlle, éducatrice spécialisée à la fondation, qui lui a trouvé ce job.

Ludovic aime bien cette activité. Le contrat prévoit aussi qu'il encadre deux camps dans la montagne en été. Son rôle est d'ouvrir les jeunes à cet environnement qui leur est parfois totalement étranger. Le premier objectif – et le directeur a beaucoup insisté sur ce point – est d'offrir aux élèves des moments « magiques » hors de leur quotidien, hors de leur temps et de leur espace habituels. Quelques heures d'évasion pour ces gosses malmenés par la vie. Le mot « magiques » employé avec un lyrisme gourmand par le quinquagénaire au maintien sévère avait fait sourire Ludovic.

– Je ne suis pas magicien, je ne peux rien vous promettre, avait-il protesté.

– Je ne suis pas inquiet, je compte sur la montagne, avait répliqué le directeur.

Celui-ci était un poète, devait remarquer Ludovic par la suite. Les enseignants brocardaient gentiment sa propension à leur faire subir ses rimailles à la moindre occasion : discours de rentrée scolaire, fête d'école, inauguration, pot de départ… La montagne était sa muse favorite. Il l'assaisonnait de toutes les couleurs et la parait de toutes les vertus. Elle était à ses yeux la panacée de tous les remèdes possibles pour ses « protégés » : prendre de la hauteur au sens propre devait forcément les aider à en prendre au sens figuré. Et Ludovic devait bien admettre au fil des semaines les effets sensibles de cette enchanteresse sur les jeunes : les pieds « en dedans » se rectifiaient, les mains captives se libéraient des poches, les bras se dégageaient, les épaules voûtées se redressaient, les mouvements prenaient de l'ampleur et de la souplesse, les regards fuyants s'éclairaient, les sourires renaissaient, et même les rires fusaient de bon cœur ! Les collégiens prématurément vieillis redevenaient des enfants insouciants et gais qui bondissaient comme des cabris sur les sentiers de randonnée. Ludovic était surpris de son propre bonheur à les voir gambader avec enthousiasme dans les pâtures et les sous-bois.

Une partie du corps enseignant encadre avec lui l'activité, à tour de rôle. Seul le prof de sport, Claudius, participe à toutes les sorties. Ludovic s'entend bien avec lui. C'est un gars du pays féru de sports de montagne. Son frère figurait aux derniers Jeux olympiques d'hiver et sa sœur joue les doublures d'actrices dans des scènes de cascades dans la neige. Plutôt fort en gueule, il a toujours des anecdotes pittoresques à raconter et sait se faire obéir des gamins. Les autres enseignants essaient en général de profiter de la balade pour appliquer la théorie à la pratique : la prof de SVT illustre son cours de géologie ou de botanique d'observations sur le terrain, celle d'histoire-géographie évoque le peuplement de la région, depuis la préhistoire à nos jours en passant par les Allobroges, la conquête romaine et l'époque sarde ; elle adore disserter sur la fabrication du charbon dans les Bauges ou le travail des métaux, mais les élèves préfèrent déguerpir dans les bois ou caracoler de rocher en rocher.

Cette activité « montagne » est apparue relativement récemment dans les programmes pédagogiques de la fondation. D'abord auprès des collégiens, puis des lycéens. Par petits effectifs, un après-midi par mois, ils « apprennent » la montagne : tels des apprentis musiciens qui commencent par savourer la musique avant de s'attaquer au solfège, ils découvrent le plaisir des promenades dans des environnements exceptionnels. Petit à petit, ils perçoivent le sens de l'effort, la fierté de repousser leurs limites, la récompense d'un panorama saisissant au débouché d'un chemin, la surprise d'une rencontre inattendue avec une marmotte ou un bouquetin égaré. D'une escapade à l'autre, Ludovic instille un esprit montagnard chez ces jeunes avides de vivre. En apprivoisant la montagne, en apprenant à la respecter, à la craindre aussi parfois dans ses humeurs tonnantes ou son intimidante majesté, ils s'apprivoisent eux-mêmes, se découvrent des capacités qu'ils ne soupçonnaient pas.

Ludovic n'a pas vraiment conscience du bien qu'il fait à ces jeunes. Il met cela sur le compte de cet univers particulier, comme le directeur. N'est-ce pas naturel ? Ludovic se trouve des connexions avec ces jeunes. Lui non plus n'a jamais été à l'aise dans les études. Son parcours scolaire a été une catastrophe, contrairement à Paulin. Il ne se sent jamais vraiment à sa place nulle part, toujours sur le qui-vive, inquiet de ne pas correspondre à ce qu'on attend de lui. Il n'y a qu'en montagne qu'il retrouve son unité. C'est pourquoi il a passé le brevet des guides accompagnateurs. Mais cela fait-il un métier ? Trop saisonnier, comme le ski qu'il enseigne l'hiver à des mômes qu'il ne revoit jamais. C'est frustrant. Il a l'impression d'enfiler les petits boulots, toujours sur la brèche. Cet intérim à La Poste est une aubaine qui doit durer quelques semaines. Mais se voit-il facteur toute sa vie ? À vrai dire, il ne sait pas bien ce qu'il veut. Il manque terriblement de confiance en lui. Il ne voit pas que sa science de la montagne est exceptionnelle. Pour lui, c'est juste… naturel !

Il arrive à l'entrée de l'établissement au moment où retentit la sonnerie aigrelette qui annonce la reprise imminente des cours de l'après-midi. Ouf, il est à l'heure ! Alors qu'il gare sa moto à l'emplacement habituel, une grosse cylindrée japonaise surgit et pile net à ses côtés dans un vrombissement sauvage. Une longue silhouette filiforme en descend en souplesse et ôte son casque dans un éclat de rire. Ludovic ouvre de grands yeux :

– Valentine ?!

La jeune femme rit à nouveau et lui décoche une bourrade :

– Ne me regarde pas comme ça ! Tu n'as jamais vu de motarde ?

En bottes à talons plats et jean serré, la psychologue paraît moins grande que le samedi précédent au karaoké. À la lumière du jour, il remarque que ses cheveux auburn tirés en arrière laissent échapper une mèche rouge sur son nez, barrant son œil bleu qui pétille d'amusement derrière le verre plus sérieux de ses fines lunettes. Maëlle avait raison : ce n'est pas la même fille !

– Qu'est-ce que tu fais là ? Je croyais que tu ne travaillais pas le mercredi.

– On a une réunion. Et toi, c'est ton jour de babysitting ?

Ludovic sourit :

– Oui, je dois y aller, d'ailleurs, je ne veux pas les faire attendre.

– Tu les emmènes où ?

– Nous sommes attendus chez un apiculteur. Il va extraire son miel de printemps. C'est une expérience intéressante pour les gosses. La météo n'est pas géniale en plus pour une rando.

– C'est dans quel coin ?

– Dans les Bauges.

– Évidemment… ! Maëlle m'a dit que c'était ton coin de prédilection. Tu m'emmèneras un jour ?

– Euh… si tu veux.

– Et on pourra aller voir ta tante Mag ? J'ai vraiment très envie de la rencontrer, son histoire m'intrigue.

– Si tu veux ! Maëlle et moi y allons justement le week-end prochain pour la remercier de la fête et lui montrer les photos. Tu peux venir avec nous si tu veux.

– Super ! Vous y allez comment ?

– À moto s'il fait beau. Mais s'il pleut, on prendra la voiture de Maëlle. On te confirme l'heure et le lieu de rendez-vous dans la semaine, ok ?

– Parfait ! Allez, te mets pas en retard, ils t'attendent.

Tournant les talons, Ludovic s'éloigne à grandes enjambées rapides vers le minibus prêt à démarrer, déjà chargé de collégiens impatients.

***

En ce deuxième samedi de juin, veille de la Pentecôte, deux motos fendent la lumière bleue d'un soleil quasi estival. Elles glissent dans le paysage comme un feutre sur une page, suivant avec élégance les lignes souples de la route. Celle-ci dessine en boucles pleines et déliées des paroles oubliées, une chanson de gestes d'autrefois gravés dans la mémoire de chaque lieu traversé. Dans ce grand livre d'images, le temps ne semble tourner la page qu'imperceptiblement. L'air a l'éclat du papier glacé. Les hauts sommets chenus de l'Arcalod et du Trélod surveillent de loin leur progression, majestés impavides et repues d'étonnements. À peine moins élevées, les cimes hiératiques de Margériaz et du Colombier les toisent sans bouger, sentinelles de l'éternité. Des mèches neigeuses désordonnées peinent à masquer la calvitie crayeuse de ces immortels dont l'habit vert se décline en un somptueux dégradé, depuis le plastron sombre des forêts escarpées ouvert sur le gilet clair des alpages jusqu'au galbe tendre des prairies festonnées de vergers. À leurs pieds froufroutent les rubans perlés d'invisibles nants. Les neiges éternelles y retrouvent leur jouvence dans des éclaboussures de rires irisés.

De vallons en villages, de vergers en pâturages, les voyageurs s'enfoncent toujours plus loin dans ce cœur vert des Bauges. Ce cœur qui bat de l'odeur fraîche des foins coupés, des multiples fleurs sauvages qui croissent, puissantes et drues, dans les pâtures. Ces pâtures où bruissent mille et une bestioles affairées autour d'opulents ruminants… Des fermes dispersées somnolent aux abords du parcours, des clochers aigus pointent le ciel du doigt et des maisons bourrues se serrent le long de rues si courtes qu'on est déjà dehors avant même d'y entrer. La route enfile en farandole sinueuse de pittoresques villages aux résonances exotiques : Saint-Alban-Leysse, Saint-Jean-d'Arvey, Les Déserts, Plainpalais… À la petite église du Noyer, perdue dans son écrin de vert, les motards font une pause pour admirer le tympan peint de couleurs vives mais écaillées, « unique en son genre dans le massif », commente Ludovic avant de reprendre son chemin, Maëlle en croupe. Encore quelques rondes collines à gravir et quelques pentes à redescendre. À un rythme tranquille, ils traversent le Chéran à

Lescheraines, et puis remettent les gaz. Et de nouveau des noms qui font sourire Valentine : La Compôte, École-en-Bauges… École buissonnière s'il en est ! Des nappes de brouillard olfactif la happent au passage, lourdes de fragrances capiteuses : seringas anisés, rosiers épanouis, acacias emmiellés… Dans la campagne, de curieuses cabanes sont disséminées dans les champs. Et, dans les bourgades, les logis ont un charme fou avec leurs faux balcons en bois recourbé suspendus aux avant-toits. Des fagots y sont entreposés à l'abri des toitures.

– On les appelle des tavalans, précise son guide. Et les cabanons que tu as aperçus dans les champs sont des grangettes. On y stockait le foin autrefois.

D'un virage à l'autre, c'est un enchantement. Valentine vole, walkyrie d'un temps nouveau. À l'assaut de quels mirages ? Elle l'ignore encore, mais elle perçoit, en ce royaume dormant, des ombres au sommeil agité, dans le sillage de Ludovic qui fonce à quelques mètres devant elle.

À Jarsy, une surprise de taille la saisit : dans cette campagne perdue, parmi quelques demeures éparses, se dresse… une cathédrale ! La jeune femme reste bouche bée. Ludovic est ravi de son petit effet :

– Surprenant, n'est-ce pas ?

Mais la porte est fermée, la visiteuse n'aura pas le loisir de se laisser éblouir par le contraste lumineux des hauts vitraux étroits qui flamboient dans la pénombre. Une autre fois peut-être ?

Un dernier tour de roues éloigne les bolides du chef-lieu et les emmène par une voie écartée jusqu'à une petite éminence plate où trône un large bâtiment tout de pierre et de bois : la fruitière de Tante Mag ! Le panorama est grandiose. Sur l'écran bleu du ciel immense, le géant gris de Pleuven projette sa silhouette solitaire. La vallée verdoyante se prosterne à ses pieds, tandis que la grande église, comme un défi des hommes, reste crânement debout. Mais que nul ne s'y trompe ! Au-delà, sur la droite, Arcalod le Magnifique rappelle sans conteste possible qui est le vrai seigneur des lieux.

– Ah ! Vous voilà déjà ?

La voix rauque de Tante Mag, qui trahit une longue addiction au tabac, arrache les nouveaux venus à leur contemplation. S'ébrouant d'un même élan, ils sautent à terre, dégrafent casque et blouson.

– Ce n'est pas trop tôt ! s'exclame joyeusement Maëlle en embrassant sa tante. Ludo a pris les chemins de traverse pour faire voir du pays à notre amie alsacienne !

– C'est pas vrai ! s'insurge l'accusé. C'est à peine si j'ai fait quelques détours !

Valentine rit et se présente. Oui, elle est Alsacienne, originaire de Strasbourg. Elle a adoré la virée !

– Quel endroit magique ! Et d'un calme !... Vous avez de la chance d'habiter ici !

– C'est sûr que ça change de la ville. Mais laisse tomber le vous... Et appelle-moi Mag, comme tout le monde ici.

Valentine s'incline. Mag est d'un abord agréable quoique rugueux. Avec ses cheveux sombres qui tombent en ondulations drues sur le front, les oreilles et la nuque, et ses épais sourcils qui barrent son visage carré aux lignes masculines, la grande femme taillée comme un bûcheron et tout de jean vêtue pourrait impressionner, n'était son sourire doux comme une brise d'été dans son chaud regard brun.

– Que portes-tu là ? s'enquiert Maëlle, toujours curieuse. Tu reviens du potager ?

– Non, cette fois j'ai fait mon marché dans les sous-bois et les fossés, répond sa tante gaiement, en posant son panier sur la table de jardin. J'ai cueilli des fleurs pour notre déjeuner.

– Comment ça, des fleurs ? On n'est pas des vaches !

– De l'oseille, de l'ail des ours, de l'ortie blanche…

– Ce ne sont pas des fleurs, ça !

– Et des violettes pour faire joli !… C'est pas des fleurs, ça ? C'est ma copine Christelle qui m'a initiée aux arts de la table champêtre. Vous savez, la petite brunette pétillante, avec une crinière à la Loreleï et des yeux bleus scintillants comme des topazes… Si le repas ne vous plaît pas, vous n'aurez qu'à vous en prendre à elle !

Tante Mag a voulu étonner ses invités et sortir des sentiers battus. C'est un succès ! Autour de la table de jardin, sur la terrasse ensoleillée qui domine, tel un belvédère, l'heureuse vallée environnante, une gaieté gourmande bourdonne jusque dans la glycine. La salade d'herbes printanières fraîchement cueillies dépose sur les papilles des jeunes motards tous les parfums des prairies traversées le matin. Une savoureuse tarte aux orties l'accompagne. Leur succède un plateau de fromages comme on n'en rencontre nulle part ailleurs… Valentine se promet de faire une halte à la fromagerie locale avant de rentrer.

– Allez à la Fruitière des Bauges, recommande Mag, le patron est un ami.

– Une fruitière ? Pour du fromage ? s'étonne Valentine.

Tante Mag éclate de rire.

– Ça marche toujours avec les touristes ! Une fruitière, c'est l'endroit où l'on fabrique les fromages. On les y fait fructifier, si tu veux, mûrir… Le fruit, c'est aussi le nom qu'on donne au lait ici : c'est le fruit de la vache. Rien à voir avec les pommes et les poires !

Valentine est vexée de s'entendre traiter de touriste ; elle est tout de même dans la région depuis septembre ! Mais la faisselle aux fruits rouges a vite fait de la réconcilier.

– Fraises et framboises du jardin ! annonce avec emphase la maîtresse des lieux. J'ai hésité à vous faire un gâteau, mais je trouve qu'il n'y a rien de meilleur que ça !

– C'est absolument délicieux ! La faisselle aussi vient de la... fruitière ?

– En fait, ce n'est pas de la faisselle, mais de la tomme blanche. Une spécialité d'ici. Et oui, elle vient aussi de la fruitière. Mais il est prudent de commander à l'avance.

– Donc, si je comprends bien, ta maison est une ancienne fruitière, elle aussi. On y faisait du fromage alors ?

– Tout le monde l'appelle fruitière ici, mais je me demande bien pourquoi. C'est plutôt une ancienne ferme. Il n'y a pas trace de fabrique. Il y a bien une cave, mais elle n'est pas énorme. Je doute qu'on ait jamais fait du fromage ici, sinon peut-être pour les besoins domestiques.

– Ou alors on se contentait d'y entreposer le fromage des alpages ? suggère Maëlle.

– Peut-être, va savoir !

La conversation se poursuit ainsi agréablement, arrosée des meilleurs vins de la Combe de Savoie. Valentine apprend une foule de choses fascinantes sur le massif, ses traditions, ses habitants, la faune, la flore... Des anecdotes, des légendes. Elle est impressionnée de voir combien ses hôtes semblent attachés à ce pays. Il est vrai que la longue traversée du matin l'a déjà conquise elle aussi !

Avec le café viennent les photos et le récit détaillé de la fête d'anniversaire. Mag allume une cigarette et se cale confortablement dans le fauteuil en rotin.

– C'était géant ! Inoubliable ! s'enthousiasme Maëlle. Quelle soirée ! Vraiment, c'est dommage que tu n'aies pas pu être là…

– Tu aurais dû la voir se trémousser sur scène ! la taquine malicieusement son cousin.

– Et toi, même pas cap' de chanter une chanson tout seul !

– Pas du tout, j'ai bien chanté « *Là-bas* », de Goldman !

– Avec moi ! riposte sa cousine, toutes griffes dehors.

– C'est vrai ? Vous avez chanté ensemble ? intervient Tante Mag dans une bouffée de tabac.

– Et c'était fabuleux ! renchérit Valentine. On s'y serait cru… D'ailleurs, j'ai tout filmé sur mon téléphone. Vous voulez voir ?

C'est un cri du cœur simultané, mais disjoint, qui jaillit des deux cousins :

– Oh oui ! s'exclame l'une.

– Surtout pas ! gémit l'autre.

Valentine pouffe et présente son appareil à Mag pour lui montrer l'enregistrement. Celle-ci est impressionnée.

– N'est-ce pas que Maëlle a une voix extraordinaire ?

– Oui, elle a un vrai talent, approuve Mag avec chaleur. J'ai toujours poussé sa mère à lui donner des cours de chant.

– Paulin dit que ça pourrait venir d'une de vos aïeules.

– Pourquoi pas ? Ce n'est pas à toi que j'apprendrai les mystères des transmissions familiales. Mais bon, si on allait visiter l'atelier ? ajoute-t-elle pour couper court à cette conversation dont la tournure, craint-elle, risque de réveiller des ombres chez sa nièce orpheline.

– Je n'attends que ça ! se réjouit Valentine en sautant sur ses pieds. Maëlle m'a tellement parlé de tes œuvres !

L'artiste rit.

– Je ne suis pas sûre que Maëlle soit la plus objective de mes admirateurs… Pour être tout à fait honnête, je dois te prévenir que ma peinture ne plaît pas à tout le monde. Mais j'ai aussi de vrais fans…

Le petit groupe se rend en plaisantant de l'autre côté de la maison. Une ancienne grange attenante au bâtiment principal a été transformée en un spacieux atelier bien isolé et lumineux. Une grande baie vitrée a remplacé l'antique portail de bois à deux battants. De hautes fenêtres percées dans le mur opposé permettent une lumière traversante d'est en ouest et d'ouest en est propice aux jeux de couleurs sur les toiles. Sous les fenêtres est installée une solide table de ferme qui supporte toutes sortes d'accessoires hétéroclites : des bustes en plâtre, des candélabres tarabiscotés, une nature morte artistiquement dressée sur un drap blanc savamment plissé, une pile de toiles vierges, du matériel de peinture varié dans un incroyable enchevêtrement de couteaux, pinceaux, couleurs de toutes tailles et de toutes matières, des pots, des paniers, des chiffons…

– C'est un peu en bazar, reconnaît Mag en ramassant une boîte de crayons tombée à terre, je vais ranger cette semaine : j'attends une dizaine de stagiaires prochainement. Ils vont rester une huitaine de jours.

À droite en entrant, une échelle de meunier permet de grimper à une large mezzanine, fenil réaménagé où gît aussi tout un bric-à-brac désordonné. Sous cet escalier de fortune s'amoncelle une pile de bûchettes destinées au poêle en fonte rustique qui attend placidement à l'autre angle du mur – juste un appareil d'appoint, précise la propriétaire, le chauffage étant assuré par le sol carrelé relié à une pompe à chaleur dernière génération. Les artistes ont besoin d'un minimum de confort !

À gauche, contre le mur mitoyen de la maison, un évier et une grande cuve permettent aux stagiaires de nettoyer leur matériel ou de remplir la bouilloire branchée à proximité, près d'un panier rempli de sachets de tisane bio. Une porte percée au milieu du mur donne accès à l'habitation principale, via un « passage sanitaire », selon les propres termes de l'hôtesse. Elle désigne ainsi plaisamment le sas qui ouvre d'un côté sur les toilettes et de l'autre sur un vestiaire, avant une deuxième porte qui, elle, mène à la partie gîte du bâtiment. C'est là que logent les stagiaires en résidence. Et là aussi que logeront pour le week-end ses trois visiteurs.

Plusieurs chevalets sont disséminés dans l'atelier. Certains sont vides, d'autres supportent des toiles inachevées. De hauts tabourets et de petites tables couvertes de palettes souillées, de chiffons et de matériel de peinture leur tiennent compagnie. Ce sont là les postes de travail des élèves réguliers. Certains sont assez doués et exposent dans des salons d'amateurs, où ils remportent parfois des prix dont la gloire rejaillit un peu sur l'ensemble de l'atelier et leur professeur.

Par-dessus tout cela plane un léger mais âcre bouquet d'odeurs mêlées que l'hiver traînant n'a pas permis d'évacuer suffisamment, faute de températures assez clémentes pour aérer tous les jours. Des fragrances de White Spirit et de térébenthine folâtrent ainsi avec des relents de tabac froid et de peinture joints à des miasmes de sueur humaine. Les fenêtres sont pourtant ouvertes en grand depuis le matin, mais ces indésirables sont tenaces. Magali écrase sa cigarette et allume quelques bougies parfumées pour assainir l'atmosphère.

– Tu n'enseignes que la peinture à l'huile ou tu travailles d'autres techniques ? interroge Valentine.

– Les élèves travaillent les techniques qu'ils souhaitent. Mais la plupart se contentent de l'aquarelle et de l'huile. Néanmoins, on s'amuse parfois à expérimenter d'autres façons de faire ou d'autres supports. Acrylique, gouache, encre de Chine, brou de noix, pastel, fusain, crayon… Ou encore on investigue dans des tableaux qui sont presque des sculptures : collage – de tissus, papiers, cartons, plastiques recyclés ou matériaux naturels comme le bois, les plantes séchées, les plumes, le sable… –, modelage… La créativité est sans limites ! Les résultats sont parfois étonnants…

Les jeunes gens acquiescent. Ils contemplent en silence les tableaux en attente de vernissage accrochés à de grandes grilles de métal chromé placées en accordéon au fond de la salle. Puis ils font le tour des toiles de Magali fixées, elles, sur l'ensemble des murs. C'est indubitable, l'artiste a du talent ! On peut même parler de génie… Qu'ils soient figuratifs, abstraits ou entre les deux, ses tableaux dégagent tous une atmosphère particulière. Valentine ressent une étrange émotion à chaque station de ce voyage imaginaire. Chacune des œuvres exprime avec une sensibilité extrême des sensations intenses vécues par l'auteur, et qui suscitent immédiatement une réponse quasi charnelle des entrailles de l'observateur. Une chose intrigue la jeune femme : quelle que soit l'œuvre, si belle ou apparemment sereine soit-elle, comme par exemple ce verger en fleurs dans un champ de lumière, une ombre mélancolique semble toujours transpirer d'une manière ou d'une autre. Valentine prend le temps de considérer ce verger… Un détail la saisit : de la mousseuse frondaison blanche d'un des pommiers en arrière-plan pend lamentablement la silhouette obscure et squelettique d'une branche à demi rompue. Elle est là, la note mélancolique qui jette son voile imperceptible sur la douceur printanière de ce verger tranquille. Dans cette branche morte. La psychologue revient sur ses pas, scrute chaque tableau de près. C'est bien cela, son intuition ne l'a pas trompée : elle découvre en chacun une zébrure, un éclat noir, une absence ou un plein, qui pèsent comme une menace lointaine sur un bonheur fragile. Sa découverte la bouleverse. Elle se retourne et croise le regard de l'artiste anxieuse de connaître ses impressions.

– C'est… extraordinaire ! Je ne sais comment exprimer ce que je ressens… C'est si beau !

Elle n'ose révéler le fond de sa pensée. Après tout, peut-être dramatise-t-elle, connaissant le traumatisme qu'a subi Magali dans ce fatal attentat de 1995. « Je devrais prendre davantage de distance avec ma déformation professionnelle », se morigène-t-elle.

Une conversation animée s'élève maintenant autour d'une imposante toile d'environ un mètre cinquante de haut sur un mètre quatre-vingts de large. Magali explique à ses neveux que c'est une commande de la municipalité d'École-en-Bauges.

– On m'a demandé un tableau commémoratif pour le soixante-quinzième anniversaire du double martyre de ce village massacré par les Allemands en mai et juillet 1944.

– Que s'est-il passé ? demande Valentine en se rapprochant.

– Une horreur… Telle que seuls les nazis pouvaient en commettre… Vous ne vous êtes pas arrêtés à École ? s'étonne Magali.

– Non, avoue Ludovic. J'avais peur de nous mettre en retard. Mais on pourra y passer au retour.

– Tout y est expliqué devant l'église.

Et de raconter les deux vagues de massacres : la première le 1er mai, la seconde les 4, 5 et 6 juillet suivants. L'Enfer déferlant au Paradis… Le village incendié, les hommes martyrisés, exécutés sous le regard impuissant et désespéré de la population rassemblée de force devant l'église. Les vieilles personnes du village en font encore des cauchemars trois quarts de siècle après.

– C'est monstrueux ! s'exclame Maëlle.

– Oui. Et j'avoue que c'est très difficile pour moi. Presque douloureux. Je ne sais pas pourquoi cela me heurte à ce point d'ailleurs… Mes acouphènes reprennent presque systématiquement quand j'y travaille. Heureusement, c'est bientôt fini. Qu'est-ce que vous en pensez ?

Les amis reculent d'un pas pour mieux appréhender l'œuvre semi-figurative. L'impression est violente et douce à la fois.

– C'est curieux, avance prudemment Valentine, je ressens quelque chose de familier, comme du déjà-vu, et pourtant c'est complètement nouveau en même temps… Déstabilisant.

– On dirait une pietà, dit Ludovic.

– C'est étrange, cet ensemble de couleurs à la fois très sombres et lumineuses, commente à son tour Maëlle. Ce noir qui enserre la scène est angoissant, mais ta femme rouge qui berce ce corps lumineux et meurtri dégage à la fois un sentiment de douleur extrême et de totale sérénité… Comment as-tu réussi cette alchimie ? Et c'est quoi, tous ces halos en série qui forment un cercle lumineux autour de ta pietà ?

– On a l'impression qu'ils forment un rempart contre les ténèbres, ajoute Valentine.

– C'est tout à fait ça, approuve avec satisfaction le peintre. Ton sentiment de déjà-vu vient peut-être de ce que je me suis inspirée du *Nouveau-Né* de Georges de La Tour.

– Du *Nouveau-Né* ? s'étonne l'Alsacienne.

– Oui, ce tableau m'a toujours émue par ce contraste entre les ténèbres et la lumière. Les ténèbres menaçantes qui rôdent autour de nous, prêtes à nous engloutir, et qui sont maintenues en respect par la faible flamme d'une chandelle et la fragilité d'un enfançon… J'ai voulu transposer cela sur mon tableau commémoratif : la haine et le désespoir ne doivent pas prévaloir sur la vie et l'espérance. J'ai choisi la Pietà d'École-en-Bauges pour rappeler le martyre du village. La femme, c'est École pleurant ses enfants. La jeune mère de La Tour est en rouge, j'ai donc représenté ma Vierge des Douleurs en rouge aussi. Mais j'ai opté pour un rouge sang, plus violent que celui de La Tour. Le rouge de la Passion, le rouge de l'amour aussi… Le rouge du martyre, en somme. Elle représente toutes les mères, toutes les épouses, toutes les filles et toutes les sœurs des sacrifiés d'École, et plus généralement toutes les femmes du village. Toutes leurs douleurs confondues… Et ce corps meurtri, torturé, abandonné dans ses bras, sur ses genoux, c'est bien sûr celui des martyrs. Il est lumineux parce que leur sacrifice porte l'espoir… L'espoir que l'amour est plus fort que la mort, que toutes les horreurs…

– Pourquoi il n'a pas de visage ?

– En fait, il en a douze. Autant que les otages assassinés en juillet. Ce sont ces fameux douze halos en cercle autour de l'ensemble. Vous voyez qu'ils partent de la tête. Vous avez remarqué qu'ils formaient un rempart contre les ténèbres. C'est tout à fait ça que j'ai voulu représenter. Les sept martyrs de mai, eux, sont figurés par la pléiade d'étoiles qui les suit comme une voie lactée.

Un silence méditatif accueille ces paroles. Maëlle remarque soudain :

– Attends, tu t'es trompée dans ton compte : tu as fait treize halos !

– Comment ça, treize ? J'en ai dessiné douze !

Tout le monde se met à compter. Il y en a bien treize. Mag vérifie dans le dossier que lui ont remis ses commanditaires. Ce sont bien douze noms qui sont égrenés dans la liste : Jean-Benoît Ballaz, le maire de l'époque, les deux frères Trépier – Joseph et André –, Lucien Gonthier, Eugène Nardin, Constant Arnichand, André Ferroud-Plattet, Jean Alexandre Paulandré, Roger Burgos, Henri Orset, Émile Gonthier, et Alfred Blanc. Les hommes abattus en mai étaient des ouvriers qui avaient fui le STO : Jean Bauer, André Brun, Jules Sicaud, Jean Della Casa, et deux immigrés italiens : Francesco Genova et Louis Locatelli, auxquels il faut ajouter Pierre Fourrel, un jeune homme que les Allemands avaient vainement essayé de faire parler sous la torture avant de l'assassiner[1].

– Les plus jeunes avaient à peine seize ans ! murmure l'artiste en montrant les photos dont elle dispose.

Un silence grave lui fait écho.

– Bon, eh bien, je n'ai plus qu'à reprendre mon travail, c'est l'affaire de quelques retouches, déclare Mag d'un ton enjoué pour détendre l'atmosphère. Je ne comprends vraiment pas comment j'ai pu en faire treize à la douzaine ! J'ai dû emmêler mes pinceaux… Retournons au soleil ! Que diriez-vous d'une petite balade ?

La diversion est reçue avec empressement. Magali rallume une cigarette et la petite troupe s'éloigne vers le village en longeant les champs. La grande femme conserve cependant un front soucieux.

– Que t'arrive-t-il ? demande Maëlle.

– Oh, rien du tout… Juste ces satanés acouphènes qui reviennent. Je crains un début de migraine.

– Ça fait longtemps que tu as ce genre de choses ? interroge Valentine.

– Oui, j'ai l'habitude maintenant. Ça fait presque vingt-cinq ans !

– Ludo et son frère m'ont raconté ce qui t'est arrivé : l'attentat dans le RER C en 1995… Ça a dû être terrible !

Magali pousse un soupir et secoue la tête. Elle aspire une bouffée de tabac qu'elle renvoie lentement dans l'atmosphère. La cigarette dessine un élégant sillage de fumée dans la trajectoire des doigts qui retombent le long du grand corps.

1. Authentique. Qu'ils reposent en paix. *NdA*.

– Je devrais avoir absorbé les choses depuis le temps… Mais non, je ne m'en suis toujours pas remise. Pas complètement. C'est pas que ça m'obsède, non ! J'essaie plutôt de ne pas y penser. Mais il suffit de pas grand-chose pour que les acouphènes reviennent, ou des crises d'asthme… et les cauchemars… ajoute-t-elle plus bas.

– Tu as vu des psys ?

– Oui, bien sûr, mais apparemment tout n'est pas résolu, même s'ils m'ont bien aidée.

Les filles marchent en silence. Leur compagnon les précède de quelques mètres. Tout à coup, il leur fait signe de ne pas bouger et leur indique la lisière du bois à l'horizon. Maëlle est la première à apercevoir les trois chevreuils qui broutent paisiblement à l'orée des arbres. Elle rattrape son cousin en courant. Valentine et Magali se sont arrêtées pour admirer les gracieux cervidés.

– J'ai été frappée par une certaine mélancolie qui se dégage de tes tableaux, reprend la psychologue.

– Ah oui ? C'est la première fois qu'on me dit ça, s'étonne sa compagne. Puis, après un instant de réflexion : Mais peut-être, après tout.

Elles reprennent leur marche tranquille.

– Tes neveux m'ont également dit que tu étais une miraculée. Que tu n'aurais pas dû survivre à l'explosion…

Magali lui jette un regard en coin :

– Tu vas me prendre pour une folle.

– Dans mon métier, il n'y a pas de fous. Juste des personnes qui ont des histoires à démêler. Et la tienne m'intéresse. Enfin, si tu veux bien me la raconter, bien sûr.

Tante Mag réfléchit un instant, pince sa cigarette entre les lèvres, la reprend entre deux doigts, puis se décide :

– Il y avait une femme. Pas très grande. Je ne sais pas comment dire. Elle n'était pas là au départ. J'étais debout, j'avais mon carton à dessins sous le bras, ma sacoche en bandoulière avec tout mon matériel, et je m'apprêtais à descendre à la station suivante. Et tout à coup elle était là. Elle a surgi devant moi comme une ombre et m'a plaquée au sol. J'ai entendu un bruit énorme, tout a vacillé… Quand j'ai voulu me relever, c'était le chaos… Et la femme avait disparu. Comme si elle n'avait jamais existé. Pffuitt !

Un grand geste du bras. Le mégot s'échappe et atterrit dans le fossé. La fumeuse lâche un juron et reprend :

– J'ai demandé aux pompiers qui sont venus me secourir où elle était passée. Ils m'ont regardée d'un drôle d'air : « Mais, mademoiselle, il n'y avait pas de femme à côté de vous, juste des hommes… » J'étais en état de choc, je n'ai pas insisté. Mais, quand j'y repense, elle était bien réelle.

Valentine écoute avec attention.

– Les pompiers m'ont aussi dit que j'étais une miraculée, en effet. J'aurais dû être soufflée par la bombe. Si je ne m'étais pas jetée à terre juste à temps, c'était la fin.

Un silence.

– Sauf que je ne me suis pas jetée à terre.

Valentine réfléchit.

– Tu avais quel âge ?

– C'était la veille de mes vingt-cinq ans. C'est pour ça que je fête joyeusement les vingt-cinq ans de mes neveux : parce que je n'ai pas pu fêter les miens. Ils ne te l'ont pas dit ?

– Paulin nous a dit samedi soir que la sœur de ta grand-mère était morte dans le bombardement de Chambéry en 1944, avec ses parents. La veille de ses vingt-cinq ans.

Magali s'arrête de marcher et la regarde, stupéfaite :

– Vraiment ? Ça alors ! Je savais qu'elle était morte dans ce bombardement, mais j'ignorais totalement son âge ! C'est incroyable… Quelle coïncidence !

Valentine répond doucement :

– Il arrive parfois des choses étranges dans certaines familles, des répétitions troublantes. Je crois qu'il faudrait chercher de ce côté pour essayer de comprendre ce qui t'est arrivé.

– Tu crois ?

– Ludovic m'a posé une question bizarre samedi.

– Ah oui ? Laquelle ?

– Il m'a demandé si je croyais aux fantômes. Je me demande pourquoi il m'a posé cette question.

– Avec ce que tu viens de m'apprendre, je ne suis pas loin d'y croire, moi aussi ! dit Magali d'un ton qui se veut léger. Mais il faut que je te dise, j'ai découvert autre chose récemment…

Elle s'interrompt, le souffle court.

– Oui… ? l'encourage Valentine.

– La tante Mathilde était une artiste, elle aussi. J'ai toutes ses aquarelles à la maison…

6
La boîte de Madeleine Dunant

Dans la grande salle de séjour rustique, Magali pose sur la table en bois massif une grosse boîte en carton.

– Qu'est-ce que c'est ? demande Maëlle.

– Surprise ! Il y a quinze jours, j'ai aidé Mamina à ranger son grenier. Elle n'y était pas remontée depuis la mort de Papy, en 2014, sinon pour y poser des choses dont elle ne savait que faire. Il était temps d'y mettre un peu d'ordre ! Et ce faisant, je suis tombée sur cette boîte qui contient un certain nombre de dessins et d'aquarelles, ainsi que quelques objets, un cahier… En voyant tous ces dessins, Mamina me l'a laissée, trop contente de s'en débarrasser !

– Et ça vient d'où ?

– Apparemment, répond sa tante en ouvrant la boîte, ce sont des souvenirs de votre arrière-grand-mère, ma grand-mère, la mère de Papy, que nous n'avons pas connue puisqu'elle est morte peu après le mariage de son fils.

– Elle dessinait ? s'étonne Ludovic. Je croyais qu'elle chantait, d'après Paulin.

– L'un n'empêche pas l'autre, rétorque sa cousine en riant.

– Ludo a raison, répond Magali. Ce ne sont pas des dessins de ma grand-mère, mais de sa sœur, Mathilde Dunant.

– Quoi ?! Elle… Elle avait gardé des dessins de sa sœur ? s'étrangle Ludovic. Pourquoi on n'en a jamais parlé ?

– Parce qu'on ne le savait pas, répond simplement Magali sans prendre garde à son trouble. Grand-Maman a donné cette boîte à son fils peu avant de mourir ; lui qui venait de se marier l'a soigneusement rangée dans le grenier et… l'a oubliée là ! Mamina s'en est souvenue quand j'ai sorti la boîte de l'armoire où elle était planquée.

– Montre-moi ça !

Ludo attrape la boîte brusquement. Il en sort une dizaine de feuilles cartonnées qu'il éparpille sur la table.

– Eh, doucement ! proteste sa tante. C'est fragile !

– Oui, du calme ! renchérit Maëlle. Qu'est-ce qui te prend ?

Ludovic ne répond pas. Valentine remarque :

– Elles sont très jolies, ces aquarelles ! Que représentent-elles ?

– Des paysages… répond Maëlle. Un lac… Des montagnes… Des fleurs…

– Je reconnais la Dent de Pleuven, dit Ludovic, le lac du Bourget… La fontaine de Bellevaux ici, regardez. Et là, toute une série de fleurs… Ce sont des fleurs d'ici : des cyclamens, des sabots-de-Vénus…

– Des perce-neige ! s'exclame Valentine.

– Non, plutôt des nivéoles. Mais c'est pareil, ces petites fleurs n'attendent pas la fonte des neiges pour pointer le bout de leur nez.

– C'est ravissant dans ce coussin de neige ! soupire Maëlle.

– Ce n'est pas fini, déclare Magali en sortant trois feuillets d'un carton à dessins. Là, ce sont des animaux : regardez ces chamois, comme ils sont gracieux !

– Et le troupeau de vaches, ici !

Les exclamations fusent, étonnées et ravies. Valentine est intriguée cependant et questionne :

– Vous n'aviez jamais vu ces dessins ? C'est incroyable !

– Non seulement nous ne les avions jamais vus, mais nous ignorions même que la grand-tante dessinait !

– En fait, nous ne savons rien d'elle, remarque Ludo d'un ton acerbe. Juste qu'elle est morte avec ses parents dans ce fameux bombardement de 1944.

– Maintenant, on sait d'où tu tiens ton talent, Tante Mag ! lance joyeusement Maëlle.

– Et voici ma préférée, annonce l'interpellée en exhibant une œuvre encadrée. Elle est vraiment belle ! Admirez la finesse du trait…

Tous les regards se tournent vers le cadre. Les filles s'extasient : vraiment, cette ferme ancienne est exquise, avec ce bouquet de cyclamens aux couleurs éclatantes posé juste devant, si délicat qu'on le croirait fraîchement cueilli… Les arbres fruitiers derrière, sur fond de sommets enneigés et, à peine esquissé, ce scintillement d'étoupe pâle… un lac égaré dans la brume ?

Ludovic, lui, reste sans voix. Pâle, blême même, il attire doucement une chaise à lui et s'assoit lentement, sans quitter l'aquarelle des yeux. Il ne se sent pas bien, son pouls l'oppresse. Il murmure seulement :

– Ça alors !… Ça alors !…

Tout à leur contemplation, ses compagnes ne remarquent guère son émotion. Maëlle se retourne pour l'apostropher :

– Qu'en penses-tu, Lud… Ludo ?! Qu'est-ce qui t'arrive ?

Pour toute réponse, son cousin demande, hébété :

– C'était accroché où ?

– Nulle part, c'était dans la boîte, répond sa tante.

– Non, ce n'est pas possible, s'obstine le garçon, c'était forcément accroché quelque part. Chez Papy et Mamina peut-être ?

– Non, non, je t'assure, ce n'est jamais sorti de cette boîte.

– Au moins chez Grand-Papa, alors ? Du temps où on était petits ?

– Mais non, je te dis ! Personne n'a jamais vu cette aquarelle avant maintenant, je m'en souviendrais, réplique Mag, agacée. Pourquoi insistes-tu ?

– Il faut bien que je l'aie vue un jour, cette peinture… reprend Ludovic d'une voix tremblante. Sinon, comment aurais-je pu la retrouver dans un rêve ?

– Qu'est-ce que tu dis ?!

La stupéfaction de ses auditrices est palpable.

– Tu as rêvé de cette peinture ?

– Oui, souffle-t-il, le regard fixe. C'est exactement ça : la ferme, le bouquet de fleurs, les arbres fruitiers, les montagnes enneigées… Et le cadre aussi… Mais en plus neuf.

Les filles sont abasourdies. Puis Maëlle s'énerve :

– Oh, arrête ton char, Ben-Hur, tu me fais flipper, là ! C'est pas drôle !

– Non, je t'assure, c'est mon rêve qui était flippant !... J'ai même cru que j'avais eu une hallucination… Ça semblait si vrai ! Si réel ! J'ai mis un temps fou à m'en remettre… Et voilà que ce tableau me saute à la figure, comme échappé d'un film d'horreur…

La nièce et la tante se regardent, interloquées. Un film d'horreur, carrément ! Valentine intervient alors :

– Écoutez, si nous faisions une pause ? J'ai apporté un saint-genix dont vous me direz des nouvelles ! Il provient de la meilleure boulangerie de la région !

Le quatuor se retrouve sur la terrasse, autour de la table de jardin. Maëlle apporte des verres et Mag des boissons. Ludovic reprend des couleurs dans la brise chaude et capiteuse de la glycine. Valentine découpe la brioche constellée de grains de sucre et lui en tend une bonne tranche rouge de pralines. Puis elle approche un fauteuil et s'installe en face de lui.

– Raconte, dit-elle simplement.

Et Ludovic raconte. Mais il ne raconte pas tout. Avec prudence, il explique qu'il est allé se promener une quinzaine de jours auparavant, dans le secteur où il fait sa tournée postale. Que là, il ne sait comment – s'est-il endormi, a-t-il fait une chute ou été le jouet d'une hallucination, peu importe – il s'est retrouvé devant une ancienne maison, typiquement baujue… Celle du dessin.

– Quoi ?! commence Maëlle.

– Chut ! fait sa tante.

Là, une jeune femme l'invite à entrer. Maëlle glousse avec un clin d'œil entendu. Ignorant sa réaction, son cousin poursuit son récit.

Toute la pièce était « à l'ancienne », comme autrefois, avec un évier en pierre, un fourneau à bois, du mobilier rustique… – la bonne femme aussi d'ailleurs était fagotée comme pendant la guerre – et sur le mur, l'aquarelle, dans son cadre !

– Cette femme avait les yeux verts, comme toi, Maëlle, des yeux magnifiques ! En fait, elle te ressemblait terriblement, c'en était troublant. Mais en moins mate.

– Alors tu rêves de moi, maintenant ? J'en suis flattée ! plaisante l'intéressée.

– Chut ! gronde à nouveau Tante Mag.

– C'est ce que j'ai cru d'abord. Et, entre nous, ça me rassurerait bien de le penser ! Mais cette femme s'est présentée comme étant… Mathilde Dunant.

– Tu nous fais marcher ! déclare Maëlle en haussant les épaules. Le cadre, tu l'as sous les yeux, pas difficile de monter une histoire avec, en imaginant une tante qui me ressemble…

– Il existe des photos de votre tante ? demande Valentine.

– Pas à ma connaissance, répond Magali. On pourrait demander à Paulin, il a pas mal fouillé dans les souvenirs de la famille. Mais on n'a pas grand-chose côté Dunant, je crains. Ce qui m'intrigue, c'est que… comment dire ?… la personne que tu décris, Ludovic, rejoint l'image que j'ai gardée de la femme qui m'a sauvé la vie en 1995.

– Comment ça ?

– Ce n'était qu'une ombre qui s'est lancée sur moi pour me jeter à terre, mais j'ai toujours en tête ce regard vert d'une puissante intensité, fulgurant comme un éclair… Et la sensation des cheveux souples balayant ma joue au passage.

L'artiste peintre reste un instant songeuse, perdue dans son souvenir. Mal à l'aise, son neveu émiette nerveusement son morceau de brioche sans y penser, sous le regard désolé de sa cousine. Valentine les observe en silence.

– Rien d'autre ? s'enquiert-elle au bout de quelques minutes.

Ludovic hésite un instant puis ajoute :

– Elle avait aussi une croix autour du cou, vous savez, ces petites croix en or que les Savoyardes portaient autrefois.

– Une croix jeannette ? demande Magali.

– Peut-être, je ne sais pas si ça a un nom.

– Tu pourrais la décrire ?

– Oui, peut-être.

Le jeune homme plisse les yeux, et ses sourcils froncés lui donnent une soudaine ressemblance avec sa tante, qui frappe la psychologue.

– Elle devait bien faire cinq centimètres de haut… Il y avait un Christ dessus, assez rudimentaire, avec un gros cartouche marqué INRI en lettres majuscules juste au-dessus de la tête. Les branches de la croix se terminaient toutes par une espèce de grosse feuille à trois lobes ajourés, ciselés…

Magali recule sa chaise d'un mouvement brusque et disparaît prestement dans la maison en lâchant un « Je reviens » laconique et sec. Elle revient en effet trois minutes après et balance sous le nez de son neveu un objet doré au bout d'une délicate chaîne assortie :

– Est-ce qu'elle ressemble à ça, ta croix jeannette ?

Ludovic se pétrifie.

– C'est exactement ça ! Qu'est-ce que… D'où sors-tu ça ?

– C'était aussi dans la boîte. Mais je l'avais sortie et rangée dans ma chambre.

Tous deux se regardent, sidérés. Cette fois, Ludovic n'a pas pu l'inventer ! Maëlle sent un frisson glacé la traverser.

– Arrêtez, tous les deux ! Vous me faites vraiment peur… À quoi vous jouez ?

– À rien, répond doucement Valentine. Je crois que nous assistons à un phénomène particulier…

– Que veux-tu dire ?

– Il faut d'abord vérifier certaines choses.

– Tu es bien mystérieuse ! s'agace Maëlle.

L'Alsacienne se tourne vers les autres :

– Récapitulons un peu… Magali, tu dis que tu as récupéré cette boîte il y a quinze jours, c'est bien ça ?

Magali opine de la tête.

– Elle n'était jamais sortie de son placard depuis que ton père l'y avait rangée, peu avant la mort de sa mère ?

– C'est ce que ma mère m'a dit, en tout cas.

– Et toi, Ludovic, tu as fait ce cauchemar il y a quinze jours également ?

– Oui, fait le garçon d'une voix blanche. C'était le jour de mon anniversaire… Et celui de Mathilde Dunant également. Elle aurait eu cent ans…

– Un demi-jubilé et un double jubilé… murmure la psychologue. Nous sommes peut-être en face d'un syndrome d'anniversaire.

– Un quoi ? Je ne comprends rien à ce que tu racontes ! s'exclame Maëlle, de plus en plus irritée.

– Je crois que Mathilde Dunant a quelque chose à nous dire. Ludo, tu m'as demandé samedi si je croyais aux fantômes… N'avais-tu pas Mathilde Dunant en tête ? Mag, tu dis qu'une mystérieuse femme aux yeux verts t'a sauvé la vie en 1995, dans cet attentat monstrueux, la veille de tes vingt-cinq ans. Or, Mathilde Dunant est morte la veille de ses vingt-cinq ans d'une catastrophe similaire.

– Tu veux dire que nous avons tous les deux vu un fantôme ? Celui de notre tante ? Mais pourquoi donc, mon Dieu ! Et pourquoi nous plutôt que Maëlle ou Paulin ou un autre ?

– Qui sait s'il n'y a pas eu d'autres phénomènes semblables dans la famille ? répond la psychologue. Mais vous deux avez des points d'accroche avec elle.

– Comment ça ?

– Mag semble avoir hérité de ses talents artistiques. Ludo est né le même jour qu'elle, soixante-quinze ans tout juste après elle. Sait-on autre chose sur elle ?

– Non, rien du tout, dit Magali. Mon grand-père ne parlait jamais de la famille Dunant. Il n'y en avait que pour les Aviernoz. On ne connaît que ce drame du 26 mai 1944, et que les Dunant – parents et fille – ont été inhumés dans la même tombe, à Chambéry. C'est tout.

Un silence perplexe retombe. Ludovic s'agite sur sa chaise. Maëlle se verse à boire. Magali sort une énième cigarette.

– Qu'est-ce qu'il y a d'autre dans la boîte ? demande soudain Maëlle.

– Un cahier. Curieusement, il n'appartenait pas à Mathilde, mais à ma grand-mère, sa sœur Madeleine. Une sorte de journal intime… On y trouve des poèmes, des chansons… Ah ! Il y a aussi dans la boîte un joli bouquet de cyclamens tout desséché, soigneusement emballé dans un papier de soie et du coton. Les couleurs ont été remarquablement conservées. Vous voulez le voir ?

Sans attendre la réponse, la grande femme se précipite à nouveau dans la maison. Pour détendre l'atmosphère, Maëlle propose de la brioche et se lève pour la découper. Mais elle ne se rassied pas, marchant de long en large sur la terrasse. Valentine observe Ludovic qui triture à nouveau son morceau, le réduisant en charpie.

Magali revient avec le cahier et un petit paquet délicat. Le cahier est retenu dans une épaisse couverture en cuir repoussé à motifs floraux stylisés. Un élégant fermoir en argent en protège les secrets.

– Tu as la clé ? demande sa nièce.

– Je l'ai trouvée dans l'écrin qui protégeait le bouquet, sous le coton.

C'est une petite clé en argent elle aussi, joliment ciselée. Magali ouvre le carnet. C'est un cahier de musique, couvert de portées vierges.

– Apparemment, ma grand-mère ne se contentait pas de chanter, elle composait aussi… De la musique et des poèmes…

– Ah bon ?

– Écoutez celui-là, il est fait pour moi ! Il s'appelle « *Aurore* ».

Et Magali déclame :

« Vite, peintre, prends ta palette et tes pinceaux et pose,
En larges taches pâles, les opalines roses
Que le soleil étale par-dessus les choses
En ce premier matin de neige fraîche éclose.

Hâte-toi, le temps presse, saisis l'instant grandiose
Où le mauve et l'azur se fondent en osmose
Au-dessus des sommets, du mont Blanc au mont Rose,
Éveillant doucement ces altesses moroses.

Déjà disparaît l'ombre et tout soudain explose
Majestueusement l'or brûlant : il arrose
Les glaciers assoupis que la nuit ankylose,
Blessant les cieux d'éblouissantes ecchymoses,

Le soleil est un peintre à nul autre pareil :
De mille une nuances mouvantes, vermeilles,
Il pare le regard d'émouvantes merveilles…
Ô Peintre, sois de nos yeux la mémoire qui veille. »

Maëlle fait la moue : ce poème est un peu trop précieux à son goût. Et un peu lourd pour un lever de soleil… Soudain, elle se frappe le front et court vers les aquarelles abandonnées sur la table du séjour :

– J'ai vu une aquarelle qui semble être la parfaite illustration de ce texte ! crie-t-elle au passage.

Et elle revient, fébrile et triomphante, avec en effet un vaste dessin coloré dans des tons mauves et roses ensoleillés.

– J'avais d'abord cru que c'était une œuvre semi-abstraite, avec des lignes se contentant de suggérer des silhouettes ou des formes, mais c'est bien un lever de soleil sur la montagne enneigée que l'artiste a voulu suggérer !

– En effet, admet la spécialiste en examinant l'œuvre à son tour. Et voilà qui confirme ta trouvaille, ajoute-t-elle en désignant le bas de la feuille. Ce que j'avais pris pour une dédicace est le dernier vers de la poésie : *Ô Peintre, sois de nos yeux la mémoire qui veille.* Cela prouve une connivence entre les deux sœurs.

– Oui, et ici se trouve la dédicace du poème, renchérit Valentine qui a saisi le carnet : *À ma petite reine Mathilde, 15 octobre 1943.*

– On a parfois les premières chutes de neige à cette époque-là, remarque Magali. Et la peinture est datée du 18 octobre.

– Il faut croire que ces deux sœurs-là s'aimaient bien, conclut Valentine en souriant.

Elle continue à feuilleter le livret. Mais, à sa grande surprise, il y a peu de pages noircies. Quelques poèmes tristes, des airs mélancoliques griffonnés sur des lignes telles des larmes funèbres accrochées à des fils. Tout cela traduit un mal-être évident. Sur la dernière page utilisée, un texte bref est rédigé d'une écriture malhabile. Probablement Madeleine était-elle déjà bien malade. La jeune femme le déchiffre en silence :

« Ce cancer qui me ronge est celui du remords
Mais il m'est interdit de confesser mes torts
Et dans l'ombre la nuit le spectre de la mort

Épouvante ma vie – ce qu'il en reste encore…
Qu'ai-je fait, mon amie, ma sœur, mon seul trésor ?
Ô toi que j'ai trahie, toi que j'aimais si fort ! »

Valentine hoche la tête. Il y a manifestement dans cette famille une crypte à explorer. Un fantôme s'agite : celui de Mathilde. Deux âmes en peine : deux sœurs… Autour de quel secret ?

De son côté, Maëlle a délicatement exhumé le bouquet de fleurs de sa gangue de coton et de papier de soie. Trois brins fragiles déploient des corolles d'un élégant rose violacé au haut d'une crosse fatiguée par le temps. De larges feuilles en forme de cœur, plus résistantes, semblent de marbre vert aux nervures argentées, mais au revers carmin.

– J'adore les cyclamens, déclare Maëlle. Dans le langage des fleurs, ils manifestent un amour durable et passionné. Tu crois que c'est Grand-Papa qui a offert ce bouquet à sa femme, pour qu'elle l'ait conservé aussi précieusement ?

Magali sourit :

– Tu es bien romantique ! J'ai du mal à imaginer mon terrible grand-père jouer le joli cœur, mais pourquoi pas ? Certains hommes ne savent pas exprimer leurs sentiments, les fleurs le font pour eux.

– Ludovic, tu ne dis rien ? s'étonne Valentine.

– Il a peut-être besoin de fleurs pour s'exprimer, lui aussi ? ironise sa cousine. C'est vrai que tu es bien silencieux depuis un moment !

Ludovic hausse les épaules. Leur amie revient à la charge :

– Elle ne t'a rien dit, Mathilde Dunant, dans ton rêve ?

– Ne sois pas ridicule, voyons ! s'exclame Maëlle. Tu ne crois tout de même pas apprendre des choses sur elle grâce à un rêve ?

– J'ai vu des choses bien plus étonnantes encore dans mon métier, réplique la psychologue. Allez, Ludo, je suis sûre que tu n'as pas tout dit. Il y a quelque chose qui te tracasse.

Le jeune homme remue sur sa chaise, soupire, regarde sa cousine, sa tante, hésite, puis plonge ses yeux dans ceux de la jeune femme :

– Ce bouquet de cyclamens ne vient pas de Grand-Papa.

– Qu'est-ce que tu en sais ? Tu ne vas pas recommencer avec tes histoires ! le coupe Maëlle, qui sent une irrépressible vague de colère monter en elle.

– Mathilde Dunant était mariée. C'est son mari qui lui a offert ce bouquet, ultime témoignage de tendresse avant de disparaître à jamais.

La stupéfaction se lit sur les visages. Valentine lui fait signe de poursuivre.

– Il s'appelait Félix Bogé. C'était un apiculteur des Bauges.

Tante Mag remarque :

– C'est un nom répandu dans le coin… Si tout cela est vrai, ça expliquerait tous ces dessins. Ça m'étonnait aussi, sachant combien nos grands-parents étaient attachés à la ville. Je n'imaginais pas un attrait aussi sensible pour les choses de la montagne.

– Tu trouves moins étonnant que Ludovic découvre tout cela dans un rêve ? riposte Maëlle d'un ton cinglant. Il nous fait marcher, je vous dis ! Il a appris ça je ne sais où, avec Paulin sans doute. Ou alors il invente tout ! Mais il serait temps qu'il s'arrête maintenant, les plaisanteries les plus courtes sont les meilleures !

La jeune fille est visiblement indisposée.

– Je t'assure… commence son cousin.

– Ça suffit ! Je ne veux plus rien entendre ! Paulin nous expliquera bien lundi ce qu'il en est. Maintenant, si vous voulez bien, je vais préparer le dîner !

Au moment de s'engouffrer dans la bâtisse, elle se retourne et lance :

– Et je ne suis pas une réincarnation de la tante Mathilde ! Je ne sais peut-être pas qui est mon père, mais ça, non, alors !

Et elle disparaît. Ludovic soupire, navré.

– Je savais bien que mon histoire était folle. Moi-même, je me suis demandé si je n'étais pas devenu fou.

Magali tire sur sa cigarette.

– Tu sais, Ludo, depuis mon histoire, j'ai ressenti bien souvent des choses étranges. On dit que les artistes sentent des choses que les autres ne sentent pas. Des intuitions, voire des pressentiments… Par exemple, quand j'ai découvert cette boîte dans le grenier de Mamina, j'ai senti que je touchais là quelque chose d'important. Quand je suis entrée dans le grenier, j'ai immédiatement été attirée par cette armoire. Pourquoi celle-là plutôt que l'autre à côté, plus facile d'accès ?…

– Mais moi, je ne suis pas un artiste !

– Non, mais comme l'a remarqué Valentine tout à l'heure, tu as des accointances avec Mathilde Dunant. Ses œuvres manifestent une passion pour les Bauges. N'éprouves-tu pas la même passion ?

Ludovic reste pensif.

– C'est vrai que, dans mon rêve, Mathilde Dunant ressemblait beaucoup à Maëlle. Mais je n'ai pas dit qu'elle était sa réincarnation ! Et avec tout ce que vous dites, pourquoi ce n'est pas Maëlle qui a des « visites » de ce fantôme ? s'insurge-t-il.

– Je ne sais pas. Peut-être a-t-elle bien assez à faire avec ses propres problèmes… suggère Valentine. Mais revenons au mari de Mathilde, Félix Bogé – c'est bien ça ? –, pourquoi parles-tu de disparition ?

– Eh bien, dans son histoire, Mathilde Dunant – ou Bogé – a expliqué qu'il avait pris le maquis en 1943 et qu'elle ne l'avait plus jamais revu. Ce bouquet de cyclamens était un dernier hommage qu'il avait réussi à lui faire parvenir quelques mois après son départ. Elle l'avait gardé précieusement.

– Comment se fait-il qu'il ait atterri chez sa sœur, alors ? interrompt Magali.

– Celle-ci a récupéré quelques souvenirs de sa sœur après son arrestation. Probablement ces aquarelles et le bouquet qu'elle savait si précieux pour elle.

Ludovic n'ose pas parler du bébé. Pour le coup, c'est trop énorme.

– Son arrestation ?

– Oui, elle a été arrêtée en avril 1943, car les Allemands soupçonnaient son mari d'être un des chefs du maquis des Bauges. Ils l'ont torturée, puis relâchée à Annecy où ses parents l'ont retrouvée dans un état déplorable.

– C'est épouvantable ! murmure Magali, tandis que Valentine serre les lèvres d'horreur.

– C'est en revenant à Chambéry en train depuis Annecy, avec ses parents, qu'ils ont été surpris par le bombardement américain qui visait la gare, ce 26 mai tragique.

– Et qu'est devenu Félix ?

– Il semblerait qu'il soit mort dans l'attaque des Allemands sur École et sa région le 1er mai de cette année-là. On ne sait pas bien dans quelles circonstances. Des rumeurs ont fait de lui un traître, mais Mathilde dit que ce sont des mensonges.

– Elle ne t'a pas raconté ce qui s'est passé ?

Ludovic secoue la tête.

– Elle ne peut connaître que ce qui la concerne directement, paraît-il. Cependant, elle a semblé dire que la vérité finirait par se savoir.

Ludovic cesse de parler. Il ne veut pas aller plus loin. La suite est trop incohérente, trop invraisemblable : qui pourrait croire que le fils de Mathilde… Non, c'est impossible, trop dur à avaler… Contentons-nous déjà de vérifier si tout ce qu'il vient de raconter possède une once de vérité. Il sera bien temps ensuite d'en parler.

Il se sent soulagé, cependant. L'écoute bienveillante de Tante Mag et de Valentine lui a fait du bien. Il a vidé une bonne partie de ce qui le tracassait depuis quinze jours. Maintenant qu'elles partagent son secret, elles vont peut-être l'aider à retrouver son équilibre. Seule la réaction négative de sa cousine préférée l'inquiète.

Valentine se lève.

– Bon, je pense qu'on en a assez entendu pour aujourd'hui. Essayons de ne plus y penser pour l'instant. Qui est-ce qui vient nous rejoindre lundi ?

– Paulin avec mes parents et notre grand-mère. On aime bien se retrouver ici le lundi de Pentecôte. Mais, cette année, Tante Valérie est dans sa belle-famille avec Alexandre et l'oncle Régis.

– Ils nous aideront peut-être à y voir plus clair sur ces deux sœurs, Mathilde et Madeleine. D'ici là, je propose qu'on ne parle plus de tout ça et qu'on se concentre sur notre randonnée de demain. Maëlle m'a l'air assez perturbée par ces révélations. Où as-tu prévu de nous emmener ?

– J'ai préparé une petite rando des familles tranquille…

– Ça m'inquiète toujours quand tu commences comme ça ! signale Magali en riant.

– Ça vous dit, une petite boucle au mont de la Coche ou Tré le Molard par Rière-Bellevaux ?

– C'est pas trop difficile au moins ?

– Bah ! Cinq ou six heures de marche à tout casser ! Niveau moyen et peu de difficultés. Peut-être un passage un peu délicat à flanc de montagne, mais le temps est sec, donc ça devrait y faire… On a un bon pique-nique, j'espère !

– Fais pas le macho ! gronde sa tante. Je compte sur toi pour tartiner les sandwiches !

7
Tré le Molard

– Tu entends ?

– Quoi ?

– Le silence.

Ludovic sourit. Allongé sur le dos dans l'herbe rase, il savoure une pause bien méritée après la longue ascension du matin. La météo a comblé toutes ses espérances : une journée splendide, idéale pour une bonne rando de vacances. La belle Alsacienne a manifesté une endurance à toute épreuve. Son long corps de gymnaste l'a suivi sans difficulté, même dans les passages un peu délicats, après le Plan Molard notamment où le vide peut vous tourner la tête sur l'étroit sentier qui demande un pied sûr. Le silence ? Bien sûr qu'il l'entend, le silence. Il s'en nourrit. La montagne entière résonne du silence. Il s'y répercute de paroi en paroi, se répand en mer étale dans l'air bleu sans nuages. Le moindre son y plonge comme un aigle en chute libre et, de ses ondes concentriques, renaît en échos excentriques. Le silence palpite dans le souffle du vent, le bourdonnement des fleurs et les signaux perchés des oiseaux tout là-haut… Il tinte aussi dans les clarines lointaines des vaches en contrebas et dans le froissement clair des ruisseaux de printemps. Le silence, c'est le privilège des montagnards. Il sculpte leurs mondes intérieurs comme l'érosion les paysages extérieurs : insensiblement, à petites touches patientes, sous l'orage ou par temps calme, à coups de burin ou de ciseau, frottés de sable ou lustrés à la peau de chamois. Le résultat ressemble parfois aux tableaux des élèves de Tante Mag : surprenant.

– Tu es bien taiseux !

Taiseux ? Le jeune homme examine le mot, le tourne et le retourne sous toutes ses faces. Taiseux… Mathilde Dunant aussi a employé ce terme. Pour qualifier son homme. Celui dont elle suivait les grandes enjambées déliées dans ses courses alpestres. Qui lui enseignait la flore et la faune des Bauges. Comme lui tout à l'heure : n'a-t-il pas signalé à sa nouvelle compagne de marche les marmottes s'ébattant dans les pentes et quelques chamois dans les pierriers non loin ? C'était un vrai bonheur aussi de lui nommer les différentes espèces botaniques dont les vives couleurs roses, bleues ou jaunes l'enchantaient. Félix avait-il éprouvé semblable bien-être ? *Felix*… « Heureux » en latin.

– Tu dors ?

Ludovic sursaute. Il faut croire qu'il s'était assoupi ! Un elfe rit, penché sur lui à contre-jour. La silhouette longiligne offre en contre-plongée un autre paysage, dont il effleure à travers ses cils les tendres reliefs à peine arrondis : le galbe fin des jambes, les hanches en console, l'étroit défilé qui serpente entre deux légères collines exquisément saillantes jusqu'aux épaules dorées d'un liseré solaire. La mèche rouge danse de plaisir dans les reflets auburn du soleil. À moins que ce ne soit le vent.

– C'est vraiment magnifique, ce panorama !

Il se redresse et admire lui aussi le décor grandiose qui se déploie sous leurs yeux, à trois cent soixante degrés. Quasiment tous les « 2000 » sont là.

– Les deux mille ?

– Oui, les sommets qui culminent à plus de deux mille mètres. Il y en a quatorze dans les Bauges. D'ici, on en aperçoit douze. Il nous manque la Dent de Cons.

Ce nom provoque encore un rire léger comme un vol de papillons. Il aime ce rire. Il a envie de l'entendre à nouveau.

– Et ici, on est à quelle altitude ?

– Ici, nous sommes au sommet de Tré le Molard : 2035 m. Juste à côté, tu as le mont de la Coche, 2070 m. On pourra y aller si vous voulez, mais ça va rallonger la balade.

– Non merci ! Je ne sens plus mes jambes ! proteste l'elfe en riant derechef.

– Tu vois le mont Blanc, là-bas ? Là c'est la chaîne des Aravis, ici le Beaufortain, la Vanoise, la Lauzière, par là c'est le massif de Belledonne, les Grandes Rousses et enfin la Chartreuse.

La jeune femme plisse les yeux pour mieux contempler les diverses directions indiquées par le bras mouvant du garçon. Le mythique mont Blanc manque un peu de superbe, trouve-t-elle, avec son air de fromage blanc affaissé sur lui-même. Ce monarque obèse n'en salue pas moins courtoisement les dentelles immaculées des belles dames de Belledonne, tandis que l'énigmatique Chartreuse maintient ses mystères à distance respectueuse. Pour le reste, elle s'y perd un peu, et se contente de savourer le spectacle, à court de mots pour qualifier l'incommensurable poésie qu'exhale tant de beauté.

Ludovic énumère maintenant les fameux « 2000 », comme une litanie. Tré le Molard est le moins haut de tous.

– Tu récites tes prières ? interpelle une voix narquoise derrière eux.

Maëlle et Tante Mag ont enfin atteint l'arête sommitale.

– Ouf ! Pas mécontentes d'être arrivées au bout !

Tout en reprenant leur souffle, elles s'extasient à leur tour sur le fabuleux panorama qui les encercle. Dieu, que c'est beau ! On ne s'en lasse pas… Tous communient à cette splendeur sauvage. Ils emplissent avec ferveur leurs poumons de cet oxygène épuré, à la fraîcheur d'azote, qui leur monte un peu à la tête.

– Nous sommes les maîtres du monde ! Youhou ! s'écrie Maëlle dans un accès d'ivresse, les bras levés, le chef renversé comme pour mieux boire le ciel.

Le fait est qu'on éprouve une vraie griserie à surplomber ces farandoles de cimes enneigées, d'arêtes rocheuses et d'escarpements vertigineux. L'abîme côtoie la crête, en témoigne l'impressionnante dalle neigeuse inclinée sur le côté du mont. Valentine en frissonne.

– On redescend un peu plus bas pour pique-niquer ? propose-t-elle au bout d'un moment. Le vent est un peu frisquet ici.

– De toute façon, on n'a pas le choix, on a laissé nos sacs au col pour mieux attaquer la grimpette.

Quelques dizaines de mètres plus bas, les voici redescendus en un lieu plus abrité des caprices d'Éole et des ardeurs solaires. Saucisson et tome sont accueillis avec appétit !

– Ce pays est merveilleux ! murmure l'Alsacienne la bouche pleine. Quelle paix ! Quelle sérénité ! C'est un endroit béni des dieux !…

– Oui, approuve Mag les yeux perdus à l'horizon, tu ne crois pas si bien dire : les Bauges sont une terre mystique, sais-tu ? Une terre sacrée, pétrie par la prière ininterrompue des moines depuis deux millénaires. Ici, tout invite à la transcendance.

– C'est pour ça que toi aussi tu t'y es retirée ? Les artistes et les moines, c'est un peu la même famille, non ?

Le peintre sourit à la taquinerie.

– Peut-être, oui. On peut dire ça, en effet... Les artistes comme les moines aspirent à la beauté. Ils sont attirés par la même lumière. Leurs œuvres sont leurs prières.

– La foi par les œuvres, alors ?

Magali accentue son sourire.

– Certains trouvent la foi en effet. Pas tous. Ou elle s'exprime différemment... Pour ma part, j'ai l'impression que chaque œuvre d'art est une fenêtre ouverte sur la transcendance. Elle dépasse souvent l'intention initiale de son auteur. Elle lui échappe, comme un enfant échappe à ses parents. Elle prend une vie propre – des vies, devrais-je dire, en fonction des publics...

Elle sort machinalement son paquet de cigarettes de sa poche, l'examine un instant, se ravise et le remet en place.

– Par exemple, reprend-elle, mes toiles reçoivent rarement la même résonance chez ceux qui les contemplent. Et cette résonance peut aussi varier chez la même personne selon son humeur ou le moment où elle en est de son histoire personnelle. Mes tableaux éveillent parfois des réminiscences, heureuses ou malheureuses, des rêves enfouis ou des espérances inavouées... Peut-on dire, comme dans la Bible, que les artistes parlent en langues ? Des langues mystérieuses même pour eux-mêmes, qui ne peuvent être comprises que par ceux à qui elles sont destinées ? Ceux-là y entendent ce qu'ils ont besoin d'y entendre, et dans leur propre langue. Celle de leur être intérieur. C'est cela qui échappe totalement à l'artiste. L'artiste n'est qu'un médium.

– Veux-tu dire que chaque œuvre d'art est une mini-Pentecôte ?

– Ça tombe bien, c'est la Pentecôte aujourd'hui ! ironise Maëlle. Tu es croyante ? ajoute-t-elle, intriguée, à l'intention de Valentine.

– Bah, je ne sais pas si on peut dire ça… Mes origines alsaciennes m'ont baignée dans une culture protestante. Je veux bien croire en un Dieu créateur, surtout ici, quand je découvre ce parterre admirable à nos pieds. Ma formation psy a cependant amplifié mon scepticisme, mais en même temps je crois de moins en moins au hasard.

Maëlle hoche la tête, pensive. Puis elle se retourne vers sa tante :

– Tu dis que l'artiste est un médium… Tu veux dire qu'il est un pont entre le commun des mortels et un autre monde ? Quel monde ?

– Ah ! Tu poses là une question embarrassante… Toi-même, quand tu chantes, de ta voix si extraordinaire, que ressens-tu ?

– Je ne sais pas… J'ai l'impression parfois de m'envoler comme un oiseau. Mon âme se dilate, s'exalte, semble s'échapper de moi-même. J'atteins des firmaments inconnus, je côtoie des anges, et parfois…

– Parfois ?

– Ne vous moquez pas de moi… Il me semble qu'ils me portent sur leurs ailes jusqu'à un lieu – ou un Être ? – de plénitude pure, de suprême perfection… Une expérience mystique en quelque sorte. Mais toujours trop brève.

– Et toi, Ludo, tu ne ressens jamais des instants magiques comme ça ?

L'interpellé hausse les épaules, gêné.

– Bah, moi… Suis-je un artiste, moi ?

– Dans ton genre, oui, on peut le dire, s'esclaffe sa cousine. Ne me dis pas qu'en altitude, tu ne te sens pas au septième ciel !

Ludovic détourne pudiquement la tête. Il n'a pas envie de livrer le fond de son âme. On risquerait d'y découvrir la chair rose et sensible de ses rêveries de promeneur solitaire. Il se sait traversé parfois de fulgurances incroyables, intuitions ou pressentiments confus qui le laissent troublé et indécis. Ou parfois exalté comme un ado amoureux. Est-ce que ça fait de lui un poète ou un médium ? Sans parler de sa dernière hallucination qu'il ne désire guère rappeler. Il hausse à nouveau les épaules et se rencoigne dans sa contemplation panoramique.

Tante Mag vole à son secours :

– Tu vois donc, Maëlle, que l'artiste est un être de transcendance. Pour moi, cela ne fait aucun doute. Il oscille constamment sur une frontière qui lui permet de basculer d'un monde à l'autre. Le monde sensible est cette frontière, que ses sens tout entiers lui font franchir en permanence.

– Comment ça ? Je ne comprends pas…

– L'artiste est une éponge. Par tous ses pores, par tous ses sens, il absorbe, inhale, respire, avale et se nourrit de tout ce qu'il perçoit, de l'univers visible ou invisible – aussi bien le toxique que le sain d'ailleurs, il enregistre tout ! – et tout cela il le digère, le malaxe, le rumine et, pour finir, l'exhale dans un acte créateur : son œuvre… Qui peut aussi être destructeur, d'ailleurs, ajoute-t-elle plus bas en baissant la tête.

– À quoi tu penses ?

– Je pense aux poètes maudits, aux artistes hantés par des ombres, à ceux dont les œuvres trahissent un mal-être ou génèrent un malaise… À ceux qui finissent mal, emportés par des obsessions mortifères que la créativité n'a su soigner, mais au contraire a peut-être exacerbées. À ceux qui, tel Narcisse, fascinés par leurs fleurs empoisonnées, s'y sont complu jusqu'à s'y abîmer…

Un silence méditatif pose un voile léger sur leurs épaules. La jeune psychologue hasarde :

– Peut-on imaginer qu'en un lieu aussi serein qu'ici, les névroses soient moins fréquentes qu'ailleurs ? Les artistes réfugiés ici échappent-ils à ce risque ?

– Ah, ça ! soupire le peintre. Il faut croire qu'on n'échappe pas comme ça à ses démons intérieurs… Et qui dit terre mystique dit aussi, forcément, terre de combat.

– Que veux-tu dire ? s'étonne sa nièce.

– Eh bien, qui dit lumière dit ombre, qui dit anges dit démons… Les ténèbres n'aiment pas la lumière. Les Bauges, pétries de prières, sont aussi ballotées par les vents contraires : les déferlantes de la Révolution et de la guerre ont durablement meurtri le pays. Les ombres geignent… Il est possible qu'elles transpirent parfois dans mes œuvres.

Un geste soudain de Ludovic interrompt la conversation. L'index pointé vers l'azur, il chuchote :

– Un aigle royal !

Le rapace majestueux ondoie en silence dans les airs, ses ailes aux extrémités écartées largement ouvertes.

– Regardez ! murmure le garçon. Il maîtrise parfaitement les courants ascendants. Il peut tourner des heures comme ça sans se fatiguer…

Effectivement, l'oiseau dessine sans effort apparent des spirales plus ou moins régulières. Les randonneurs l'observent sans bouger, fascinés.

– Attention !…

Le chasseur a soudain replié ses ailes et rentré sa tête pour ne plus former qu'un bloc compact. Dans un piqué magistral, il se laisse choir à plus de trois cents kilomètres à l'heure sous les yeux ébahis des spectateurs.

– Mon Dieu ! Je plains la pauvre bestiole qui va se le prendre ! s'émeut Maëlle.

– C'est pas dit qu'il l'attrape, la rassure son cousin. Il paraît que leurs taux de succès atteignent rarement les dix pour cent.

– Jean-Paul dit souvent que l'aigle est notre totem, rien que ça ! plaisante leur tante. Parce qu'il a comme nous l'arcade sourcilière saillante. C'est ce qui lui permet de regarder le soleil en face, paraît-il.

– Qui est Jean-Paul ? s'enquiert Valentine.

– Le frère jumeau de Tante Mag.

– Tu as un frère jumeau ?

Son étonnement amuse ses amis. Ils lui exposent en deux mots la personnalité de ce savant Cosinus de la botanique, un des plus brillants chercheurs mondiaux dans ce domaine. Il publie régulièrement des articles dans les revues scientifiques de référence et court de symposium en congrès à travers la planète.

– Il n'a pas l'air d'avoir grand-chose en commun avec toi, ton jumeau !

– Bien plus que tu ne l'imagines ! Un savant Cosinus, c'est toujours un artiste ! Et bien plus déroutant, d'ailleurs… Il adore les Bauges lui aussi. Il rapplique à chaque fois qu'il en a l'occasion. Il a d'ailleurs fortement contribué à la mise en place du PNR, avec notre frère aîné, Émilien, le père de Ludo et de Paulin.

– Le PNR ?

– Le parc naturel régional.

– Ah !

– Et devine quelle est sa fleur préférée ?…

Valentine réfléchit un instant.

– Euh… Je ne sais pas…

– Voyons, on en a parlé hier !

– Le cyclamen ?

– Bravo !

Le pique-nique touche à sa fin. Ludovic exhibe un thermos de café qu'il verse à la ronde. Les bouchons des gourdes d'eau font des quarts bien commodes. Des fourmis approchent en procession des reliefs du repas. Maëlle, repue, s'est retirée à l'écart et somnole, adossée à un rocher incliné qui lui assure un dossier confortable. Après un coup d'œil hésitant dans sa direction, Valentine interroge à nouveau Magali sur son frère :

– Excuse-moi cette question farfelue, mais on dit souvent que les jumeaux ont des connexions invisibles entre eux, grâce auxquelles ils peuvent ressentir des choses qui concernent l'autre, même à l'autre bout du monde…

– Oui ? Et alors ?

– Eh bien… C'est une curiosité purement professionnelle. Je sais bien que ton frère et toi, vous n'êtes pas de vrais jumeaux. Mais ça marche aussi, dit-on.

– Où veux-tu en venir ?

– Ce matin du 17 octobre 1995, que faisait Jean-Paul ? A-t-il ressenti quelque chose quand la bombe t'a soufflée ?

Mag laisse errer son regard sur les neiges éternelles perdues dans l'azur. Il se fixe sur un point imprécis, franchit une porte invisible, se glisse dans les failles souterraines du souvenir… Sa voix grave semble monter des profondeurs, pâle et lointaine. Ludovic tend l'oreille.

– Il était encore tôt ce matin-là. Jean-Paul n'avait pas cours et dormait dans sa piaule d'étudiant. Il s'est réveillé vers neuf heures, pas très en forme. Il avait fait un cauchemar comme il n'en avait pas fait depuis l'enfance… Dans son rêve, il courait le long d'un talus. Il courait le cœur battant. Il courait avec angoisse, en trébuchant et en se tordant les pieds. Quelque chose le poursuivait. Une ombre gigantesque, comme une nuit tombante, grandissait de seconde en seconde et gagnait du terrain. Elle arrivait au-dessus de sa tête, l'enveloppait comme une cape, l'étouffait peu à peu, telle une nappe de goudron qui l'engluait de toutes parts. Et, tout ce temps-là, une voix gémissait, une voix de femme lancinante. Elle gémissait dans sa tête, à intervalles réguliers et plaintifs, interminablement comme une sirène de la sécurité civile. Elle répétait inlassablement, cette voix éprouvante, quelque chose comme : “Mon enfant… Mon enfant…” Et puis tout a explosé. Il a eu l'impression de chuter dans le vide. Il en est presque tombé de son lit. Il était un peu plus de sept heures.

– L'heure de la bombe ? demande Valentine.

– Oui, l'heure de la bombe… Mais il ne l'a su que plus tard. À ce moment-là, il a éprouvé un immense soulagement à constater que ce n'était qu'un cauchemar. Il a bu un verre d'eau et il s'est rendormi, d'un sommeil un peu troublé cependant, jusqu'à neuf heures. Et c'est là que son radio-réveil lui a appris la nouvelle. Il était aux cent coups… Il savait que je traînais souvent du côté du musée d'Orsay. Malgré l'heure matinale de l'attentat, il a tout de suite su, intuitivement, que j'étais dedans. Ça a été un sacré choc pour lui quand il en a eu confirmation !

– C'était un choc pour toute la famille, j'imagine !

Ludovic approuve en silence. On n'aime pas trop évoquer ce souvenir dans la famille. Lui-même ne connaissait pas tous ces détails, et cette découverte du cauchemar de son oncle le tétanise. Magali ajoute :

– Il est persuadé que cet enfant que réclamait la voix dans son cauchemar me désignait. Il ne voit pas d'autre explication.

Ludovic souffre affreusement de la gorge. Le reste d'eau de sa gourde ne l'aide guère à déglutir. Il bafouille, à mi-voix pour rester hors de portée des oreilles de sa cousine :

– Savez-vous pourquoi Mathilde Dunant, dans mon hallucination, courait le long des voies ferrées en direction de Chambéry, au lieu de rester à couvert comme l'en suppliaient ses parents ?

– Non.

– Elle voulait coûte que coûte retrouver son enfant…

Cette révélation fait l'effet d'une bombe, elle aussi. Tante Mag et Valentine dévisagent le jeune homme, sidérées. Il est décomposé. Sa tante ouvre la bouche, la referme, cherche fébrilement une cigarette. Un long moment se passe, qu'aucun des trois ne parvient à briser. Valentine réfléchit à toute allure.

– Bon, finit-elle par émettre. Cette fois, soit tu vas trop loin dans l'affabulation, soit tu nous dis *tout* – et elle insiste sur le *tout* – ce que tu as vu dans ton rêve. Il faut en finir !

Le jeune homme contemple un instant les fourmis qui vont et viennent dans une chorégraphie disciplinée sans se poser de questions. Il envie leur absence de doutes. Il reprend un peu d'eau pour assouplir sa gorge et se lance enfin. Oui, enfin… Trop heureux de pouvoir enfin décharger complètement son fardeau, partager ses interrogations et épancher ses angoisses. À voix basse pour ne pas éveiller sa cousine, qui semble parfaitement dormir sur son oreiller de fortune, il reprend par le menu le récit de son aventure : la lettre mystérieuse, disparue ensuite, la ferme baujue, le récit de Mathilde… Il n'omet rien. Chaque détail lui revient, avec une netteté qui le surprend lui-même. Il a le sentiment étrange que ce n'est pas lui qui parle, mais un ventriloque caché dans son dos. Il a beau se retourner fréquemment, il ne voit que l'ombre du rocher derrière lui. Pas de fantôme… Quand il a terminé, il se sent incroyablement léger, soulagé d'un énorme poids. Ses auditrices l'ont écouté jusqu'au bout, sans l'interrompre une seule fois. Mag en a même oublié de tirer sur son mégot, qui se consume doucement au bout de ses doigts où traînent encore des particules de peinture. À la fin du récit, elle l'écrase pensivement sur une pierre qui affleure.

– C'est fou, ce que tu racontes là !… dit-elle enfin. C'est…

Elle cherche ses mots, puis reprend :

– C'est inimaginable ! Et le plus troublant, c'est qu'au fur et à mesure que je t'écoutais, tout s'est mis en place dans ma tête…

Ses interlocuteurs la dévisagent, interrogatifs.

– Tout… Je veux dire… Depuis des années, depuis toujours presque, je sens des choses bizarres dans ma vie. Un malaise persistant. Comme s'il y avait quelque chose qui clochait… Un puzzle… Ou un kaléidoscope. Enfin, bref… Tout ça était incohérent ! Je me sentais comme une mouche qui se cogne contre une vitre invisible : elle ne comprend pas ce qui l'empêche de s'envoler, elle ne voit pas ce qui lui fait obstacle. Et, tout à coup, la fenêtre s'ouvre. C'est la révélation… Tout prend sens. Tout s'emboite. Le puzzle prend forme…

Elle redresse le buste, étire ses grandes jambes qu'elle avait repliées en tailleur.

– Alors tu ne me prends pas pour un illuminé ?

– N'oublie pas ce qu'on disait tout à l'heure : je suis une artiste ! J'oscille entre deux mondes… Et tu viens de nous dévoiler un grand mystère qui pesait sur notre famille. Beaucoup de choses vont se décanter.

– Beaucoup d'incompréhensions aussi, je le crains, intervient Valentine. Regardez la réaction de Maëlle hier… Êtes-vous sûrs de vouloir réveiller les ombres du passé ?

Les regards convergent avec inquiétude sur la jeune fille endormie. Elle n'a pas bougé. Magali reprend :

– Malheureusement, je crois que ces ombres ne se sont jamais totalement endormies. Il n'est pas impossible qu'elles hantent aussi d'autres membres de la famille. Et je crains qu'elles ne continuent à nous hanter tant qu'elles n'auront pas trouvé le repos. Elles réclament justice. Leur faire justice, c'est mettre au jour la vérité, les rétablir dans leur droit, qui a été bafoué. Et cela pèse sur nous tous, à des degrés peut-être moindres selon les individus, mais aucun d'entre nous n'est à l'abri ni, je le crains, aucun de nos descendants. Bien sûr, le puzzle reste à reformer, mais je suis sûre que tout va s'éclairer. Tout ce qu'il nous reste à faire maintenant, c'est corroborer cette histoire avec des faits concrets et objectifs. Nous devons rendre leur enfant à Mathilde et Félix.

– Et comment ?

– Il faut faire des recherches, rassembler des photos, mener une enquête… Je ne sais pas, moi : interroger l'état civil déjà, essayer de retrouver la trace de la famille Bogé. On sait ce que nous devons chercher, c'est un grand progrès !

– Et une recherche ADN ? hasarde Ludovic.

– C'est très peu envisageable, répond la psychologue. En France, c'est interdit sauf sur demande judiciaire. Mais les avancées de la psychogénéalogie peuvent certainement vous aider. Je peux travailler avec vous si vous voulez. J'ai fait ma thèse dans le sillage d'Anne Ancelin-Schützenberger, une spécialiste de renommée internationale qui a fait beaucoup avancer la recherche en psychothérapie intégrative. Elle a notamment mis en évidence les liens transgénérationnels, les non-dits secrets et tous ces impensés dévastateurs qui se répercutent de génération en génération. Il me semble que nous sommes en plein dedans !

Tante et neveu adhèrent à la proposition. Tous trois commencent à échafauder des plans de campagne. Valentine explique qu'il va falloir recueillir des données, établir un géno-sociogramme, remplir les trous du mieux possible. Quelque chose devrait se dessiner à la longue, qui permettra de comprendre les interactions familiales. Mais, ajoute-t-elle, il est prudent de ne pas affoler toute la famille tant que rien de tangible n'a été découvert.

– Va-t-on arriver à prouver quoi que ce soit ? s'inquiète Ludovic.

– Qu'est-ce que tu veux prouver ? lance une voix glaciale derrière eux.

Le trio se retourne d'un bloc. Maëlle se tient debout dans la lumière solaire. Ses boucles brunes flottent dans la brise comme les cheveux d'Ophélie dans l'onde du désespoir. Son teint de cuivre doré a viré à l'ivoire, et ses prunelles ont pris la dureté du jade. Ses compagnons sont décontenancés.

– Tu ne dors plus ? articule enfin son cousin.

– Qu'est-ce qui te fait croire que je dormais ?!

La jeune fille est manifestement dans une grande colère. Elle lâche violemment :

– Je vous avais dit d'arrêter vos élucubrations ! C'est n'importe quoi, ce que vous racontez ! Vous êtes complètement cinglés de croire à des conneries pareilles !

– Mais, Maëlle… essaie Ludovic.

– Ça suffit ! Je ne veux plus rien entendre !

Et elle se détourne, les mains sur les oreilles, sur le point de fondre en larmes. Sa tante la rejoint en deux enjambées et l'entoure gauchement de ses grands bras.

– Allez, viens, ma puce. On va rentrer. Tu as raison, tout ça est incompréhensible. Calme-toi... On n'en parle plus. Calme-toi...

Bercée par sa tante, Maëlle s'apaise un peu. Elle finit par se dégager d'un mouvement sec et commence à rassembler les affaires.

– Je veux rentrer, dit-elle d'un ton brusque. Ludo, montre-nous la route.

Chacun reprend son sac à dos, toute trace du pique-nique est effacée. Les fourmis s'éparpillent dans l'affolement, mais personne n'a le cœur de s'en amuser. Une ambiance de plomb est tombée sur le petit groupe. Le ciel lui-même a viré au gris. La chaleur de l'après-midi se fait moite. Le silence est un silence d'orage, lourd et touffu. Seules les clarines des vaches au loin font entendre de faibles tintements intermittents. Maëlle commence à descendre droit devant elle.

– Attends ! lui crie Ludovic. Laisse-moi passer devant. Tu ne connais pas la combe.

Elle s'efface devant lui sans mot dire, puis lui emboîte le pas, sans un regard pour les deux autres qui prennent la suite en file indienne. Personne ne parle. La gaieté du matin a disparu comme le feu sous la cendre. C'est un convoi funèbre qui entame la descente, les yeux au sol pour ne pas trébucher et le cœur en berne. Les paysages ont perdu de leur attrait. Tous n'ont qu'une hâte : rentrer au bercail.

Ludovic se désole. Il était si heureux avant ça ! L'ascension lui avait paru courte et légère en compagnie du séduisant elfe du Rhin. Il s'en veut d'avoir gâché le plaisir de sa cousine et, partant, de toute la petite troupe avec ses histoires à dormir debout. Et, en même temps, il se sent inexplicablement en paix d'avoir déchargé ce poids sur sa tante et leur amie. L'artiste peintre semble elle aussi avoir découvert une porte dérobée dans un mur de verre. Une porte ou un secret dérobé ? Et leur nouvelle amie va les aider à démêler les fils embrouillés de cette histoire sordide. Oui, sordide… Le mot le frappe. Est-ce que Maëlle ne voit que le côté sordide de l'affaire ? Là où leur tante parle de délivrance, voit-elle au contraire un péril qui menace le fragile équilibre qu'elle a eu tant de peine à mettre en place ? Et la famille ? Si toute cette folle histoire se confirme, que va dire la famille ?

Ces pensées plus ou moins sombres l'empêchent de s'intéresser aux espaces qu'ils traversent maintenant. Machinalement, il ouvre la voie à ses compagnes sans songer à leur en faire le moindre commentaire. Leurs chevilles se tordent dans la combe raide, entre névés et pierriers. Les genoux sont mis à rude épreuve. Le chaos lunaire s'accorde à leurs méditations lugubres. Puis les marcheurs basculent dans la pente pour rejoindre un chemin moins pénible. Le bleu éclatant des gentianes et les somptueuses boules d'or des trolles d'Europe peinent encore à les distraire. La fatigue et la moiteur poisseuse pèsent autant que la mauvaise humeur qui sied si mal au boute-en-train du groupe. De grosses mouches harcèlent leurs tempes en sueur. La file s'étire à mesure que les pas se font plus lents. Le vallon d'Orgeval, plus riant, assouplit cependant leur marche et les visages commencent à se dérider. L'horizon s'élargit et les troupeaux qui viennent à leur rencontre, tintinnabulants, dissipent un peu la morosité générale. Tante Mag et Valentine échangent quelques salutations avec les gardiens. Des considérations sur l'orage qui guette. Ludovic se rassérène. Maëlle ne desserre toujours pas les dents, mais il espère que le tempérament de feu de sa cousine va reprendre le dessus. Un espoir circonspect toutefois : ces volcans méditerranéens sont si imprévisibles !

Les arbres signalent qu'on approche du vallon de Bellevaux. Le jeune homme hasarde une explication à l'intention de Valentine :

– Il y avait un monastère important autrefois ici à Bellevaux, du XIe siècle jusqu'à la Révolution, qui a tout saccagé. Il n'en reste rien aujourd'hui, sinon deux ou trois stèles. Au XIXe a été construite la chapelle actuelle, sur l'emplacement du prieuré, ainsi que la monumentale fontaine. Mais on ne va pas les voir, on va descendre par le chemin du Gros Fayard.

– C'est pas dommage ?

– On reviendra une autre fois, va !

– À moins que tu ne souhaites y venir en pèlerinage, intervient Mag en riant. Tous les ans, le lundi de Pentecôte, il y a un pèlerinage.

– C'est demain alors ?

– Oui, ça t'intéresse ?

Valentine éclate de rire et c'est d'un cœur plus léger que les amis empruntent le dernier tronçon de la piste qui les ramène jusqu'au parking où les attend la voiture. Ils sont fourbus. Maëlle laisse à son cousin le soin de ranger son sac à dos dans le coffre et se jette sur la banquette arrière. Elle n'a pas desserré les lèvres de toute la descente.

Dix minutes plus tard, les voici de retour à la fruitière de Mag. Maëlle file prendre une douche avant de s'enfermer dans sa chambre. Ses compagnons, éreintés, s'apprêtent à avaler une bière bien fraîche sous la glycine. Mag farfouille dans le frigo, Ludovic a disparu dans les toilettes. Valentine, elle, s'est effondrée sur un fauteuil de jardin.

Un véhicule utilitaire d'artisan circule sur la route en contrebas, remonte le chemin et s'arrête à hauteur de la maison. Un homme de haute taille, aux cheveux bruns fournis et aux épaules larges, en sort avec un signe de la main dans sa direction. Il contourne la fourgonnette pour aller ouvrir la porte arrière, sort un petit paquet, claque la portière et se dirige maintenant vers la terrasse en arborant un franc sourire sous ses épais sourcils foncés. Valentine appelle la maîtresse des lieux, encore dans la cuisine :

– Mag ?

– Oui ?

– Il y a quelqu'un qui arrive.

– Qui ça ?

Valentine observe l'homme qui approche rapidement.

– Ça serait pas ton frère ?

– Mon frère ?? Comment ça, mon frère ?

Interloquée, Mag arrive sur le pas de la porte, son panier de bières à la main. À la vue du visiteur, son visage s'éclaire :

– Michel ?! Quel bon vent t'amène ?

– Je t'apporte du fromage ! Tu m'offres un verre ?

– Bien sûr ! Installe-toi, je vais te chercher ça !

Avant de repartir chercher une bière supplémentaire, elle pose son panier sur la table et lâche à Valentine en riant :

– Ce n'est pas mon frère, quelle idée ! C'est juste Michel Bogé, le patron de la Fruitière des Bauges !

8
Félix Bogé

La météo est maussade aujourd'hui. Heureusement, cet après-midi, l'activité montagne ne figure pas au programme des élèves de la fondation. Après l'orage qui a littéralement explosé dimanche soir, au terme d'une journée trop hâtivement estivale en ce printemps qui peine à faire sa place, un ruissellement de pluie s'est abattu sans discontinuer lundi, noyant les champs et inondant les routes. Depuis, les nuages ne cessent de pleurnicher, sanglotant par intermittences dans des mouchoirs de gaze grisâtre. Ludovic a fait sa tournée sous des averses bâtardes ce matin, tantôt vives, tantôt mourantes. Les dernières gouttes ont bien tenté de lui coller aux basques sur le chemin du retour, mais il les a semées à un carrefour où les guettait une culotte de gendarme bleu ciel, et elles ont dû renoncer à le poursuivre de leurs assiduités. À Chambéry, le temps était couvert, mais sec.

Notre ami attend Valentine qui doit le rejoindre pour faire le point sur les événements du week-end. Ces trois jours ont été fertiles en émotions et découvertes ! Il a hâte d'en discuter avec elle : ses lumières professionnelles apporteront peut-être un éclairage intéressant sur la situation, et son statut étranger à la famille lui assure la neutralité nécessaire à une réflexion objective. Mais cela justifie-t-il le soin qu'il met à ranger et nettoyer son logement ? Le garçon ne se pose pas la question.

Tante Mag a bien ri de la méprise de Valentine à propos de Michel Bogé. C'était la première fois, selon elle, qu'on leur prêtait une telle ressemblance ! Du moins au point de les croire frère et sœur ! Mais quand Ludovic est arrivé à son tour, lui-même a été saisi par cet étrange air de famille entre les deux : Michel Bogé, qu'il n'avait jamais vu, ressemblait en effet bien davantage à Tante Mag que son propre jumeau, l'oncle Jean-Paul !

– Bah ! avait dit le nouveau venu en souriant. Il y a des tas de gens qui se ressemblent dans le coin, nous sommes tous plus ou moins cousins !

– Mais pas moi ! avait protesté l'hôtesse. Je viens de Chambéry, moi !

– Sait-on jamais ? avait plaisanté l'homme. Le facteur était peut-être Bauju !

Puis il était parti dans de longues considérations sur la « célibatose », cette endémie des campagnes qui sclérosait de génération en génération les célibataires des deux sexes, souvent poussés de ce fait à l'émigration, entre autres raisons. Eh oui ! Comment un *pays* pouvait-il trouver sa *payse* parmi de telles cousinées, sans risquer de graves complications de consanguinité ?

– Moi-même, il faudrait que j'aille à la ville pour trouver grolle à mon pied ! Mais quelle fille voudrait s'enterrer à la campagne à faire des fromages ? Et moi, je suis trop bien ici ! Vous me voyez à la ville, moi ? J'y dépérirais, sûr !

Et de rire bruyamment, avant d'ajouter avec un clin d'œil à Mag :

– À moins que toi... Ça t'dirait pas, des épousailles ? On se connaît bien maintenant, depuis l'temps !

Mag avait éclaté de rire et l'apéro s'était poursuivi sur ce ton badin. Bogé était du genre bavard ! Jusqu'au moment où ils avaient abordé la question du tableau commémoratif commandé par la commune d'École-en-Bauges. Le patron de la Fruitière y était aussi conseiller municipal, et il venait voir où en était l'œuvre. L'artiste avait alors exprimé son ennui à propos du treizième halo qui s'était invité par inadvertance et qu'il fallait donc retoucher. Le problème était que, pour éviter un déséquilibre, elle allait devoir reprendre tout le cercle de halos. Heureusement qu'elle n'avait pas encore appliqué le vernis !

Michel avait alors eu cette réponse inattendue :

– En fait, t'auras peut-être pas besoin d'y retoucher, à ton tableau ! C'est même plutôt une heureuse coïncidence !

– Comment ça ?

– Eh bien, c'est assez extraordinaire, mais on vient d'avoir confirmation qu'on avait un héros de plus ! Ou un martyr, comme tu voudras…

– Un héros de plus ?

– Oui. Et celui-là, il a particulièrement besoin d'être réhabilité. Bon, il est pas mort en juillet, mais en mai, lors du premier assaut des Allemands contre École. Donne-moi une autre bière, c'est une drôle d'histoire !

Une bien curieuse histoire en effet, et même un coup de théâtre dans cette petite commune martyrisée qui n'avait pas encore totalement refermé ses plaies. Certaines rancœurs étaient restées vives. Ainsi, dans la grande famille Bogé aux multiples ramifications, un malaise était demeuré toutes ces années jusqu'à ce vendredi de l'avant-veille qui avait définitivement mis fin aux suspicions.

– Quelles suspicions ? avait demandé Tante Mag.

Et le Bauju avait commencé son fascinant récit. Le 1er mai 1944, les Allemands avaient déboulé à École-en-Bauges à la première heure du jour. Immédiatement, ils s'étaient fait conduire à la maison forestière de Bellevaux, qu'on appelait aussi « le couvent » parce qu'elle se trouvait à l'emplacement de l'ancien prieuré bénédictin. Et là, surprise ! Ils y découvrirent tout un tas d'armes et de munitions qui avaient été parachutées à peine quelques heures plus tôt ! De là à conclure qu'ils avaient un informateur, il n'y avait qu'un pas, qui fut vite franchi. Mais qui était le traître ?

Cette journée avait été terrible. Un cauchemar vivant. Les Allemands, manifestement bien renseignés, savaient parfaitement ce qu'ils recherchaient : outre les armes et les fournitures parachutées, ils voulaient des têtes. Mais comme ils ne les trouvèrent pas, car elles s'étaient sauvées à temps, ils se vengèrent sur la population, assassinant froidement plusieurs jeunes gens après les avoir atrocement torturés et incendiant une trentaine de maisons… Bref, un avant-goût des massacres qu'ils allaient perpétrer ensuite en juillet.

Très rapidement, le bruit avait couru que le traître était… Félix Bogé ! Un des principaux meneurs du maquis ! On retrouva son corps quelques jours plus tard dans un fossé, troué de plusieurs balles dont une dans la tête, un foulard cachant ses yeux, les mains liées derrière le dos. Il avait été abattu à la manière dont les résistants abattaient les traîtres et les miliciens… La mort remontait visiblement à plusieurs jours.

Cela avait jeté un grand trouble dans la famille Bogé, et dans le canton en général. Les esprits étaient divisés. Beaucoup avaient du mal à croire que cet homme d'une probité exemplaire pût avoir trahi, mais connaît-on vraiment l'âme humaine ? Et puis, sa femme avait été arrêtée par la Gestapo quelque temps auparavant, cela suffit souvent à vous retourner un bonhomme !

– Sa femme ? avait interrompu Mag. Il était marié ?

– Oui, et il était très épris d'elle, à ce qu'on sait ! Après ça, les Bogé ont été battus froid pendant un bon bout de temps, tu penses bien ! Le Félix était du genre taciturne, paraît-il ; les mauvaises langues eurent vite fait de le trouver sournois… Puis les choses se sont tassées quelque peu, mais le malaise a toujours persisté dans le secteur. On nous traite encore de véreux derrière notre dos…

Et puis, en 2014, coup de théâtre ! Un Allemand se présente à la mairie fin avril. Il s'appelle Tobias Schwarz. Il demande à parler au maire, qui est déjà Annick Bonniez. Et ce qu'il lui révèle est tellement surprenant que celle-ci convoque en hâte tous les conseillers municipaux disponibles !

– Je revois encore la scène, avait poursuivi Michel Bogé avec émotion, c'était tellement extraordinaire, ce qu'il avait à nous dire ! Cela m'a personnellement bouleversé… Vous pensez, il venait innocenter mon grand-oncle Félix ! Et du même coup laver l'honneur de tous les Bogé !

En se remémorant le récit du conseiller municipal, Ludovic aussi est ému jusqu'aux tripes. Mathilde Dunant n'avait-elle pas prédit que la vérité éclaterait un jour ou l'autre ?

Tobias Schwarz était le petit-fils de Konrad Schwarz, un cordonnier paysan originaire des environs de Dresde. Konrad était né à la fin du XIXe siècle. Il s'était marié et avait eu de nombreux enfants. Enrôlé dans la Wehrmacht en 1939, il s'était retrouvé dans l'armée d'occupation présente à Chambéry en 1944. À ce titre, il avait participé aux deux vagues infernales qui avaient secoué si tragiquement la paisible vallée. Le soldat Schwarz, qui avait pourtant connu les tranchées de 1914, avait lui aussi été profondément ébranlé par cette tragédie répétée, qui avait dépassé en sauvagerie tout ce qu'il avait pu vivre jusque-là.

– Vous comprenez, avait plaidé son petit-fils avec son accent germanique, il était un paysan lui aussi. Ça lui a retourné le cœur, toutes ces horreurs.

Michel Bogé s'était alors souvenu du témoignage de l'abbé Féjoz, curé d'École en 1944. Ce dernier avait rapporté les propos de deux soldats autrichiens entendus ce jour-là : « Pas beau… Pas beau[1]… » Avaient-ils été nombreux, les soldats allemands écœurés par leur propre barbarie ?

Konrad Schwarz avait survécu à la guerre, mais pas son fils aîné ni son gendre. Il était retourné chez lui, désormais en Allemagne de l'Est. Là, il avait été interné comme tant d'autres de ses camarades dans un des « camps spéciaux » mis en place par les Soviétiques dans le cadre de la dénazification décidée à la conférence de Potsdam. Rescapé, mais dans un état lamentable, de ces camps qui avaient laissé sur le carreau plus d'un prisonnier sur trois, il était mort en 1952 d'usure et de dégoût, en livrant à ses fils ses remords et le soin de réhabiliter la mémoire de Félix Bogé. Mais, coincés en Allemagne communiste, les fils n'avaient rien pu faire et les remords de l'ancien soldat allemand avaient été oubliés dans les difficultés quotidiennes de la simple survie derrière le Rideau de Fer.

Ce ne fut donc qu'en 2010 environ, après la mort de son propre père, Helmut Schwarz, que Tobias tomba sur un écrit de son grand-père, soigneusement rangé avec d'autres papiers de l'aïeul dans le bureau paternel. Sa lecture l'avait bouleversé. C'était une confession. Tobias l'avait solennellement remise à madame le maire devant les conseillers municipaux réunis. Grosso modo, la teneur en était la suivante.

---

1. Henri Fejoz, « En Savoie sous l'Occupation. Le martyre du plateau des Bauges, 1er mai – 4, 5, 6 juillet 1944 », plaquette diffusée par le Souvenir Français, f° 14.

Avant d'attaquer le village, les Allemands l'avaient totalement encerclé. Konrad s'était retrouvé à l'orée d'un chemin forestier, à la tête d'une petite escouade. Les ordres étaient très clairs : arrêter toute personne qui tenterait d'approcher du village. S'ils mettaient la main sur un des terroristes dont ils avaient le nom, ils devaient immédiatement en référer par radio à l'officier SS qui menait les opérations. Félix Bogé était particulièrement recherché. Et c'était dans la nasse de Konrad Schwarz qu'il était tombé. Il tentait de contourner le village pour observer les opérations. Un échange de coups de feu avait ébranlé les ramures. Félix et un de ses compagnons étaient tombés à terre, blessés dès la première rafale. Les autres avaient réussi à s'enfuir. Le camarade de Félix, pris de panique, avait révélé l'identité de son chef. Et c'est là que la sinistre mascarade avait commencé. La Gestapo avait mis au point un plan machiavélique pour déstabiliser les maquisards en discréditant leur chef. Cela avait aussi l'avantage de couvrir le véritable traître, qui pouvait encore être utile. Et il le fut en effet, hélas, pour l'assaut de juillet…

Le capitaine SS donna donc l'ordre à Konrad Schwarz de procéder à la mise en scène d'une exécution punitive selon le mode opératoire des résistants avec les miliciens : bander les yeux du coupable, lui lier les mains derrière le dos, lui trouer le crâne d'une balle et son corps d'une rafale de mitraillette, puis jeter le cadavre dans un fossé. Le véritable traître, lui, devait faire courir le bruit de la trahison présumée de Félix. Le plan avait fonctionné à merveille. Le corps, retrouvé quelques jours après le drame du 1er mai, corroborait la thèse du règlement de comptes, et le chef charismatique était devenu en un tournemain la bête immonde honnie des siens.

Konrad Schwarz avait été impressionné par la dignité du héros français resté imperturbable malgré cet assassinat révoltant qui devait de surcroît salir sa mémoire pour l'éternité. Le cœur de l'Allemand s'était tordu de rage et d'humiliation de voir à quel degré de barbarie son peuple en était arrivé, et de constater son propre avilissement à ne pouvoir rien faire d'autre qu'obéir aux ordres. Dans ce régime dénaturé, la moindre hésitation était suspecte et sujette à délation. Se rebeller n'aurait rien empêché de toute façon... Et il avait exécuté cet homme irréprochable, un paysan comme lui qui s'était battu pour son pays, pour la liberté. Ce que lui-même n'avait pas su faire…

Enfin, le spectacle des martyrs de juillet avait achevé de l'anéantir. L'image de ces hommes s'avançant vers la mort la tête haute, recevant l'absolution divine de ce prêtre courageux qui en avait bravé l'interdiction, avait retourné son âme. À la fin de sa vie, leurs ombres le hantaient encore, funèbre procession qui défilait en boucle dans le silence terrible de cette heure d'apocalypse.

Il s'était promis de revenir en Bauges demander pardon pour ces crimes et réhabiliter la mémoire du jeune chef injustement souillée. Le destin avait contrecarré ce louable projet. Son petit-fils, Tobias Schwarz, venait enfin accomplir ce vœu de réparation, si tant est qu'on pût jamais réparer de telles ignominies. Et l'Allemand de cinquante-quatre ans, qui n'avait pas connu la guerre, s'était incliné, contrit, devant le maire et les conseillers municipaux silencieux.

Michel Bogé était encore tout chose en relatant cette histoire. Il en oubliait même de finir sa bière.

– Tobias Schwarz voulait absolument faire amende honorable devant la population entière à l'occasion des commémorations du 1er mai qui devaient avoir lieu le lendemain ou le surlendemain. Nous l'en avons dissuadé car nous ne voulions pas gratter les croûtes sans être sûrs de ne pas les faire saigner. Nous devions d'abord vérifier certaines choses avant d'accorder un crédit officiel à ce témoignage, certes poignant et qui semblait authentique, mais qui devait encore être corroboré par des instances autorisées. Nous devions lancer une enquête auprès des services historiques français, mais surtout allemands. 2014, c'était soixante-dix ans après la guerre. Toutes les archives n'étaient pas encore déclassifiées et il fallait des autorisations pour les consulter, surtout en Allemagne. Nous avons donc lancé des procédures, mais ça a été long avant d'avoir confirmation de tout ce que nous avait révélé M. Schwarz.

Et, dans un immense sourire radieux où se libérait tout le soulagement du monde, il avait ajouté :

– C'est cette confirmation que nous avons reçue avant-hier : la preuve formelle et irréfutable que Félix Bogé est innocent. Non seulement innocent, mais un héros de la Résistance dans les Bauges !

Les archives allemandes avaient en effet conservé toutes les traces de l'occupation en Savoie, et notamment tous les comptes rendus, récépissés, procès-verbaux et rapports possibles et imaginables sur la lutte « anti-terroriste » menée contre les maquis baujus. On y trouvait le nom du détenu de droit commun lyonnais qui, pour échapper à la justice, avait accepté d'infiltrer les rangs de l'armée secrète pour le compte de l'occupant. Promu radio des maquisards, il était au courant de toutes les opérations, dont les parachutages d'armes, et pouvait aussi facilement contacter clandestinement ses correspondants allemands. C'était ce lâche qui avait vendu Félix Bogé et donné en pâture les villageois aux colonnes infernales des Huns et des Vandales.

Le coup de tonnerre qui fit brutalement crever le ciel sur la tête des auditeurs attablés autour du narrateur fut moins violent que l'émotion qu'ils ressentirent à ce récit ! Telles des fourmis affolées, ils s'éparpillèrent tous d'un même mouvement, qui avec les verres, qui avec le saucisson ou les coussins de jardin, pour échapper à la pluie torrentielle qui se déversait soudain sur leur dos voûté. Secoués de rire et trempés comme des soupes, ils s'affalèrent dans le séjour dont les fenêtres ouvertes claquaient à l'ouragan. La charge émotionnelle ainsi évacuée, ils purent reprendre leurs esprits et la conversation sur un mode plus serein.

En cette heure où il se remémore ces événements, tout cela paraît complètement surréaliste à Ludovic. Les choses s'emboîtaient si parfaitement! Et, à ce point du récit, ils n'étaient pas encore au bout de leurs surprises… Tante Mag avait interrogé son ami :

– J'imagine que vous avez aussi fait des recherches sur Félix Bogé du coup, non?

– Bien sûr! Mais ça n'a pas été facile non plus. Les réticences étaient nombreuses à évoquer un homme qui avait laissé un si funeste souvenir. D'aucuns l'avaient même carrément effacé de leur mémoire.

– Il était de ta famille pourtant, tu as bien dit que c'était ton grand-oncle?

– En effet, c'était le frère de mon grand-père, le petit dernier d'une famille très nombreuse. Je crois bien qu'ils étaient une douzaine d'enfants! Mon aïeul était l'aîné. Ils avaient vingt-deux ans de différence. Ce décalage a fait que les aînés de mes oncles se sont tous retrouvés au maquis avec leur oncle Félix, qui était à peine plus âgé qu'eux…

– Ta famille doit bien avoir des traces de son existence tout de même, non?

– Oui, bien sûr. Quand j'ai expliqué qu'il n'était peut-être pas coupable et qu'on allait prouver son innocence, les langues se sont déliées. Des cousins ont retrouvé des photos et des documents.

À ce moment-là, Ludovic et sa tante avaient eu du mal à contenir leur excitation : il y avait des traces de l'existence de ce fantôme évoqué dans un rêve hallucinatoire! Ils ne pouvaient évidemment pas dévoiler ce qui, aux yeux de leur ami, ne pouvait être qu'élucubrations. Le cœur battant, le jeune homme s'était donc contenté d'écouter le dialogue.

Tante Mag avait demandé des éclaircissements sur la femme de Félix Bogé. Michel ne se souvenait pas de son nom dans l'immédiat, mais il pouvait le retrouver. Un nom courant en tout cas, comme Dagand ou Dunant. En revanche, il avait affirmé que c'était une institutrice originaire de Chambéry. Elle avait été arrêtée par la Gestapo en avril 1944 et on n'avait plus jamais entendu parler d'elle.

– Et ils avaient des enfants ? avait demandé Valentine.

Des enfants ? Là, les choses se compliquaient. La plus âgée de ses tantes encore en vie, qui résidait en EHPAD et souffrait d'un début d'Alzheimer, avait évoqué l'existence d'un bébé. Mais lui aussi avait disparu sans laisser de traces. Les recherches avaient exhumé un acte de naissance des archives de l'ancienne commune de Fésigny. Cet acte d'état civil attestait bien la naissance d'un petit garçon en novembre 1943, mais ne portait aucune mention marginale comme un mariage ou un décès. Ce qui laissait supposer que ce cousin de son père vivait encore, à moins d'avoir disparu dans la tourmente de cette triste époque. Cette dernière possibilité était la plus probable, hélas ! Un avis de recherche avait tout de même été lancé par acquit de conscience, mais sans succès jusqu'à ce jour.

– Et du côté maternel, vous n'avez rien trouvé ? avait hasardé Tante Mag.

– On a retrouvé tout son état civil à Chambéry. En fait, elle est morte en mai 1944 elle aussi, mais personne ne le savait.

– De quoi est-elle morte ? avait soufflé Ludovic, tendu à l'extrême.

– Son acte de décès ne le précise pas, mais tout porte à croire qu'elle a été victime du bombardement américain qui a dévasté la ville le 26 mai 1944. L'heure et le lieu indiqués sur le document concordent. D'ailleurs, ses parents aussi sont morts à la même heure et au même endroit. Nos espoirs de trouver des informations de ce côté-là ont donc tourné court.

– Il n'y a donc plus aucune piste ?

Michel Bogé avait secoué la tête d'impuissance.

– Je crois qu'il est question de lancer un généalogiste sur l'affaire, des fois qu'il y ait d'autres parentèles quelque part, mais je crains qu'il ne trouve pas grand-chose.

– Pour en revenir au bébé, avait alors interrogé Valentine, il ne serait pas tout simplement mort avec sa mère ?

– Sans que cela figure à l'état civil ? avait répliqué le Bauju. Non, difficile à imaginer ! Mais après tout, s'il n'avait pas de papiers sur lui, et sans personne pour le reconnaître…

Et le brave homme avait poussé un soupir en ajoutant que tout cela était bien compliqué.

Et des photos ? Avait-il retrouvé des photos ?

Ça oui, des photos, il y en avait ! Peu nombreuses, car avant-guerre cela restait un luxe que l'on réservait aux grands événements. Mais il avait pu rassembler des photos de classe, de communion et de conscription, ainsi qu'une photo du mariage de son oncle. L'enthousiasme suscité par cette dernière annonce l'avait un peu surpris, et il avait fallu expliquer ce soudain engouement par l'intérêt qu'avait soulevé son histoire si rocambolesque.

La soirée s'avançant cependant, Tante Mag avait invité son visiteur à revenir le lendemain pour le café, ce qu'il avait accepté avec empressement. Manifestement, il avait le béguin pour elle !

– Et surtout, apporte-nous ces photos ! avait insisté l'artiste peintre.

Il avait promis et s'était enfui sous l'orage, assailli de multiples petites flèches sèches qui grêlaient sur sa nuque et ses épaules comme autant de questions sans réponses. Un dernier éclair le rattrapa tandis qu'il s'engouffrait dans sa fourgonnette blanche au bout de l'allée. Ludovic eut la vision fugitive d'une jeune femme hachée par une grêle de bombes, happée par un dernier éclat de feu.

Celui-ci a fini de ranger et de nettoyer son deux-pièces. Un coup d'œil à la fenêtre lui permet de s'assurer que le ciel est toujours sobre. En bas, aucun signe de Valentine dans la rue. Elle est en retard… Et lui terriblement impatient. Son mobile n'affiche pas de message. Instagram et Facebook restent étonnamment discrets : peu de mouvement sur les réseaux sociaux. Pour tromper l'attente, il prépare deux tasses et remplit la vieille machine à café que ses parents lui ont laissée. Désœuvré et nerveux, il s'affale dans son canapé suédois et se connecte à la radio : *« Là-bas… »* chante Goldman. Sa prestation au karaoké lui revient comme une madeleine de… de qui déjà ? Trou de mémoire !… Peu importe, lui reviennent les ombres rouges des danseurs, les mélopées des chanteurs, les effluves chargés de l'ambiance surchauffée, la saveur aigre-douce des sushis, et par-dessus tout ça… une silhouette longue et souple comme une liane, une mèche taquine sur un front clair, une voix chaleureuse aux intonations légèrement germaniques. Son esprit s'isole doucement dans une rêverie délicieuse.

La chanson s'achève sur un air plus récent et les pensées du garçon le ramènent à ses préoccupations galopantes. Michel Bogé n'imaginait certainement pas dans quel émoi il avait laissé la compagnie. Après son départ, le trio s'était regardé avec une totale incrédulité : le visiteur ne pouvait mieux tomber ! Incroyable coïncidence que ces informations qui leur étaient livrées dans la foulée même des révélations chimériques de Ludo ! La psychologue avait répété que, décidément, elle ne croyait plus aux coïncidences, mais que certainement d'autres facteurs intervenaient, qui échappaient encore à la conscience humaine. C'était terriblement exaltant !

Mais c'est lundi qui fut le jour de la grande bascule pour la famille Aviernoz. On s'en souviendrait longtemps… Quand Ludo se leva enfin ce jour-là, en milieu de matinée, après une nuit bien malmenée par son cerveau surexcité, il constata que sa cousine s'était absentée. Elle avait pris la voiture de leur tante et était partie faire un tour sans dire où elle allait. Probablement ne le savait-elle pas elle-même. Cela lui arrivait parfois, dans des moments de grande lassitude ou d'extrême solitude. Elle revenait toujours, un brin mélancolique, et la vie reprenait son cours ordinaire, fait de gaieté et de rires, d'entrain et de *« ma ché ! »* volubiles et trompeurs. Cette fois-là n'échappa pas à la règle, sauf qu'après son retour, elle demeura taciturne et atone toute la journée. Et personne ne sut où elle était allée sous cette pluie sauvage qui incitait si peu à sortir de sa couette.

Elle était revenue juste à temps pour le repas de famille, en même temps que les convives attendus : Mamina, les parents de Ludo et Paulin, et ce dernier qui faisait le chauffeur. Le soir, elle était rentrée à Chambéry avec eux, arguant d'une grosse fatigue. Et il y avait de quoi, après les découvertes déboussolantes de l'après-midi !

Le jeune homme reprend le film des événements. Il fallait voir la tête des parents quand Michel Bogé était arrivé après le repas… Sa silhouette massive à contre-jour dans l'encadrement de la porte n'avait dévoilé que progressivement ses traits, à la manière d'une photo argentique plongée dans un bain de révélateur. La faible lumière des lampes d'appoint éclairait indirectement son visage mobile et souriant, laissant dans l'ombre de son front sourcilleux son regard brun comme un marc de café. Ludovic s'était beaucoup amusé à constater l'étonnement poliment contenu qui haussait discrètement les sourcils de ses parents, de sa grand-mère et de son frère à mesure que le nouveau venu les saluait. Il n'avait pas loupé leur regard de côté coulé furtivement en direction de Tante Mag avant de revenir, incrédule, se fixer sur le visage de l'étranger qui lui était si incroyablement semblable.

Les présentations faites, celui-ci avait très vite attaqué le sujet qui l'amenait, ouvrant un dossier rempli de papiers de toutes sortes, soigneusement classés dans des chemises de couleur. Il en avait tendu une à Magali en disant :

– Tiens, Mag, voici les photos de mon grand-oncle Félix. J'ai retrouvé le nom de sa femme : elle s'appelait bien Dunant, pas Dagand.

Ludovic et Valentine s'étaient précipités de part et d'autre de la grande femme pour voir avec elle les documents. Des photos de groupe le plus souvent : premiers communiants sagement alignés devant l'église du Chatelard, écoliers en blouse sombre et cheveux coupés « au bol », conscrits posant crânement en 1935, cocarde à la boutonnière… Le dénommé Félix était facilement reconnaissable à son arcade sourcilière proéminente. On retrouvait cette caractéristique chez une bonne partie des membres de sa parenté sur la photo de mariage qui terminait la série. Ludovic avait étouffé un cri en découvrant cette dernière : pas de doute possible, la mariée rayonnante au bras de son époux, sur les marches de l'église, était bien la jeune femme de sa vision ! Le léger voile virginal posé à plat sur sa tête ne pouvait contenir la masse foisonnante des boucles brunes. Un vertige soudain l'avait assis dans le premier fauteuil venu.

Intrigués, les autres avaient demandé des explications, que Michel Bogé s'était fait un plaisir de leur donner, encore sous le coup de l'heureux épilogue de la tragique histoire de sa famille. Son récit les avait captivés, surtout Paulin, toujours friand d'anecdotes historiques locales sur la Deuxième Guerre mondiale. C'est alors que Mamina, penchée sur la photo de mariage, avait émis de sa voix mondaine qu'elle prenait dans les rencontres de salon :

– C'est amusant, j'ai l'impression d'avoir déjà vu cette jeune mariée quelque part, mais dans un cadre plus citadin. C'est curieux, n'est-ce pas, ces impressions de déjà-vu ?

Mais c'est la mère de Ludo et Paulin qui avait répliqué :

– Moi, elle me fait surtout penser à Maëlle, vous ne trouvez pas ?

Les exclamations avaient alors fusé, stupéfaites et amusées à la fois :

– Mais oui, c'est vrai ! Comme c'est drôle !…

Seule Maëlle avait blêmi, et rétorqué, glaciale :

– Je vous ai déjà dit que je n'étais pas une réincarnation de Mathilde Dunant ! Ça suffit à la fin !

Sidérés, ils s'étaient tous retournés vers elle :

– Mais qu'est-ce que tu racontes ? Que vient faire Mathilde Dunant là-dedans ?

La jeune fille s'était rencoignée dans son siège, maussade, et avait refusé d'en dire davantage, haussant seulement les épaules. C'est Michel Bogé qui avait repris, étonné :

– En effet, ma grand-tante s'appelait bien Mathilde Dunant. Comment le savez-vous ? Je ne crois pas avoir dit son prénom, si ? En tout cas, c'est vrai que vous lui ressemblez. Mais vous savez, les ressemblances, ça ne veut rien dire… Voyez, Mag et moi, il paraît qu'on se ressemble, mais on n'a rien à voir l'un avec l'autre ! C'est juste le hasard…

Un silence avait suivi. Puis Paulin avait déclaré :

– Ce qui nous étonne, c'est aussi la coïncidence des noms. Il se trouve que nous avons aussi une grand-tante – ou plutôt une arrière-grand-tante en ce qui nous concerne, Ludo, Maëlle et moi – qui s'appelait Mathilde Dunant. Mais elle n'était pas mariée. Quand elle est morte en 1944, elle n'avait même pas vingt-cinq ans. Mais, comme vous le dites, Dunant est un nom répandu en Savoie !

Michel Bogé le considéra fixement un moment sans rien dire, la bouche ouverte et les sourcils en accents circonflexes au-dessus d'yeux soudainement ronds. Mag mâchonnait nerveusement une cigarette éteinte, les tempes de Ludo battaient violemment, Valentine assistait à la scène, fascinée. Les parents et Mamina ne comprenaient plus rien et attendaient, complètement perdus, qu'on les remît dans le film. Michel Bogé reprit :

– Elle n'était pas mariée, dites-vous ? De quoi est-elle morte ?

La réponse de Paulin fit monter brusquement le sang au visage du Bauju. Fouillant dans ses papiers, il sortit une pochette dont il extirpa fébrilement un paquet de photocopies.

– J'ai là les copies de différents actes d'état civil de mon grand-oncle et de sa femme. Nous saurons ainsi s'il s'agit d'homonymes, mais les coïncidences deviennent un peu trop nombreuses à mon goût. Ma tante Mathilde semble bien, elle aussi, être morte sous le bombardement de Chambéry. En tout cas, son décès indique le même jour : 26 mai 1944.

Puis il se mit à lire l'acte de mariage de son oncle : il avait épousé le 30 août 1941 une certaine Mathilde Dunant, institutrice, née à Chambéry le 27 mai 1919, fille de Lucien, Paul, André Dunant et d'Antoinette, Marie, Josèphe Leroux.

À ces mots, Paulin et son père avaient poussé des exclamations de stupeur : c'étaient bien les noms des parents de Grand-Maman, née Madeleine Dunant. Mais quel était ce mystère ?!

Michel Bogé, lui, n'en revenait pas davantage : les Aviernoz et lui seraient donc alliés ! Sa grand-tante avait une sœur ! Et cette sœur avait des descendants ! Mais comment se faisait-il qu'ils ignorassent tout de son mariage ? Il se frappa le front soudainement en s'exclamant :

– Mais j'y pense ! La famille de la mariée doit bien figurer sur la photo elle aussi ! Regardez bien : ils doivent bien être quelque part…

Mamina avait saisi le cliché avec hésitation, puis, après l'avoir scruté un moment, l'avait rendu en secouant la tête :

– Je regrette, aucun visage ne me parle. Vous savez, j'ai très peu connu ma belle-mère, qui est morte peu après notre mariage. Elle était bien malade, épuisée par un cancer qui n'en finissait pas. Ce n'était plus qu'une ombre émaciée, longue et pâle… Et je crois bien qu'en 1941, elle n'était pas mariée. Inutile donc de chercher mon beau-père.

Son fils prit à son tour la photo, et hocha la tête également. Tous ces visages lui étaient étrangers. Il passa le cliché à Paulin ; peut-être le généalogiste familial pourrait-il en dire plus ?

Celui-ci se pencha longuement sur le document. Tout le monde attendait son verdict. Il poussa un grand soupir et finit par énoncer :

– Nous n'avons aucune trace de la famille Dunant chez nous ; il semble que ce fatal bombardement ait volatilisé leur immeuble et tout ce qui allait avec ! Nous ne savons pas à quoi ressemblaient nos aïeux.

La déception se lisait sur les visages. Mais, avant que quiconque eût le temps d'exprimer quoi que ce fût, Paulin ajoutait :

– Cependant, nous avons des photos du mariage de Grand-Papa et Grand-Maman. Peu, à vrai dire, car ils se sont mariés dans la plus stricte intimité, même pas deux mois après ce funeste événement. Probablement pour respecter le deuil de la mariée. D'ailleurs, elle est en noir. Vous ne vous souvenez pas

Tante Mag rappela de son côté que les deux sœurs « s'aimaient d'amour tendre », comme le prouvaient les aquarelles de l'une et les vers de l'autre qui se répondaient si bien. C'était une raison suffisante pour reprendre un prénom. On redéballa la boîte à souvenirs de l'aïeule : les peintures, le journal intime, le bouquet séché… La croix jeannette en or de Mathilde était bien la même que celle que la jeune mariée portait au cou le jour de ses noces ! Tout cela était très troublant et fascinant à la fois. Paulin examinait tout avec une intensité jubilatoire. Sa passion pour l'histoire familiale le rendait fébrile. L'énigme de l'enfant perdu le laissait perplexe, cependant. Peut-être fallait-il investiguer auprès des orphelinats ?

C'est alors que son frère avait bafouillé l'hypothèse suivante, en pesant ses mots avec une infinie prudence :

– Et si… Et si… Je ne sais pas, moi, mais… Vous allez peut-être trouver ça énorme mais… Après tout, ça s'est déjà vu…

Tante Mag lui avait jeté un regard affolé et injonctif : non, pas maintenant ! Mais trop tard, il était lancé et tout le monde attendait qu'il poursuivît. Alors, prenant une ultime inspiration, il avait lâché brutalement :

– Et si Papy était Paul Bogé ?

9
Qui est Paul Aviernoz ?

– Et si Papy était Paul Bogé ?

Le matin de ce même jour où Ludovic guette avec tant d'impatience Valentine en se remémorant les événements du week-end, Paulin, lui, fulminait dans son bureau de l'université de Chambéry. Cette question farfelue de son frère avait jeté un pavé dans la mare tranquille de ses certitudes. Décidément, Ludovic avait le don des saillies inattendues ! D'ordinaire elles le faisaient plutôt sourire, ses naïvetés de gamin attardé ou de gentil poète ; mais parfois elles l'embarrassaient, quand elles surgissaient, comme ç'avait été le cas lundi, devant des inconnus – la copine de Maëlle et cet étrange Michel qui ressemblait si étonnamment à leur tante. Paulin détestait ces moments de confondante ingénuité dont son frère était capable, hors de toute rationalité et du moindre bon sens. D'ailleurs, leur père avait immédiatement réagi : « N'importe quoi ! » avait-il répliqué d'un ton cinglant qui n'admettait aucune discussion. Le ton Aviernoz. Celui de Grand-Papa lorsqu'il voulait affirmer son autorité. Tout le monde filait doux dans ces moments-là ! Paulin se souvenait des coups de gueule violents de son bisaïeul qui l'impressionnaient tant quand il était gamin. Son père avait parfois le même comportement, en général quand il craignait de voir la situation lui échapper. Alors ce lundi, chez Tante Mag, craignait-il de perdre pied ?

Cette réflexion troubla Paulin. Qui l'écarta immédiatement : s'il avait le moindre doute, ce « ton Aviernoz » devait suffire à l'éloigner ; son père était bien un Aviernoz, pas un… pas un… Paulin se refusait à formuler cette hypothèse saugrenue. Lui, comme son père, était l'aîné de sa génération, l'héritier du nom et le dépositaire de la mémoire familiale, que Grand-Papa avait jalousement veillé à leur transmettre. Bien davantage qu'aux autres, qu'il n'épargnait guère cependant non plus dans ce domaine. Craignait-il que son fils ne suffît pas à l'affaire ? Papy était un être réservé, pour ne pas dire timide, presque effacé, discret comme une ombre bien qu'attentif à ses enfants et petits-enfants. Paulin avait parfois le sentiment qu'il était écrasé par la toute-puissante autorité de son père. Mamina était plus volubile et entreprenante. Elle s'entendait plutôt bien avec son beau-père, se montrant assez fière d'avoir rejoint la noble bourgeoisie chambérienne en épousant le rejeton de la digne lignée Aviernoz. Paulin avait donc à son tour cultivé la tradition familiale, appris par cœur la généalogie jusqu'au premier ancêtre connu, le plus illustre étant celui qui avait côtoyé Jean-Jacques Rousseau dans les années 1730. Le coffre de ses grands-parents à la banque celait précieusement un billet que le protégé de la baronne de Warens avait écrit de sa main, de cette élégante écriture qui lui avait valu d'être employé dans les services administratifs du duché de Savoie. Il ne s'agissait que d'une note administrative, mais elle était nommément adressée à l'ancêtre de Paulin, ce dont la famille s'enorgueillissait comme d'un blason nobiliaire.

Le doute que le pavé de Ludo avait généré lundi était donc absolument inimaginable. Et Paulin, irrité par ce questionnement qui se répandait malgré tout en ondes concentriques dans ses pensées, une question en amenant une autre, avait bien l'intention de le prouver dans les plus brefs délais. Pour commencer, il fallait se rendre aux Archives de la ville. N'y tenant plus, le jeune maître de conférences se hâta de fourrer dans sa serviette les dernières copies éparpillées sur sa table de travail, attrapa son parapluie et sortit en claquant rageusement la porte.

***

De son côté, son père ne décolérait pas non plus. Il était revenu déjeuner à la maison et tempêtait contre les loufoqueries de son fils cadet. Sa femme l'écoutait patiemment, attendant qu'il s'apaisât. Elle n'aimait pas ces emportements débridés qui le prenaient parfois, quand il sentait planer une menace qu'il ne maîtrisait pas. L'agressivité était alors son seul mode de défense. Elle avait appris à faire le dos rond en attendant la fin de l'orage. Alors seulement pouvait-elle se risquer à entamer avec lui une discussion positive qui désarmât sa paranoïa latente. Elle était plutôt contente aujourd'hui de la présence de son beau-frère, descendu le matin même du TGV à l'invitation de l'Académie de Savoie qui lui avait demandé une conférence dans l'après-midi. Il l'aiderait à essuyer l'ouragan verbal de son mari.

Jean-Paul, habitué depuis l'enfance aux sautes d'humeur de son aîné, se délectait placidement des talents culinaires de sa belle-sœur, attendant lui aussi la fin des logorrhées fraternelles. Sous ses allures débonnaires, cependant, il ne perdait pas une miette du discours, essayant tant bien que mal de démêler dans la confusion des propos les éléments qui mettaient Émilien dans un tel état. Profitant d'une accalmie, il prit la parole à son tour :

– Si je comprends bien, et pour résumer la situation, nous avons appris ce week-end que la fameuse grand-tante Mathilde, que tout le monde croyait morte et enterrée avec ses parents comme une jeune fille sans histoire, était en fait mariée et qu'on n'en savait rien. Si son mari, comme tu sembles l'avoir expliqué, était considéré comme un traître à sa patrie, on peut comprendre que Grand-Papa ne s'en soit pas vanté. Reste la question du bébé éventuel…

– Il n'est pas éventuel, intervint Marie-Laurence. On a vu la copie de son acte de naissance.

– Reste donc la question du bébé dont on a totalement perdu la trace. C'est ça qui te met dans cet état ?

– Ce qui me met dans cet état, répondit vertement Émilien, c'est la stupide question de Ludo. Et la réflexion de Maëlle.

– Quelle réflexion ?

Marie-Laurence expliqua alors à son beau-frère que Maëlle, qu'ils avaient prise avec eux dans la voiture du retour de cette mémorable journée familiale, avait ricané au sujet d'un rêve que son cousin aurait fait : la tante Mathilde lui serait apparue et lui aurait révélé que son grand-père, que tout le monde croyait être le fils d'Émile Aviernoz et de Madeleine Dunant, était en fait son fils à elle et à Félix Bogé… Cette sottise avait fait bondir Émilien, bien sûr !

Jean-Paul éclata de rire :

– C'est tout ? Il n'y a pas de quoi se mettre la rate au court-bouillon !

Interloqués, son frère et sa belle-sœur le dévisagèrent avec des yeux ronds.

– Ben oui, poursuivit-il d'un ton léger. Il n'y a rien de surprenant à voir un couple adopter l'orphelin de son frère ou de sa sœur. C'est peut-être ce qui s'est passé, en effet, et pas besoin d'un rêve pour le vérifier. Les deux parents étant morts, Émile et Madeleine Aviernoz ont peut-être bien, après tout, adopté leur neveu. Pourquoi pas ?

– Sans rien dire à personne ?

– Pourquoi le diraient-ils ? S'ils ne se vantaient pas d'avoir un traître dans la famille, ils n'avaient certainement aucune envie d'avouer au petit Paul qu'il en était le fils !

– Mais c'est terrible, ça ! s'écria Marie-Laurence. Comment peut-on mentir à un enfant sur ses origines ?

– Tu préférerais savoir que ton père est un horrible traître ou un digne descendant des intègres Aviernoz ?

Et de poursuivre :

– Il y a longtemps que je me doute de quelque chose. Ce n'est pas à un botaniste que tu vas faire croire que des parents aux yeux clairs peuvent avoir un enfant aux yeux marron.

– Pardon ?! sursauta Émilien.

– Des parents aux yeux clairs ? Je ne comprends pas... répondit Marie-Laurence.

– Oui, Grand-Papa avait les yeux gris et son épouse les yeux bleus.

– Qu'est-ce que tu en sais ?

– Ce n'est pas très difficile à deviner. Elle était blonde et, en plus, Maman me l'a confirmé.

– Mais des yeux gris, ce ne sont pas des yeux marron clair ? dit avec hésitation Émilien, dont les cours de sciences naturelles s'étaient dissipés depuis longtemps dans le brouillard des années collège.

– Non, non, ce sont des gènes bleus. En tout cas, en ce qui concerne Grand-Papa, j'en suis quasiment sûr.

– Quasiment seulement ? Donc tu peux encore te tromper, ou il y a une marge d'erreur possible, se rassura Émilien. Je ne peux pas croire que Papa ait été adopté. C'est impossible ! décréta-t-il avec obstination. En plus, il est né en 1944, après la mort de la tante Mathilde ! Il ne peut donc pas être son fils !

– Là-dessus, tu marques un point. Mais je maintiens qu'il n'est pas le fils de Grand-Papa !

– De qui alors ? Tu ne vas quand même pas mettre en doute la probité de notre grand-mère ?!

Jean-Paul hésita une seconde. Ce qu'il s'apprêtait à répondre ne plairait certainement pas à son frère, mais, à l'évidence, celui-ci n'avait jamais réfléchi à la chose :

– Tu ne t'es jamais étonné que Papa soit né seulement quatre mois après le mariage de ses parents ?

Émilien devint soudain rouge écarlate et ouvrit la bouche convulsivement comme un poisson happant l'air. Marie-Laurence écarquilla les yeux de surprise. Visiblement, l'interrogation ne leur avait jamais traversé l'esprit. Il faut dire que la famille n'ayant jamais célébré l'anniversaire de mariage des grands-parents, et pour cause, la date de cet événement ne s'était pas vraiment enracinée dans les cerveaux. On savait juste que la famille du côté maternel avait disparu avant. Jean-Paul, effrayé par la réaction physiologique de son frère, se hâta d'ajouter :

– Mais ce qui est presque aussi étonnant, c'est que sur la photo de leur mariage, Grand-Maman est mince comme un fil. Qui soupçonnerait une grossesse ? Je sais bien que cela arrive, et peut-être surtout en temps de guerre où les restrictions causent des carences et rendent les grossesses difficiles, mais tout de même…

– Votre père est peut-être né prématurément, hasarda Marie-Laurence.

– Tout cela est ridicule, s'enflamma à nouveau Émilien, que cet afflux d'hypothèses étourdissait. Complètement ridicule !

Il s'étouffait d'indignation. Jean-Paul reprit :

– Voyons, Émilien, la nature humaine est ce qu'elle est. Si les grands-parents ont fêté Pâques avant les Rameaux, ce n'est pas en 2019 qu'on va s'en offusquer tout de même ! Cela dit, l'hypothèse de l'adoption n'est pas à écarter, plus vraisemblable à mon sens. Les orphelins ne devaient pas manquer, à l'époque !

Émilien restait cramoisi, mais ne dit plus rien. Marie-Laurence en voulait maintenant à son beau-frère d'avoir attisé le désarroi de son mari au lieu de l'apaiser. Elle fit observer cependant :

– Je ne sais pas ce qui est préférable, un enfant un peu en avance ou adopté. Quoi qu'il en soit, on en trouvera sûrement la clé dans les registres d'état civil. Si adoption il y a eu, il y en a forcément une trace quelque part.

Jean-Paul haussa les épaules. Il était certain que son père n'était pas le fils « biologique » de son grand-père. Si son frère refusait l'évidence, tant pis pour lui. Après tout, il venait de recevoir un choc, il fallait lui laisser le temps de s'y habituer. C'était aussi pour ça que Jean-Paul n'avait jamais cherché à découvrir la vérité : si tout le monde se satisfaisait du mythe Aviernoz, à quoi bon déranger les certitudes ? Le savant était convaincu que rien de bon ne pouvait en sortir, seulement des interrogations sans fin. Il se voyait mal aller chatouiller son irascible grand-père sur la question. Celui-ci avait certainement ses raisons pour avoir toujours gardé le secret. Une seule chose était évidente : Grand-Papa tenait absolument à sa dynastie et n'aurait jamais admis que l'on doutât du pedigree de sa « progéniture ».

Pour sa part, ça lui était égal que son père fût ou non un enfant adopté, ou né « prématurément ». Peu importait d'où l'on venait et dans quelles circonstances ; ce qui comptait, c'était où on allait. Le hasard l'avait placé dans la trajectoire Aviernoz. Que ce hasard fût génétique ou accidentel ne l'inquiétait guère. L'histoire fourmillait d'enfants qui ignoraient leurs réelles origines, et alors ? Cela ne les empêchait pas d'exister, et parfois brillamment. Il n'était jamais bon de déterrer les secrets de famille. S'ils étaient secrets, n'était-ce pas parce que leur mise au jour serait dramatique ? Catastrophique ? Cataclysmique ? Tant que personne ne savait rien, où était le mal ? Si lui-même avait révélé le nombre de ses maîtresses d'un soir, son divorce aurait eu lieu beaucoup plus tôt. Il avait toujours soigneusement caché ses aventures – peut-être davantage pour sa propre tranquillité que pour celle de sa famille, là-dessus il préférait ne pas s'appesantir. En tout cas, ses proches n'en souffraient pas. Tout le problème venait des secrets mal gardés. C'était là que les malaises naissaient. En l'occurrence, la difficulté du grand-père avait été de n'avoir pu contrôler la couleur des yeux. Son seul moyen d'imposer sa « vérité » était d'impressionner son entourage par un comportement tyrannique. Se comporter comme Dieu devant les siens les subjuguait et annihilait toute tentation de remise en question, de son autorité comme de sa personne et de tout ce qui, de près ou de loin, s'y rapportait. Émettre la moindre critique, même dix-sept ans après sa mort, s'assimilait à un crime de lèse-majesté que d'aucuns, parmi ses proches, se refusaient encore à faire. La réaction d'Émilien face à la découverte d'un fait aussi dérangeant, qui menaçait le piédestal du patriarche et donc celui de toutes ses certitudes, était symptomatique à cet égard.

Donc Jean-Paul, s'il avait éventé le secret du grand-père, n'avait jamais cherché à le déterrer ni à en comprendre les ressorts. Il trouvait moins compliqué et plus passionnant de creuser le secret des plantes. L'âme humaine était trop difficile à cerner, avec ses méandres psychologiques, ses émotions irrationnelles, ses pesanteurs animales et ses aspirations métaphysiques. Bref, l'éternelle tension entre le corps et l'esprit. L'être humain parviendrait-il jamais à s'affranchir des lourdeurs de son corps, pour ne plus conserver que la pleine jouissance de ses sens sans être limité par ses contraintes naturelles ? Asservir sa nature aux volontés de son esprit ? Bref, renverser l'ordre

« naturel » : que l'esprit ne soit plus contraint par le corps, mais le corps par l'esprit ? Le scientifique était fasciné par les recherches de ses confrères dans ce domaine. Les sirènes de l'évolution dirigée chantaient des mélodies qui le ravissaient. Ses propres recherches sur les organismes végétaux génétiquement modifiés avaient beaucoup contribué à une meilleure connaissance de la génétique en général. Ses travaux en cours étaient prometteurs. Depuis deux décennies, il parcourait la planète de symposium en congrès, de cénacle en laboratoire, lisait avec gourmandise les articles des spécialistes et approfondissait ses propres explorations. Et il était devenu à son tour une référence recherchée dans le monde entier.

Face à cela, à ces immenses perspectives qui lui donnaient parfois le tournis, l'anecdote des origines énigmatiques de son père ne l'émouvait guère. Le passé ne l'intéressait pas. C'était l'avenir qui comptait, le champ des possibles. Le patrimoine, qu'il fût génétique, familial, historique ou autre, ne l'intéressait que dans la mesure où il constituait un moteur. S'il devait freiner le progrès, il était inutile, voire nocif. Son approche était darwinienne. Quand il avait découvert que l'on pouvait modifier un ADN, « augmenter » l'être humain après avoir « augmenté » les plantes et les animaux, il s'était dit avec jubilation que l'on pouvait désormais gagner du temps sur l'évolution naturelle, progresser à pas de géant dans la mutation des espèces, notamment humaine, pour toujours plus de puissance, de bien-être, de perfection en somme.

Dans cette logique, l'héritage des anciens devait se dépouiller du fatras des lourdeurs inutiles qui ralentissaient la marche en avant : toutes ces croyances, traditions, « valeurs » diverses qui pesaient sur les individus, au nom d'un intérêt général que, ce faisant, elles desservaient en réalité. Les héritiers ne devaient retenir que ce qui était utile à leur progression. Le savant croyait à l'universalité du progrès individuel. Pour concevoir ses organismes génétiquement modifiés, il ne conservait que les gènes nécessaires à ses objectifs : résistance aux maladies, aux aléas climatiques, raccourcissement des délais de croissance, adaptabilité aux différents types de terrain, accroissement du rendement, des qualités nutritives, gustatives ou simplement esthétiques… Rapportées à l'espèce humaine, ces perspectives étaient prométhéennes.

En conséquence, le savant n'accordait donc que peu d'importance à la chaîne ancestrale qui avait abouti à sa propre émergence sur la terre. Pour lui, chaque nœud de cette cordée n'était qu'un « accident » au sens scientifique du terme. Il se considérait comme le fruit d'une succession de hasards dont il ne tirait aucun mérite particulier. Sa gloire venait seule du parti qu'il avait su lui-même tirer de toutes ces dispositions génétiques que ses aïeux lui avaient transmises sans le faire exprès. Sous ses airs modestes, il n'était pas peu fier de sa réussite personnelle, acquise à la force de son intelligence et de son travail. Il reconnaissait cependant ce qu'il devait à ses parents en termes d'éducation et d'accès au savoir, mais sans exagération et avec un esprit critique. L'éducation qu'il avait lui-même transmise à ses propres enfants était nettement plus libérale, purgée des scories de principes désuets. Il estimait que c'était à chacun de mesurer son propre intérêt et d'agir en conséquence, et de réinventer chaque matin son propre destin. Il refusait donc toujours d'imposer quoi que ce fût à ses rejetons. Leur mère s'en plaignait, lui reprochant son « laxisme » et de la laisser porter seule tout le poids éducatif. Mais il n'en avait cure et ses enfants ne lui semblaient pas malheureux.

– Tu as raison, dit-il, conciliant, pour apaiser la tension autour de la table. Ces histoires de rêve sont grotesques et peu dignes d'esprits rationnels.

Il secoua machinalement la tête pour chasser le souvenir insidieux d'un autre rêve, vieux de près d'un quart de siècle. Une association d'idées, rien de plus, que sa rigueur scientifique refusait de prendre en considération. Suivant le mouvement de sa belle-sœur, il se leva de table. Ses hôtes devaient retourner travailler, elle à la médiathèque où elle était documentaliste, lui au siège du PNR des Bauges où l'attendait un conseil d'administration. Jean-Paul s'apprêta à savourer une petite sieste avant de se rendre à sa conférence prévue à 16 h. Il regrettait de ne pas avoir le temps cette fois de s'arrêter chez sa jumelle pour une pause bucolique.

Un avion devait l'emmener le soir même de Genève à Tokyo rejoindre un congrès. Il en profiterait pour retrouver sa fille chérie, la blonde Nolwenn. Ils partageaient une vraie complicité tous les deux, qui s'était d'abord construite sur leur passion commune pour les plantes, puis s'était étendue à une vision élargie de la vie. Il éprouvait un certain orgueil à la voir briller dans le monde : elle avait le charme frivole de sa mère et une aisance avec les gens qui forçait son admiration, lui qui au contraire avait plutôt tendance à les trouver ennuyeux. Il se demanda ce que Nolwenn penserait de cet insolent pot-aux-roses découvert dans le tranquille jardinet familial qui fleurait si bon la gentille bourgeoisie de province. Il ne pouvait s'empêcher de sourire intérieurement de la tête de son frère et de sa belle-sœur. En fait, cela l'amusait beaucoup : voir ainsi leur petit univers étriqué, aux accents surannés et aux couleurs fanées, bousculé par la tornade inattendue des révélations du week-end, était assez savoureux… Bienvenue dans la vraie vie ! avait-il envie de leur crier aux oreilles, s'il n'avait pitié d'eux. Car malgré l'écart qui s'était creusé entre eux et lui depuis qu'il s'était éloigné de cette vie provinciale pour l'élargir aux dimensions du monde, il leur gardait une affection profonde teintée d'une tendre nostalgie. Ne revenait-il pas toujours avec un lyrisme romantique dans ces coins perdus des Bauges, retrouvant dans ces sentiers solitaires les parfums d'une époque révolue où tout était découverte, émerveillement et innocence ? Sa famille était son lien avec la terre, et avec une certaine idée de l'authentique dont il sentait bien parfois que ses éprouvettes l'éloignaient autant que les gratte-ciel des diverses capitales qu'il habitait indifféremment, dans un mode bohême qu'il ne partageait qu'avec d'autres citoyens aussi volatils que lui. Mais c'était ça qu'il aimait : cette effervescence permanente de la pensée, des modes, du mouvement issu du frottement de multiples étrangers venus de tous les horizons. Ce dynamisme fébrile était bénéfique à sa créativité, son inventivité. Il n'imaginait pas que ce polissage sans fin de ces personnes entre elles, tels des galets remués par les vagues, les lissait toutes jusqu'à devenir le reflet les unes des autres, des silhouettes sans forme et sans aspérité. L'aurait-il subodoré qu'il aurait aussitôt pensé que cela favorisait justement une hauteur de vue détachée de toute entrave, ce que ne pouvaient comprendre ses proches empêtrés dans la glaise de leurs étroits terroirs.

Un galimatias confus de pensées et d'images, glissant de l'une à l'autre dans un cotonneux fondu enchaîné, l'entraîna insensiblement jusqu'aux rivages flous des rêves incertains, et il s'abandonna dans les coussins feutrés d'une somnolente léthargie, où une femme aux boucles brunes courait le long d'une voie ferrée dans un silence à perte de vue…

***

Pendant ce temps, Paulin était arrivé rue Ronde, à la maison des Syndicats qui abritait les archives municipales. Il n'avait pas eu besoin d'ouvrir son parapluie dans la courte marche qui l'en séparait depuis le campus. Son esprit préoccupé l'avait guidé mécaniquement à travers les rues plus ou moins pentues et les escaliers qu'il connaissait par cœur. Si l'itinéraire choisi était le plus rapide, ce n'était pas le plus élégant. Son parcours favori, qu'il emprunte quand il en a le temps, le fait déambuler dans les vieux quartiers façonnés – et parfois chahutés – par l'histoire. Il aime porter ses pas jusqu'à la fontaine des Éléphants, que les Chambériens appellent plus familièrement « les Quatre sans-cul », car le quatuor des pachydermes en fonte, disposés en croix, n'expose au public que ses faces avant – tête et antérieurs –, le reste semblant disparaître sous le haut palmier de calcaire qui supporte la statue en bronze du bienfaiteur de la ville, le comte de Boigne. Ce monument érigé en 1838, peu après la mort du grand homme, surprend les touristes par son exotisme sage autant qu'incongru en Savoie. Il rend aussi bien hommage aux civilisations orientales – persanes, mogholes ou hindoues – qu'au général qui les a combattues pour le compte du roi de Sardaigne. Du vainqueur ou des vaincus, qui a finalement conquis l'autre ? Paulin se pose parfois la question, face aux gracieuses trompes qui semblent caresser le bassin octogonal qu'elles ont mission d'arroser. Il se prend parfois à rêver, tels les bambins des rives océaniques, aux grands espaces parcourus par ces milliers d'émigrés savoyards au fil des siècles, et qui ne sont pas toujours revenus.

Mais, aujourd'hui, son esprit contrarié le détourne de toute considération puérile. Il laisse ça à son gamin de petit frère… Il entre d'un pas sec dans le hall qu'il traverse en quelques enjambées en direction de la salle de lecture.

La réceptionniste lève un œil circonspect de son ordinateur.

– Bonjour, monsieur, puis-je vous aider ?

Habitué des lieux qu'il fréquente régulièrement pour les besoins de ses recherches historiques et généalogiques, Paulin est désagréablement surpris de tomber sur une employée qui ne le connaît pas. Depuis combien de temps n'est-il pas venu ? Peut-être bien six mois. Les semaines passent si vite ! Avec ennui, il interroge :

– Mme Guerraz n'est pas là ?

– Je suis désolée, elle est partie à la retraite il y a quelques semaines déjà. Vous vouliez la voir ?

– Non, pas particulièrement, mais elle me connaissait bien et je n'avais pas besoin de présenter ma carte. C'est vous qui la remplacez ?

La jeune fille à la voix flûtée déploie un sourire clair comme une trouée de soleil dans un ciel d'orage. L'espace en est éclaboussé. Le jeune homme note machinalement que la météo s'améliore, sans réaliser que les nuages ne sont pas moins gris que lorsqu'il est entré.

– Non, c'est une autre personne, mais c'est l'heure de sa pause et je la remplace jusqu'à son retour, qui ne devrait pas tarder. Alors, que puis-je pour vous ?

Les yeux sombres et bridés qui le regardent avec bienveillance ressemblent à des amandes torréfiées posées sur des coussinets de glace au caramel. Du moins est-ce l'image saugrenue qui vient à l'esprit de Paulin devant le visage rond aux joues pleines et dorées levé vers lui. Peut-être parce qu'il a oublié de s'arrêter à la boulangerie pour avaler un morceau. Son café du matin est déjà loin. Décontenancé, il ouvre la bouche, se ravise, cherche son portefeuille dans sa poche, dans l'autre, se rappelle qu'il l'a glissé dans son cartable en même temps que ses copies lorsqu'il a quitté son bureau, se trouve encombré avec son parapluie, le pose sur la tablette devant lui, déverrouille sa serviette et sort enfin ses papiers sous le regard amusé de son interlocutrice qui attend, intriguée, la fin de son manège.

Le jeune homme, si maître de lui d'ordinaire, se maudit de se trouver si empoté. Dans son embarras, il ne sait même plus ce qu'il est venu faire ici. Enfin, il se ressaisit et parvient à articuler sa demande tout en présentant sa carte de lecteur. Il voudrait consulter les registres d'état civil des années 1940. Rien de bien compliqué en somme ! D'un ton bourru, il mâchonne un vague merci et passe outre les indications de guidage de la jeune hôtesse :

– Je connais le chemin !

La réceptionniste le rappelle :

– Votre parapluie !

Il se retourne, revient sur ses pas, attrape son pépin et pivote à nouveau sur ses talons.

– La salle de lecture est à gauche !

Il le sait bien, pourtant ! Qu'allait-il faire à droite ? Cramoisi, il change de direction. Enfin le voici devant la bonne porte, le cœur battant et en sueur comme s'il avait couru depuis l'université. La main sur la poignée, il avale une bolée d'air pour reprendre ses esprits, puis pousse avec précaution le vantail en retenant son souffle, soucieux de ne pas perturber la quiétude studieuse des lieux. Un homme âgé penché sur de vieux papiers jaunis fronce néanmoins un sourcil réprobateur à son entrée. Certainement un historien qui travaille à son prochain livre ! Aucun autre lecteur dans la salle ventilée artificiellement pour préserver les documents. Malgré la climatisation, l'air confiné sent le carton et la poussière.

Sur la pointe des pieds, Paulin rejoint le responsable de salle et lui expose à voix basse sa requête. L'homme lui donne un formulaire à remplir. Le garçon connaît la procédure. Il griffonne hâtivement sa demande et s'apprête à patienter tandis que l'archiviste s'éloigne, le papier en main. Paulin pose sa serviette et son parapluie dans un casier et accroche son imperméable à une patère (pour éviter tout vol de document, ces articles sont interdits en cours de consultation d'archives), puis s'installe au hasard à une table éloignée du chercheur. Il a gardé son téléphone pour prendre des photos des pièces qu'il voudrait consulter. Désœuvré, il laisse errer son regard autour de lui. Le chercheur prend des notes sur un cahier avec un crayon à papier fourni par le service (les stylos aussi sont interdits). Ses mains gantées manipulent avec une précaution ostentatoire les papiers parcheminés. Paulin le trouve un tantinet ridicule. Il le contemple un instant sans y penser, puis hausse les épaules en secouant la tête. Un bâillement. Un gargouillis de son estomac vide. Les minutes se traînent, longues d'ennui muet. Ses doigts tripotent son téléphone pour passer le temps. Les jeux ne l'amusent guère, les réseaux sociaux sont d'une platitude exécrable. Il soupire. Qu'est devenu le fils de Mathilde ? L'oncle Paul Bogé. Paulin a du mal à assimiler ce nouveau nom dans la généalogie familiale. Les Aviernoz s'étaient habitués à se croire seuls dans l'arbre familial ! Émile Aviernoz était fils unique, né en 1909 après deux sœurs dont l'une était morte de la grippe espagnole et l'autre avait pris le voile et les voiles pour l'Afrique où, missionnaire, elle avait été terrassée par une maladie tropicale. Les rares cousins existants, bien plus âgés que lui, étaient tous tombés au champ d'honneur dans la grande hécatombe. Côté Dunant, c'était pareil. Madeleine et Mathilde étaient issues d'un fils unique. Elles avaient de la parenté du côté maternel, mais apparemment les liens s'étaient distendus, d'autant mieux que plus personne ne semblait vivre en Savoie. Ils s'étaient éparpillés à Paris et ailleurs, et avaient manifestement oublié l'existence de la triste Madeleine et de sa descendance. La découverte de cet énigmatique Paul Bogé était donc bel et bien une bombe pour la famille, sans en plus imaginer que Paul Aviernoz… !

Là encore, l'esprit de Paulin se refuse à toute conjecture. Et pour couper court à toute élucubration de ce genre, il a hâte de vérifier par lui-même les circonstances exactes et irréfutables de la naissance de son aïeul. Les papiers que sa grand-mère lui a montrés ne le satisfont pas : extrait d'acte de naissance ou livret de famille, les données restent trop succinctes à son goût. Il veut en avoir le cœur net.

Du mouvement brasse l'air à l'entrée de la salle. Paulin lève la tête. À sa grande surprise, la jeune femme qu'il a prise pour la standardiste vient manifestement relever l'archiviste de permanence. Ils échangent quelques consignes à voix basse, puis l'homme quitte la pièce en laissant un gros registre relié entre les mains de sa collègue. Paulin reconnaît l'article qu'il a demandé et son pouls s'accélère. La demoiselle s'approche d'une démarche ronde de danseuse orientale. Son déhanché ample révèle des formes pleines sous la robe fluide dont le jaune safran épouse l'éclat mordoré de son teint. Une brise sucrée aux fragrances de fleur d'oranger fait osciller la torpeur ambiante. Une nouvelle fois, son sourire ensoleille la lumière ardoise de ce jour terne. Paulin est subjugué. De sa voix d'oiseau, elle l'interroge :

– J'ai ici le registre de 1944. Mais vous savez que l'on ne peut pas consulter les actes d'état civil avant soixante-quinze ans révolus depuis la naissance, et à condition que la personne soit décédée ?

– Oui, bien sûr, mais nous sommes en 2019…

– Certes, cependant, la personne dont vous recherchez l'acte de naissance est née en novembre. Nous ne sommes qu'en juin.

– Mais il s'agit de mon grand-père !

– Ah bon ! Dans ce cas, c'est différent. Vous avez de quoi l'attester ?

Paulin a prévu la question. Tous les documents sont dans sa serviette : photocopies des livrets de famille de ses parents et de ses grands-parents. L'archiviste approuve.

– Je ne peux cependant vous laisser consulter seul le registre. Je vais rester avec vous et vous trouver l'acte.

Elle pose l'encombrant cahier sur un pupitre prévu à cet effet et tourne méticuleusement les pages avec un soin tout professionnel. Le jeune homme admire sa minutie.

« Vous êtes archiviste ? demande-t-il gauchement.

– Conservateur. Conservateur stagiaire, plus précisément. J'espère bien être titularisée à la fin de l'année.

Paulin est impressionné : elle a l'air bien jeune pour être déjà diplômée… Une « tronche » !

La voix gazouille à nouveau :

– Voici votre acte de naissance. Enfin, je veux dire, celui que vous recherchez… Vous n'êtes pas si vieux ! dit-elle en souriant.

Non, vingt-huit ans seulement, a-t-il envie de répondre. Et vous ? Mais il se retient et se concentre sur la page tant convoitée. À première vue, rien d'anormal. Aucune mention d'adoption, de légitimation, de reconnaissance de paternité ou autre. Son grand-père est bien le fils d'Émile Aviernoz. Paulin devrait en être soulagé. Or, curieusement, il ne l'est pas. Il a une vague impression que quelque chose cloche… Mais quoi ? Sa mine perplexe intrigue l'archiviste :

– Quelque chose ne va pas ?

Paulin la regarde d'un air absent.

– Je ne sais pas. Cet acte de naissance ne m'apprend rien que de très normal, et pourtant je le sens mal. Je ne sais pas comment dire…

La jeune femme regarde le document à son tour :

– Vous permettez ?

Paulin opine. Elle parcourt la pièce d'archive en silence.

Le premier novembre mil neuf cent quarante-quatre, à vingt-trois heures, est né au 11, rue des Chanoines, à Chambéry, Paul Lucien Émile Aviernoz, de sexe masculin, de Émile Armand Joseph Aviernoz, trente-cinq ans, secrétaire de mairie, et de Madeleine Marie Andrée Dunant, vingt-neuf ans, son épouse, domiciliés comme dessus. Dressé le trois novembre mil neuf cent quarante-

quatre, à dix-sept heures trente, sur la déclaration du père. En présence de Baptiste Grellier, commerçant, et de Jacques Terrasson, instituteur, tous deux domiciliés en cette commune, qui, lecture faite, ont signé avec le déclarant et nous, Joseph Cognin, officier de l'état civil par délégation.

Les signatures griffonnées sont illisibles, mais on reconnaît celles de Joseph Cognin et d'Émile Aviernoz. Suivent les mentions marginales habituelles : mariage, décès… Rien que Paulin ne sache déjà.

Pensif, celui-ci fait défiler dans son mobile les photos des différents actes du dossier que Michel Bogé a apporté chez Tante Mag lundi. Il s'arrête sur l'acte de naissance de Paul Bogé. Et là, un éclair l'éblouit : comment cela ne l'a-t-il pas frappé plus tôt ! La date et l'heure de naissance sont les mêmes… mais pas l'année : Paul Lucien Marie Bogé est né en 1943, à Fésigny.

Voici Paulin saisi d'un tremblement incontrôlable… Il a pâli d'un seul coup. Inquiète, l'archiviste stagiaire lui tend un siège.

– Voulez-vous un verre d'eau ?

Paulin acquiesce. La jeune femme court lui chercher un verre. À son retour, le garçon a repris des couleurs et cessé de trembler. Il avale avec reconnaissance le contenu du gobelet. L'historien au fond de la pièce leur jette des regards agacés.

– Comment vous sentez-vous ?

– Ça va aller, merci. Je… Je suis troublé, c'est tout.

– Que se passe-t-il ? Je peux vous aider ?

– Je ne sais pas… Je ne crois pas, non… Il y a quelque chose de bizarre.

– Quoi donc ?

– Le prénom, la date et l'heure de la naissance sont quasiment les mêmes sur ces deux actes, à un an près. Vous croyez que ça existe, des coïncidences pareilles ?

– En effet, c'est étonnant, mais on voit des choses curieuses dans l'histoire, vous savez.

La fille se veut rassurante, mais Paulin la sent intriguée elle aussi. Il lui explique en quelques mots la situation : la découverte d'un oncle Paul inconnu, dont la seule trace est un acte de naissance sans aucune mention marginalc, et l'hypothèse *a priori* farfelue, mais désormais troublante, que cet oncle et son grand-père ne soient... qu'une seule et même personne ! Ce que le jeune homme se refuse encore à croire.

Le visage poupin de son interlocutrice se fronce doucement : les yeux en amande se font plus minces sous le pli en V du front, le petit nez se plisse et le bourrelet des lèvres roses creuse les joues rondes en se refermant sur un index potelé que sa propriétaire mordille pensivement. Le tableau est charmant, mais Paulin, étourdi par sa découverte, ne s'en avise que fugacement.

L'archiviste médite un instant devant la page soigneusement rédigée. Elle observe les signatures et les noms mentionnés. Elle se redresse soudain, prise d'une inspiration subite, et court à l'ordinateur dont ses doigts agiles effleurent fébrilement le clavier.

– Qu'est-ce que vous faites ? demande Paulin.

– Je cherche...

Mais la jeune femme laisse sa réponse en suspens, absorbée par l'écran. Elle installe sur son nez court une légère paire de lunettes rondes cerclées de métal doré qui ne parviennent pas à atténuer son air juvénile. Tout est rond chez elle, jusqu'aux lunettes ! se dit le jeune universitaire, amusé malgré lui.

Le visage se relève, ébahi. Les yeux bridés sont devenus aussi ronds que la bouche rose qui dessine un gracieux cul-de-poule. Paulin attend, inquiet, la révélation qu'une telle expression ne peut qu'annoncer :

– Baptiste Grellier…

– Oui ?

– Je viens de taper son nom…

– Et donc ? Vous avez appris quelque chose ?

– Il est mort !

– Cela n'a rien d'étonnant, commence Paulin.

– Je veux dire… Il était mort le 3 novembre 1944. Il ne peut pas avoir signé l'acte !

– Qu'est-ce que vous dites ?!

La stupéfaction est à son comble. Tous deux se regardent, tétanisés.

– Mais alors, murmure Paulin, cela veut dire que l'acte…

– Est un faux !

10
Entrelacs

Le soleil règne sans partage au-dessus des nuages qui forment un matelas d'ouate au-dessus de la ville. Son œil cyclopéen suit avec indolence les remous des humains qui l'étonnent souvent, le désespèrent parfois et l'émeuvent toujours. Aujourd'hui, il se contente de répandre à travers la gaze bruineuse une chaleur bienveillante sur les parapluies sombres. Il n'aurait garde en ce jour de disperser trop vite son troupeau d'outres grises. Il sait que ce parapluie bien trop petit pour deux sert ses desseins. Un couple qui s'ignore encore s'y blottit maladroitement en riant aux éclats. Les gouttes d'eau dégoulinent sur leur tête, s'insinuent dans leur col et imbibent leurs chaussures. En désespoir de cause, Paulin a fini par se résigner à maintenir l'abri de toile au-dessus de la tête de sa compagne, qu'il domine de toute la hauteur de ses épaules. Il n'a jamais été aussi heureux de sa vie. Une légère ébriété lui donne le tournis, un sentiment de bien-être absolu aux accents de fleur d'oranger. Il hume avec délectation ces effluves entêtants qui émanent du corps dodu et tiède pelotonné comme un petit chat contre son bras. Le frisson des doigts frêles enserrant son biceps, le frôlement de la hanche dansant contre sa cuisse et jusqu'à la chaleur que ce corps irradie, tout cela le grise et l'électrise. La voix même de la jeune fille est une mélodie qui le ravit, malgré les parasites que le ciel crachote sur l'écran du parapluie. La demoiselle est volubile. Son débit rapide pépie comme un ru de montagne et trahit une grande excitation.

Paulin met leur euphorie sur le compte de l'incroyable découverte qu'ils ont faite au sujet de l'acte de naissance de son grand-père. Une énigme que Chloé – un prénom aquatique qui clapote comme une goutte d'eau céleste sur le lac du Bourget ou résonne comme l'écho joyeux d'un appel familier – prétend pouvoir éclaircir. Paulin est curieux d'en savoir davantage. Fuyant les regards furibonds que le vieux grognon ne cessait de leur jeter dans la salle de lecture de la rue Ronde, les deux jeunes gens ont décidé d'aller prendre un verre dehors pour discuter tout à loisir de cet événement. Et c'est ainsi qu'on les retrouve bras dessus bras dessous dans la rue à la recherche d'un endroit tranquille, eux qui ne se connaissaient guère encore une heure avant.

Leur choix se porte sur une brasserie. Paulin, qui n'a rien mangé depuis le matin, déclare avoir une faim de loup et Chloé prendrait bien un café. Le jeune homme abandonne à regret son parapluie et le bras qui s'agrippait au sien. La commande est vite passée et la conversation attaque aussitôt le plat de résistance. Aucun des deux ne saurait dire à quel moment ils ont glissé du cérémonieux « vous » à l'aisance cordiale du tutoiement. Ils ont l'impression de se connaître depuis toujours, bien qu'ils aient tout à apprendre l'un de l'autre. Le soleil lâche un soupir de satisfaction qui colore les cieux d'un sourire irisé. Mission accomplie ! Les nuages peuvent enfin s'égailler ailleurs.

– Alors, Chloé – ce prénom décidément enchante notre érudit : hérité des Grecs, il promet de belles moissons – comment as-tu eu cette idée géniale de vérifier les noms des témoins ?

– Eh bien, avoue l'archiviste dans un petit sourire modeste à croquer, je n'ai pas grand mérite. C'est à cause de mon grand-père. Mais c'est une histoire incroyable ! Tu ne peux pas imaginer…

– Je crois bien que, désormais, plus grand-chose ne pourrait m'étonner.

– Mon grand-père a écrit ses mémoires il y a quelques années. C'est leur lecture qui a déclenché ma passion pour l'histoire et ma vocation d'archiviste. Figure-toi qu'il était au conseil municipal de Chambéry dans les années 1940. Résistant de la première heure, il a participé à la mise en place du réseau Lamartine, dont il connaissait bien le fondateur.

– Lucien Rose ? En octobre 1942 ?

– Exactement. Ils s'étaient connus au collège. Mon grand-père, asthmatique, s'estimait plus utile à la mairie que dans les maquis. Il y glanait de précieuses informations et délivrait de faux papiers aux juifs.

– C'était dangereux !

– Clairement, oui ! Mais il n'a jamais été pincé. Après la Libération, en août 1944, ça a été la folie… Une vague d'épurations a secoué toute la région, avec tous les excès que tu connais…

Paulin opine d'un air navré.

– Mon grand-père était écœuré. Des gens qui n'avaient jamais pris le moindre risque plastronnaient et rivalisaient de zèle pour faire croire à leur patriotisme. Certains en profitaient pour se venger de leurs voisins ou les spolier. Et même, de vrais résistants ou simplement de braves gens qui n'avaient rien fait de mal se retrouvaient soupçonnés, accusés, molestés… C'était la pagaille dans l'Administration et les différentes corporations : l'ère des règlements de comptes avait supplanté les réjouissances de la délivrance.

– Je sais tout ça. Quel lien avec notre histoire ?

– J'y arrive. C'est dans ce contexte de suspicion généralisée que mon grand-père a vu arriver un jour dans son bureau un secrétaire de la mairie. C'était en novembre 1944, juste avant la visite du général De Gaulle à Chambéry. Toutes les autorités étaient sur les dents, les fonctionnaires en ébullition. Mon grand-père a supposé que son visiteur voulait profiter du surcroît de désordre que cet événement provoquait pour faire sa demande insolite.

– Insolite ?

– Oui, car on n'était plus en temps de guerre. Le retour à la normale, bien que cahin-caha, avait quand même fini par s'installer. Le gars voulait faire établir un acte de naissance…

Paulin arrête de manger. Les couverts en l'air, la tête penchée, il écoute attentivement la narratrice, les yeux plongés dans les siens. Les prunelles foncées brillent d'excitation.

– Mais un acte de naissance pour un bébé qui était déjà né depuis longtemps.

– Depuis combien de temps ?

– Le gars n'a pas voulu le dire, mais manifestement le délai légal était largement dépassé. Tu sais comme moi qu'on n'a que trois jours pour déclarer une naissance à la mairie. Après, il faut passer par le tribunal.

– Oui, bien sûr. L'homme ne l'avait pas fait ? Pourquoi ?

– Là encore, le gars n'a pas voulu répondre. Il a dit que cela ne regardait pas mon grand-père. Mais il a insisté sur le fait que l'enfant était bien le sien et qu'il voulait qu'il ait un acte de naissance normal, pas une légitimation ou une reconnaissance de paternité ou autre du même acabit. Il disait que c'était humiliant. Mon grand-père en a déduit que l'enfant était né hors mariage et que, pour éviter tout scandale, le fonctionnaire avait attendu d'être marié pour lui donner une naissance légitime sans être accusé de bâtardise.

– C'est assez tordu quand même, tu ne trouves pas ?

– On était en 1944 ! Les gens étaient plus collet monté qu'aujourd'hui... On peut comprendre que le monsieur, qui était d'une famille réputée de la ville, ait voulu éviter le scandale. Et mon grand-père savait que ce monsieur s'était marié juste quelques mois plus tôt, au début de l'été, puisque c'était lui qui avait présidé au mariage !

– Ça alors ! s'exclame Paulin, choqué. Et ton grand-père a dit comment il s'appelait, cet homme ?

– Non, je pense qu'il n'a pas voulu trahir le secret. Ce qui fait que jusqu'aujourd'hui, j'ignorais totalement de qui il s'agissait.

– Mais rien ne prouve encore qu'il s'agisse de mon arrière-grand-père ! proteste le jeune homme, dont la rigueur et l'honnêteté scrupuleuse, héritées d'une lignée de fonctionnaires qui ne badinaient pas sur ce chapitre, se révulsent à l'idée d'une telle entorse à la légalité.

La jeune fille répond doucement :

– Cet acte de naissance correspond en tout point aux faits que décrit mon aïeul dans ses mémoires : la date, les circonstances et jusqu'aux témoins, ce qui m'a permis d'identifier la chose.

– Parce qu'il a cité les témoins dans ses mémoires ?

– Non plus, mais il a indiqué que, pour affermir l'authenticité de la déclaration, il avait fallu inventer des témoins, faute de certificat médical de naissance. Il a signalé qu'il avait utilisé à leur insu le nom d'un camarade de la Résistance, un instituteur, qui avait déjà prêté son nom pour authentifier de faux papiers destinés à des juifs pendant l'Occupation, et celui d'un commerçant de son quartier. Il pensait les en informer le soir même, au retour du bureau. Mais c'est là qu'il a appris, en rentrant chez lui le soir, que le commerçant était mort dans la nuit même qui avait précédé la rédaction de l'acte ! Il était bien embêté, mais s'est rassuré en se disant que jamais personne ne vérifiait les actes une fois dûment enregistrés. Et c'est bien ce qui s'est passé.

– Et c'est comme ça que tu as eu l'idée de regarder la fiche de Baptiste Grellier…

– Exactement ! L'instituteur, j'imagine que c'était Jacques Terrasson.

– Et ton grand-père, l'officier de l'état civil, s'appelait donc Joseph Cognin…

– C'est ça ! s'enthousiasme Chloé, ravie. C'est rigolo, n'est-ce pas, comme nos histoires familiales se rencontrent ?

Paulin est moins enthousiaste, bien que la coïncidence en soi l'interpelle. Il est trop préoccupé par l'énormité de la démarche de son arrière-grand-père, si intransigeant sur les principes. Comment a-t-il pu oser… ? Il reprend, presque agressif :

– Mais comment se fait-il que ton grand-père ait accepté de se soumettre à une telle supercherie ? Il encourait de graves sanctions !

Embarrassée, Chloé lui adresse un regard ennuyé, roule ses prunelles café dans tous les coins de leurs écrins de calissons, bat ses longs cils réglisse dans un mouvement gracieux qui chatouille l'estomac du jeune homme, fait une moue framboise avant de rentrer ses lèvres gourmandes dans ses joues caramel. Entortillant une mèche noire autour d'un index circonspect, elle finit par lâcher timidement :

– Mon grand-père connaissait bien cet employé de la mairie, qui occupait un poste stratégique dans l'Administration. Et pourtant, il n'avait jamais vraiment su à quoi s'en tenir avec lui. L'homme avait traversé les années d'occupation sans être jamais inquiété ni d'un côté ni de l'autre. Il savait louvoyer et se rendre nécessaire ou se faire oublier, selon les cas. Sans être antipathique, il n'inspirait pas non plus une totale sympathie... Et ce jour-là, voyant qu'il ne parviendrait pas à amadouer mon grand-père, il l'avait... menacé.

– Quoi ?!

– Enfin, c'était plus subtil que ça. Il a laissé entendre que la sœur de mon grand-père, Blanche, et son mari, risquaient d'avoir des soucis avec les commissions chargées de l'épuration. On pouvait les accuser d'avoir profité du marché noir...

– Et c'était vrai ?

– Je n'en sais rien, mais ce n'est pas impossible. Ils avaient une petite exploitation agricole non loin de la ville. Mais, vraie ou fausse, ce genre d'accusation pouvait faire très mal à cette époque. Malgré son statut de résistant et ses appuis politiques, mon grand-père savait qu'ils auraient du mal à s'en dépêtrer. Il a donc cédé et il a rédigé l'acte. Les signatures des témoins sont fausses.

Chloé se tait maintenant. Le jeune juriste fait peine à voir. Il est accablé. C'est tout un monde qui s'écroule en lui. Son bisaïeul, si prompt à morigéner quiconque à la moindre incartade, se retrouvait coupable d'un gravissime délit ! Il y avait certainement une explication à ce comportement si contraire à sa nature.

– Au moins, dit-il pour se rassurer, il a bien affirmé que l'enfant était son fils !

La jeune femme le regarde avec une tendre commisération :

– Je voudrais bien le croire, dit-elle doucement. C'est d'ailleurs ce que mon grand-père a cru. Le personnage semble avoir tellement insisté sur ce point. Mais cette insistance elle-même n'est-elle pas suspecte ? *Je tiens absolument à ce que mon fils ait un acte de naissance normal*, assénait-il peu ou prou, *je ne veux pas l'ombre d'un doute sur sa naissance*... Et maintenant, ce que tu m'as raconté des révélations de ce week-end dans votre famille, et surtout cette similitude des actes de naissance entre les deux Paul, me fait...

– Douter ?

– Oui, douter. Pas toi ? Mon grand-père a cru que le choix du 1er novembre était lié au contexte de la venue de De Gaulle, qui détournait l'attention des tâches ordinaires et favorisait donc quelques entorses à la législation par une moindre vigilance. Mais, maintenant, je me demande si ce n'est pas simplement pour respecter quand même la date anniversaire de son « fils ». Il y avait juste une erreur d'un an, qui pouvait facilement se gommer avec le temps.

– Cela expliquerait pourquoi mes arrière-grands-parents ont d'abord vécu à l'extérieur de Chambéry les premières années de leur mariage, murmure Paulin pensivement. Ce n'était pas lié uniquement à la reconstruction de Chambéry. Ils se seraient mis à l'écart le temps pour Paul de grandir suffisamment pour qu'on oublie son âge réel. À leur retour en ville, ils pouvaient le faire passer pour leur fils sans que personne pose de question.

Tous deux considèrent un instant cette hypothèse en silence. Chloé reprend :

– Je suis étonnée cependant qu'ils aient gardé quasiment le même prénom : Paul Lucien, en remplaçant juste Marie par Émile. Pourquoi ?

– C'est simple, Paul est un prénom de famille des deux côtés : Dunant et Aviernoz. Lucien est le prénom du grand-père Dunant, le père de Madeleine Aviernoz comme de Mathilde Bogé. Madeleine a peut-être demandé à ce qu'on lui maintienne ces deux prénoms. Grand-Papa a juste eu besoin d'ajouter son propre prénom, Émile, pour se... – la voix de Paulin s'étrangle – pour se l'approprier.

Il repousse son assiette vide et se renfonce en arrière sur sa chaise, les mains jointes devant lui sur le bord de la petite table qui le sépare de Chloé. Il la dévisage un instant. La flamme de l'aventure danse dans ses prunelles. Elle frémit comme un épagneul en arrêt devant un terrier. « Les archivistes sont des enquêteurs du passé, pense-t-il en la regardant. Elle a levé un lièvre et elle ne le lâchera plus. » Et, en effet, celle-ci propose d'explorer une nouvelle voie :

– Tu as regardé les certificats de baptême ?

– De baptême ?

– Oui, à cette époque, tout le monde se faisait baptiser. Ton grand-père n'a pas dû échapper à la règle.

– En effet, on est tous baptisé dans la famille, même si cela ne signifie plus grand-chose pour la plupart d'entre nous.

– Il faudrait aller voir. On ne sait jamais. On trouvera peut-être un indice supplémentaire.

– Tu crois ?

– J'ai une copine à l'évêché. Pour les besoins de ma thèse, j'ai eu souvent affaire à elle. Elle est très sympa et nous aidera à trouver les documents.

– Les documents ?

– Oui, nous devons vérifier les certificats des deux Paul.

– Et qu'espères-tu trouver ?

– Je ne sais pas, moi… Déjà les parrains et marraines.

Paulin la scrute avec un étonnement mêlé d'admiration. La jeune femme s'est vraiment emparée de sa cause ! Elle semble déterminée à démêler l'imbroglio.

– Remonter les fils du passé, trouver la trame, c'est ma spécialité, explique-t-elle. Je me sens parfois une âme d'exploratrice. Je farfouille dans la jungle des archives, je cherche des pistes et je les suis jusqu'à ce que j'en trouve une qui mène quelque part.

– Ta thèse portait sur quoi ?

– Sur les Savoyards qui ont émigré vers l'Amérique, au XIXe et au XXe siècle.

– Il y en a eu beaucoup ?

– Un certain nombre, oui. Notamment vers l'Argentine.

– Oui, j'en ai entendu parler. Et qu'est-ce qui t'a amenée à t'intéresser à cela ?

Chloé sourit d'un air malicieux :

– J'étais tracassée par mon apparence physique. Je ne ressemble pas à mes frères et sœurs ni à personne dans ma famille. À aucun cousin, oncle ou tante. Cela m'intriguait.

– Tu as été adoptée ?

Paulin rougit légèrement. Il regrette déjà sa question, qui lui paraît déplacée. Il ne veut pas donner l'impression d'avoir remarqué qu'elle était, comment dire, quelque peu « typée »... Ces yeux bridés, ce teint bistre et ces cheveux noirs... C'est curieux, cette pudeur qu'on a de nos jours vis-à-vis des différences, comme s'il était inconvenant de les remarquer. Dans le cas présent, cette différence lui paraît particulièrement charmante.

Le sourire de Chloé s'élargit :

– Devine un peu d'où je viens. D'Asie ? D'Amérique ?

Sur le gril, Paulin tente de répondre le plus naturellement possible :

– Euh... Je ne sais pas, moi... Si ta thèse portait sur l'Amérique, il y a peut-être un lien ?

La jeune fille semble beaucoup s'amuser de son embarras. Elle joue avec lui comme un chat avec une souris. Elle consent enfin à lui expliquer :

– Je suis en partie Amérindienne, en effet.

– Ah!... Bien sûr, maintenant que tu le dis, je n'y avais pas pensé, mais...

Paulin bafouille et se mord la langue en se traitant mentalement d'abruti.

– En fait, je ne savais pas très bien comment te situer. Tu as un patronyme italien...

– Rafaeli? Oui, c'est italien, en effet! Mon grand-père paternel est issu de l'immigration italienne d'avant-guerre. Il s'appelait Silvano. Silvano Rafaeli. Joseph Cognin, c'était mon grand-père maternel. Lui était bien Savoyard!

– Alors, pourquoi me parles-tu d'Amérindiens?

Chloé savoure le plaisir de titiller son compagnon. Elle sait que le *melting pot* qu'elle représente suscite toujours le même intérêt chez ses interlocuteurs. Son nouvel ami ne fera pas exception.

– Après cette histoire de l'acte de naissance forgé de toutes pièces sous la menace d'une accusation de marché noir, écœuré comme je te l'ai dit par toutes ces magouilles et règlements de comptes de toutes sortes à la Libération, mon grand-père Joseph Cognin a décidé d'émigrer à son tour. Il avait des cousins en Argentine. Il a abandonné la fonction publique et s'est établi là-bas quelque temps. C'est là qu'il a rencontré ma grand-mère, Esperanza. Une métisse indienne, je ne saurais pas te dire à quel degré. Mais il a fini par avoir le mal du pays et, dans les années soixante, il est revenu à Chambéry avec femme et enfants. Ma mère est la petite dernière, elle est née ici. Les caractères indiens se sont estompés dans la famille, sauf chez moi : j'ai manifestement récupéré les gènes des ancêtres précolombiens ! conclut-elle en gloussant.

Elle poursuit :

– Ma mère a épousé Antoine, dit Tonio, Rafaeli. Il ne nous reste d'italien que le nom, car mon ancêtre a fait souche ici. Silvano est le dernier à porter un prénom rital. Il est devenu Français et a épousé une Française. Notre sang italien s'est dilué dans le sang savoyard, comme le sang sud-américain ! Je suis Savoyarde et fière de l'être, mais je ne renie pas mes origines « exotiques ». De toutes façons, mes gènes me les rappellent tous les jours devant la glace ! Impossible de les ignorer… C'est cela qui m'a amenée à me pencher sur l'histoire des migrations en Savoie. C'est impressionnant de voir comment se forge un peuple, une société, avec tous ces apports des uns et des autres. J'avais besoin de me situer dans ce fleuve aux multiples affluents, pour tracer à mon tour mon chemin.

Paulin écoute, suspendu aux lèvres mobiles qui semblent si savoureuses. L'histoire de Chloé le passionne. En fait, tout chez elle le fascine. Elle exhale un méli-mélo de parfums de tous horizons : italiens, espagnols, indiens, savoyards ! Une véritable…

– Salade de fruits, murmure-t-il.

– Que dis-tu ?

Paulin sursaute.

– Euh… Je prendrais bien une salade de fruits.

– Une salade de fruits ?

– Oui, euh… à la fleur d'oranger. C'est ça, une salade de fruits à la fleur d'oranger.

Chloé sourit à nouveau. Elle est à croquer, se dit le jeune homme. J'ai envie de l'embrasser. Il se ressaisit :

– Donc tu n'as pas été adoptée du tout, mais tu t'es en quelque sorte posé les mêmes questions que se posent la plupart des enfants adoptés.

– Oui, peut-être. Je ne sais pas trop quelles questions ils se posent, j'avoue. Tu ne crois pas que ces questions sont universelles ?

Paulin fait la moue. Il n'y a jamais vraiment songé. Mais une rapide introspection lui rappelle son goût pour la généalogie et l'histoire familiale, sa haute idée du droit d'aînesse, dépositaire de la mémoire patrimoniale, aiguillonnée par un aïeul patriarcal farouchement attaché à ces valeurs, et dont la figure tutélaire pèse aussi lourd que la statue du Commandeur. Statue que sa récente découverte vient de faire brutalement dégringoler de son piédestal… Voler en éclats. Paulin est perdu. Il a perdu ses repères. Ses certitudes. Il réalise tout soudain que ces questions universelles l'ont rattrapé en plein vol. Percé de part en part comme des projectiles inattendus : qui est-il ? d'où vient-il ? Hier encore, il planait avec tant de superbe au firmament de ses certitudes ; aujourd'hui, son esprit blessé sombre en vrille dans un abîme vertigineux. Orphelin. Il est orphelin… Paulin s'accroche à la table.

– Je ne sais plus quoi penser, reconnaît-il misérablement. Je ne sais plus où j'en suis. Si mon grand-père n'est pas son fils, pourquoi Émile Aviernoz n'a-t-il pas tout simplement procédé à une adoption ? Pourquoi a-t-il caché ses origines ? Surtout si c'était son neveu ! Celui de sa femme, en tout cas…

Chloé le regarde avec pitié, le cœur serré. Elle n'a pas la réponse.

– Que dit ta grand-mère de tout cela ?

– Ma grand-mère ?

Paulin se remémore sa conversation avec son aïeule la veille, mardi. Elle semblait assez perplexe à la suite des événements du lundi, et pas fâchée d'en parler avec lui. Elle était revenue sur sa belle-mère, Madeleine Dunant. Quand elle l'avait connue, c'était une femme usée par la maladie, émaciée à faire peur, qui ne quittait presque plus sa chambre. Un turban dissimulait son crâne déserté par les mèches blondes et soyeuses qui l'auréolaient autrefois, comme en témoignait l'album de photos retraçant l'enfance de Paul. Cette femme d'une cinquantaine d'années en paraissait dix ou vingt de plus. Son sourire fatigué éclairait à peine son regard d'un bleu azuréen, que la fièvre rendait incandescent. Elle avait accueilli sa future bru avec une grande gentillesse et une extrême délicatesse. Une grande dame, s'était dit Mamina à l'époque. Une grande dame rongée par un mal secret qui se dissimulait sous le nom de cancer dans les replis lourds d'une sourde dépression. Une tunique de Nessus qui empoisonnait goutte à goutte tout son être. Oh, quelle tendresse elle portait à son fils ! Elle ne s'animait que lorsqu'elle en parlait. Sa voix alors reprenait de l'ampleur, ses yeux se ravivaient et elle se mettait même parfois à chantonner. Un filet musical rappelant une berceuse, ou une chanson d'école, ou un événement heureux de la jeunesse de Paul. Un filet musical certes faible, mais dont le timbre si juste et harmonieux signalait une voix qui avait dû être exceptionnelle. Paul confirmait qu'en effet, petit, il adorait l'entendre chanter. Il l'accompagnait avec plaisir à la messe car sa voix résonnait pure et belle sous les voûtes de la vieille église et saisissait tous ceux qui l'entendaient. Le chef de chœur l'avait suppliée de se joindre à la chorale – Ah oui, avait dit Paulin, j'ai vu un article de journal sur un de ses concerts – mais la pauvre femme avait dû cesser assez rapidement cette activité, rattrapée par la maladie qui n'avait cessé de la miner à petit feu.

Elle racontait à la jeune fiancée les premiers pas de Paul, ses premiers dessins, ses premiers bouquets de fleurs… Mamina allait la voir toutes les semaines, et presque tous les jours sur la fin. Sa mort l'avait beaucoup affectée. La malheureuse n'avait même pas pu être présente au mariage.

De son côté, Paul ne disait pas grand-chose. Il écoutait sa mère en souriant, taiseux comme à son habitude. Il n'avait jamais été bavard. Ils s'étaient connus chez des amis communs. Il détestait danser et restait dans son coin, morne et ténébreux. C'était elle qui l'avait repéré. Il l'avait intriguée, il était si différent des autres garçons ! À vrai dire, c'était plutôt elle qui l'avait courtisé que l'inverse. Il s'était laissé faire et il lui avait semblé naturel de la demander en mariage. Ils avaient formé un ménage heureux, somme toute, paisible et sans histoire, sous l'œil du patriarche. Celui-ci n'avait-il pas un peu pesé sur leur ménage ? avait demandé Paulin. Mamina disait que non. Certes, il était présent, mais elle s'entendait bien avec lui. Elle partageait sa vision sur beaucoup de choses : la famille, la société, la politique… Il lui savait gré d'entretenir la mémoire Aviernoz et de tenir le rang de la maison. Il aimait Paul à sa manière. Pour Mamina, sa façon de se mêler de tout était l'expression de son affection paternelle. Mais elle savait que cette ingérence permanente dans leur ménage déplaisait à son mari sans qu'il osât se rebiffer. Son père l'avait habitué à obéir sans discuter. Ses yeux gris viraient au noir d'orage quand la contrariété le gagnait. Et Paul, qui n'aimait pas les conflits, se murait dans le silence. C'est donc elle qui, avec tout son tact, arrivait à maintenir à distance raisonnable l'irascible beau-père. Paul lui en était reconnaissant.

Le foyer avait donc ronronné ainsi toutes ces années. Mais elle pouvait le dire à présent, elle se faisait du souci pour son époux. Elle se demandait parfois s'il n'était pas atteint du mal secret de sa mère. Sa démarche voûtée et son air de raser les murs l'inquiétaient plus qu'elle n'osait le penser. Et surtout ces cauchemars… Ses cauchemars ? avait repris Paulin. Oui, des cauchemars récurrents qui le prenaient parfois, qui le réveillaient en nage, entortillé dans les draps, la bouche sèche et avec le regard terrifié d'un enfant. Des cauchemars dont il ne se souvenait jamais.

Les événements de lundi avaient donc ébranlé Mamina. Des questions avaient surgi : pourquoi ce silence sur la tante Mathilde Bogé-Dunant ? Sur son fils ? Que signifiaient ces vers sibyllins de sa belle-mère : *Ô toi que j'ai trahie, toi que j'aimais si fort* ?…

Autre chose la troublait maintenant : pourquoi son mari manifestait-il une telle attirance pour les Bauges, alors que son père détestait la campagne ? Pourquoi avait-il toujours parlé d'y acheter ou d'y faire bâtir une maison sans jamais franchir le pas ? Il est vrai qu'elle-même n'avait jamais été emballée par cette idée, mais les révélations de lundi éclairaient les choses d'un nouveau jour. Et surtout cette question de Ludo qui désormais la taraudait, renforcée par l'histoire de son rêve qu'avait racontée Maëlle : et si Papy était Paul Bogé ?

Paulin l'avait écoutée calmement, mais ces dernières interrogations l'avaient fortement agacé. Sa grand-mère n'allait quand même pas adhérer aux billevesées de son deuxième petit-fils ! Elle savait comme lui combien il était fantasque… Pour la rassurer, il avait demandé à voir le livret de famille et tous les documents d'état civil en sa possession.

– Donc tu vois, résume Paulin à Chloé, ma grand-mère est tout aussi ébranlée que moi finalement.

Il se frappe soudain le front :

– Bon sang !

– Quoi ? Qu'y a-t-il ?

– Elle n'a cessé de parler des yeux bleus de sa belle-mère…

– Oui ? Et alors ?

– Et elle a dit que Grand-Papa, son beau-père je veux dire, avait les yeux gris. Des yeux gris qui viraient au noir d'orage quand il se mettait en colère.

– … ?

– Tu ne comprends pas ? Papy, leur fils, avait … les yeux aussi sombres que les tiens !

Paulin semble frappé par la foudre. Chloé marque un temps de silence. Puis elle dit doucement :

– L'évidence s'impose donc. Ton grand-père a bien été adopté. Pourquoi Émile Aviernoz n'a pas voulu en laisser de trace, on n'en sait rien. Il avait peut-être juste maladivement envie d'être père, à tout prix et quel qu'en soit le subterfuge.

– Et tromper toute une descendance ?

Chloé fait une grimace d'impuissance. Paulin reprend :

– Très bien. Nous savons désormais que nous ne sommes pas ce que nous croyons être, mais nous ne savons pas davantage ce que nous sommes. Sommes-nous les descendants de Paul Bogé ? On n'en a toujours aucune preuve !

Une rage sourde semble maintenant s'emparer du garçon. Une colère souterraine qui monte des profondeurs. Sa mâchoire carrée se durcit. Ses yeux sombres regardent à l'intérieur. Ses poings se serrent convulsivement, les jointures blanchissent et sa respiration se fait plus courte. Un tsunami submerge sa conscience. Un gigantesque sentiment de trahison qui le dévaste. Trahi. Floué. Volé !…

– Émile Aviernoz a volé le père de mon grand-père. Il nous a volé notre arrière-grand-père… Il a volé toute une ascendance ! Et détourné, confisqué, toute une descendance… Pourquoi ?

Chloé, pleine de compassion, se penche vers lui et chuchote :

– Émile Aviernoz a tout fait pour avoir une descendance, même au prix d'un mensonge. C'est terrible et injuste, on est d'accord. Mais c'est ton histoire. Il te faut vivre avec ça, intégrer cette nouvelle donne et reconnaître malgré tout l'héritage que tu as reçu de cet homme. Tu es un Aviernoz, tu restes un Aviernoz. Cet héritage est le tien, tu ne l'as pas volé, toi. À toi maintenant de voir ce que tu en fais.

Paulin la contemple, accablé. Il examine ce petit visage poupin, si jeune et qui manifeste pourtant une telle maturité. Il est heureux qu'elle soit là. Sa présence le rassure, la douceur de sa voix, de son regard, de sa main qu'elle a posée sans y penser sur la sienne, dans un geste naturel et si féminin qu'il en frissonne. Elle la retire aussitôt, rose de confusion, délicieuse…

Elle ajoute :

– Après tout, peut-être qu'il ne savait réellement pas qui étaient les parents de ton grand-père. Rien ne prouve en effet que tu sois un Bogé, même si les présomptions sont fortes. Nous n'avons pas fini d'enquêter.

Elle le regarde en souriant gauchement :

– Bon, c'est pas tout, ça. On m'attend aux archives. Ça va aller ?

Paulin sourit, bouleversé d'émotions contradictoires, doublement assommé. Il se fait l'effet d'un Gargantua à la fois « pleurant comme une vache et tout soudain riant comme un veau » : comment un tel coup de foudre pouvait-il jaillir au sein d'un tel orage ? Pouvait-on osciller à ce point entre un abîme d'abattement et le zénith de la félicité ? Sur les ruines de ses assurances déchues se levaient les promesses d'un bonheur à venir. Dans son désarroi, il est heureux…

Mais il doit repartir à la fac, il a un cours à donner. Plus le temps pour une salade de fruits. L'archiviste aussi doit retourner à son travail. Elle ne semble pas plus pressée que lui de s'y rendre.

– Comment on fait pour les certificats de baptême ?

– T'inquiète, je vais demander à ma copine. Je les aurai ce soir. Donne-moi ton numéro de téléphone et je t'appellerai.

Paulin est aux anges. Il a son « zéro-six » ! Sans même avoir eu besoin d'inventer un prétexte. L'échange de bises final le transporte. Le cœur léger, les sinus tourbillonnants de fleur d'oranger, il court, court comme jamais, pris d'une nécessité impérieuse de décharger ses émotions, de voler, voler à tire-d'aile jusqu'au campus, jusqu'aux nuages, jusqu'au soleil qui embrase tout son être.

11
Génosociogramme

Tandis que Paulin zigzague, étourdi, dans les rues de Chambé comme dans les méandres de ses pensées chaotiques, son frère, lui, a enfin retrouvé Valentine, qui ne semble guère se douter que son retard de trente-sept minutes (il les a comptées !) a pesé comme trente-sept siècles sur le jeune homme. Mais le coup de sonnette a fait disparaître en un battement de cœur toute trace d'impatience, et c'est avec un bonheur sans mélange qu'il lui a ouvert la porte.

Les voici en plein travail de reconstitution généalogique. La psychologue a apporté une ramette de feuilles A4 dont une bonne partie est éparpillée sur le sol du séjour. À quatre pattes, ils manipulent feutres de couleur et marqueurs fluorescents. Chaque feuille comporte des noms, des dessins géométriques – cercles, triangles, carrés –, des traits simples ou doubles, en lignes pleines ou pointillées, droites ou brisées, des symboles mathématiques, des chiffres et des lettres. Petit à petit, une pyramide aztèque se forme. Les pages maintenues par des pastilles de pâte adhésive créent un arbre bigarré que Ludovic complète de son mieux. Ils ont commencé par lui, dont Valentine a inscrit le nom sur une feuille de couleur pour bien le démarquer des autres, écrits sur papier blanc. Il est flanqué de son frère Paulin à gauche, de ses cousins à droite, tous sur la même ligne. Au-dessus se trouvent les parents : Émilien Aviernoz et Marie-Laurence Lachenal, Oncle Jean-Paul et son ex-femme Ysabelle Benoist, Tante Mag, et enfin la mère de Maëlle, Tante Valérie, avec son mari Régis Ferrand. Au-dessus encore, Papy et Mamina – Paul Aviernoz (Bogé ?) [la parenthèse est en vert] et Suzanne Burlats. Et, tout en haut, Émile Aviernoz et sa femme, Madeleine Dunant. Les panneaux sont disposés de sorte que chaque couple de parents surplombe bien ses enfants : Émilien et Marie-Laurence au-dessus de Paulin et Ludo ; Jean-Paul et Ysabelle au-dessus de Nolwenn, Théo et Félix, qui vivent à Paris avec leur mère ; Tante Valérie et Régis Ferrand au-dessus de Maëlle et d'Alexandre.

– Maëlle s'appelle Aviernoz-Ferrand, signale Ludovic.

– Ah bon ? Son beau-père l'a adoptée ? répond Valentine en traçant une liaison en pointillés entre les deux noms. Bon, reprend-elle, on va s'en tenir au côté Aviernoz-Dunant pour l'instant. On verra plus tard s'il y a lieu de faire un tour ailleurs.

Elle se redresse.

– On a bien tout le monde, là ?

– Oui, oui.

La jeune femme prend alors deux feuilles vert pâle sur lesquelles elle marque les noms de Félix Bogé et Mathilde Dunant. Elle les glisse à droite de celles d'Émile et de Madeleine Aviernoz, puis réunit les deux couples sous celui de Lucien Dunant et Antoinette Leroux, les parents des deux sœurs.

– Si les uns sont réellement des fantômes cachés derrière les autres, on devrait voir émerger des résurgences parmi les descendants. On les signalera en vert si on en détecte, précise-t-elle.

Puis elle ajoute :

– Maintenant, on va remplir les fiches de chacun des membres de la famille : dates clés, événements, caractères, je veux que tu me dises tout ce que tu sais. La moindre chose peut avoir de l'importance. Fouille ta mémoire.

– Euh, je ne sais pas si je retrouverai grand-chose…

– Peu importe, les blancs aussi ont leur importance. Mais aie confiance, je suis sûre que nous allons trouver des indices intéressants.

Ludovic, assis en tailleur devant l'échafaudage de papier, se gratte la tête, dubitatif. Il ne sait par où commencer. Valentine l'encourage :

– Commence par toi. Date de naissance, événements importants…

Le garçon rougit violemment. Parler de lui ! Voilà un sujet qui l'embarrasse… Mais, après une courte hésitation, il se lance. Sa narration, de tâtonnante au départ, crevée de trous de mémoire, de lambeaux de souvenirs approximatifs et de points de suspension, devient plus assurée sous l'écoute active et bienveillante de la thérapeute qui note, pour chaque protagoniste, les détails qui accrochent son attention. Les mots prennent chair, l'écho de conversations oubliées remonte à la surface, d'anodines anecdotes prennent un sens singulier, de petits événements acquièrent un relief insoupçonné… Ludovic n'imaginait pas porter en lui autant de capteurs qui avaient enregistré autant d'impressions sur les uns et les autres, plus ou moins consciemment.

Les biographies qui émergent ainsi de ses perceptions brossent à grands traits des figures inédites de sa parentèle, plus ou moins précises selon sa proximité spatio-temporelle avec elles. Plus les personnes sont éloignées dans le temps et dans l'espace, plus les tableaux sont clairsemés. Rien de bien surprenant, mais Ludovic craint un maigre résultat à leurs efforts. Si l'on fait abstraction de son « rêve éveillé », on risque fort de trouver peu de connexions entre les uns et les autres !

– Ne t'inquiète pas, sourit Valentine d'un air énigmatique. Nous avons d'autres ressources.

– Comment ça ? Je ne comprends pas. Tu ne veux quand même pas qu'on interroge Paulin ? Depuis lundi, il est furieux contre moi ! Inutile de lui demander quoi que ce soit ! Mais c'est bien dommage, on aurait vraiment besoin de ses lumières familiales !

– On va voir si on peut s'en passer. J'ai là une masse d'informations qui nous viennent de Tante Mag.

– Quoi ?! Tu es incroyable !...

– Elle m'a appelée ce matin, c'est pour ça que j'étais en retard. Comme elle ne pouvait pas se joindre à nous à cause de ses élèves, elle a recensé tout ce qu'elle savait de vos familles, scanné quelques documents et rassemblé quelques notes. Elle m'a envoyé le tout par mail. J'ai tout imprimé. Tout est là, ajoute-t-elle en sortant un dossier de son sac.

– Et c'est maintenant que tu me le dis ?

– J'ai pensé que c'était mieux comme ça. Je ne voulais pas influencer tes propres impressions et souvenirs sur ta famille. Mais maintenant, on va les confronter aux siennes et voir si on peut compléter le tableau. Et, enfin, on terminera par les révélations de Michel Bogé. Cela promet d'être passionnant !

Un génosociogramme peut-il être objectif ? C'est la question que se pose Ludo au terme de leurs efforts. Celui qu'ils ont dressé n'est-il pas davantage le résultat de leurs fantasmes, orienté dans le sens du secret désir qu'il corrobore l'histoire de son rêve fantastique ? Sa raison n'a-t-elle pas sombré dans les tourbillons de son imagination ? Une dernière fois, le cerveau du jeune homme tente désespérément de s'agripper à une épave de rationalité. Ne va-t-il pas se noyer dans cet océan de doutes ?

La voix de Valentine le ramène à la surface de sa conscience. Il est presque surpris d'être toujours là, assis par terre dans son univers familier, rien n'a changé. Son étourdissement est passé inaperçu. Valentine commente les hiéroglyphes de la pyramide qu'ils ont construite patiemment tout l'après-midi. Les pierres de papier sont couvertes d'un lierre de griffonnages verts et de flèches qui se croisent en tous sens comme des lianes, reliant, soulignant, encerclant...

– Côté Avernioz, que remarque-t-on ? Sur le plan physique, aucun d'entre vous ne ressemble à votre arrière-grand-père Émile. D'après les descriptions des uns et des autres, et surtout les photos que m'a scannées Mag, il était plutôt courtaud et trapu... Et le détail des yeux est irrémédiable. Mag nous dit qu'il avait les yeux clairs, ainsi que son épouse, alors que son fils, ou présumé tel, avait les yeux sombres, très bruns, comme beaucoup d'entre vous, paraît-il.

Ludovic hoche la tête. Elle poursuit :

– Sans compter cette intéressante arcade sourcilière plutôt... – comment dire – importante, pour ne pas dire proéminente, que vous tenez tous de votre grand-père, excepté Maëlle et toi. Et que nous retrouvons chez Michel Bogé et une bonne partie de sa parentèle, dont... le fameux Félix ! N'est-ce pas surprenant ?

Ludovic ne peut qu'admettre la chose.

– On peut à la rigueur trouver des ressemblances physiques avec Madeleine Dunant, continue la commentatrice, mais n'oublions pas qu'elle est la sœur de Mathilde. Par exemple le nez : certains d'entre vous ont le même nez qu'elle, apparemment, légèrement retroussé. Mais cela ne veut rien dire, puisque sa sœur a le même ! En revanche, aucun d'entre vous, à part Nolwenn et Félix, n'a sa blondeur. Mais ces derniers tiennent visiblement de leur mère, Ysabelle Benoist !

Ludovic commence à perdre pied. C'est compliqué, l'hérédité ! Il n'en écoute pas moins patiemment la suite :

– On peut bien sûr être tenté de s'appuyer également sur l'exceptionnelle ressemblance de Maëlle avec son arrière-grand-tante, mais cela non plus ne constitue pas une preuve à elle seule : on voit des ressemblances en ligne indirecte dans de nombreuses familles. Il nous faut rassembler plus d'indices…

La jeune femme fait une pause, sourit en voyant l'expression embrouillée de son ami, et reprend :

– Pour le reste, il y a des affinités d'orientation professionnelle ou de vocation avec les Aviernoz : ceux-ci ont une longue tradition de bourgeoisie de robe, dans l'administration, le droit… Ainsi retrouve-t-on dans la fonction publique ton père, fonctionnaire territorial, ton frère universitaire, prof de droit administratif, ta tante enseignante, et même ton oncle au CNRS… Quant à ton grand-père Paul, n'était-il pas dans la finance publique ? Mais, ajoute-t-elle après une courte interruption, d'après Mag, il ne s'y épanouissait pas. C'était plutôt la volonté de son père Émile, semble-t-il… Il se sentait davantage l'âme d'un paysan, jamais aussi heureux que dans le potager qu'il avait aménagé dans un coin de son jardin !

Ludo hoche à nouveau la tête. Il se souvient en effet du carré de jardin impeccable que son grand-père soignait avec une particulière minutie. Les sillons bien tracés, le tuyau d'arrosage méticuleusement roulé, les pieds de tomate qui serpentaient sur toute la hauteur de leurs tuteurs, les poireaux au garde-à-vous et les salades qui s'efforçaient vainement de rivaliser avec les superbes crinolines des arrogantes rhubarbes. Il aimait, tout gamin, accompagner son aïeul quand il allait récolter les fruits de son labeur. L'homme voûté lui prenait la main, lui faisait tâter la rondeur d'une tomate, soupeser son volume et humer son parfum pour en reconnaître le degré de maturité. Il n'était qu'indulgence pour ses petits-enfants qui décimaient les plants de fraisiers ou les banderoles des framboisiers… Il faut dire que les petites baies rouges étaient fameuses ! Ludovic sourit avec nostalgie : après la mort de son jardinier, le lopin s'était étiolé. Mamina n'avait pas les pouces verts, cela ne l'intéressait pas. Les mauvaises herbes et les limaces avaient peu à peu reconquis le terrain. Seuls les framboisiers résistaient, forts de leur permanence et d'une insolente robustesse. Ludo avait bien tenté de redresser la situation pendant quelque temps, mais cela demandait une disponibilité qu'il n'avait pas toujours, et il avait fini par renoncer.

– Qu'on le veuille ou non, continue Valentine, force est de constater que notre arbre est bien vert ! Beaucoup de choses nous ramènent à Félix Bogé et Mathilde Dunant. Poursuivons avec le choix des professions. Mathilde aimait l'art et était institutrice. Curieusement, nous avons plusieurs enseignants – ou professions similaires – dans la famille : si, conformément aux inclinations Aviernoz, Paul Aviernoz a épousé la fille d'un notaire, celle-ci était cependant institutrice, comme Mathilde (et, soit dit en passant, le père de Mathilde et de Madeleine aussi était notaire) ; ta mère, elle, est documentaliste, mais exerce essentiellement auprès du jeune public ; Valérie enseigne l'histoire dans le secondaire, mais elle a étudié l'histoire de l'art, goût qu'elle partage avec sa sœur Magali, carrément artiste comme Mathilde… et Nolwenn et Félix !

Malgré la distance toute professionnelle qu'elle essaie de maintenir, le jeune homme sent bien le frémissement d'excitation qui traverse sa personne. Elle s'est visiblement attachée à sa cause et n'aura de cesse de percer le mystère familial.

– On pourrait penser que les héritages s'estompent ou se dissolvent avec le temps et l'apport des patrimoines exogènes qui viennent se greffer à l'arbre initial. Mais il semble que chez vous, des traits demeurent avec insistance, comme refusant de se faire oublier.

– Par exemple ?

– Eh bien, prenons ta génération… Vous gardez tous un lien, plus ou moins fort, mais bien réel, avec la montagne, même tes cousins parisiens.

– Cela ne veut pas dire grand-chose, nous sommes quand même tous Savoyards. Les Parisiens, comme tu dis, ont passé de nombreuses vacances avec nous, et leur père nous emmenait souvent tous crapahuter avec lui.

– OK. Et ce goût pour la nature, la faune et la flore en particulier ?

Là aussi, Ludo tente de se faire l'avocat du diable :

– Bof, c'est à la mode, l'écologie !

– Une certaine écologie peut-être, du genre Marie-Antoinette aux champs… du Petit Trianon ! Ne me fais pas rire… Non, ici je parle d'un vrai rapport à la nature : botanique, cynégétique…

– Personne ne chasse chez nous.

– Et les safaris-photos de ton cousin Félix dans les Bauges ?

Ludovic éclate de rire.

– En effet ! Un sacré chasseur, celui-là ! Il est capable de tout pour une belle photo… Il va pister les bouquetins ou surprendre la plus méfiante des marmottes ! Et il fait aussi de très beaux clichés des fleurs les plus rares de nos montagnes.

– Tu vois ? Et ta cousine Nolwenn, n'est-elle pas fan de fleurs, comme son père ? Et laquelle est sa préférée ?... Je te le donne en mille : le cyclamen, une fois de plus ! C'est curieux comme cette fleur revient toujours, tu ne trouves pas ? Nolwenn, son père, Tante Mag… et qui d'autre encore ?

Le jeune homme acquiesce. C'est en effet la plante fétiche de la famille. Pourquoi celle-là plutôt qu'une autre ? Un hortensia, par exemple, fleur emblématique de la Bretagne, où Tante Ysabelle passe tous ses étés. Ses cousins pourraient préférer la mer à la montagne. C'est peut-être le cas de Nolwenn, et encore… Mais ses deux frères, s'ils apprécient la navigation en haute mer, préfèrent manifestement les sommets alpins aux monts d'Arrée !

Valentine questionne encore :

– Et ton cousin Théo, à quoi se destine-t-il ?

– Il voudrait être ingénieur agro, eaux et forêts, ou je ne sais quoi d'autre du même acabit… Il veut bosser dans l'environnement. Il est brillant, il y arrivera !

– Et le petit dernier, le frère de Maëlle ?

– Alexandre ? Pour l'instant, son grand rêve, c'est de faire comme son père : militaire en montagne. PGHM ou chasseur alpin. Mais, vu son âge, ça peut encore changer !

– Et tout cela ne t'interpelle pas ? Les Aviernoz, dit-on, sont résolument citadins depuis plusieurs générations. Et voilà que tout à coup, toute la famille se réclame de la montagne, et plus précisément des Bauges ! Même ton casanier de frangin.

Ludo médite un instant, revisitant chacun en pensée. Son esprit revient à Papy. C'est vrai que celui-ci était heureux dans son jardin et n'aimait rien tant que circuler dans les Bauges. Il y visitait régulièrement des maisons à vendre, mais sans jamais se décider. C'en était devenu un sujet de plaisanterie chez ses enfants. Pourquoi n'avait-il jamais franchi le pas ? Le peu d'intérêt de son épouse pour la campagne en était-il la seule explication ? Peut-être était-il davantage inhibé par son propre père, qui manifestait, lui, une totale aversion pour un tel projet. Ludovic revoit la silhouette affaissée de son grand-père et sa mine de chien battu. Lui revient en tête l'image de la petite chèvre de M. Seguin attachée au pieu de son enclos et tournant désespérément ses regards vers les sommets voisins : son grand-père, une petite chèvre de M. Seguin ? Et qui était M. Seguin ?... Émile Aviernoz ?... M. Seguin craignait le loup pour sa petite chèvre. Que redoutait Émile Aviernoz ?

De son côté, Valentine poursuit sa réflexion à haute voix.

– Les Bauges, toujours les Bauges ! Nos investigations nous y ramènent sans cesse. Regarde la génération de tes parents : tout fonctionnaires qu'ils soient, et citadins, ils reviennent tous aux Bauges ! Ton père et ton oncle qui créent le PNR ! Tante Mag qui s'y installe carrément ! Et même ta tante Valérie, la moins « atteinte », pourrait-on dire, a quand même choisi d'épouser un montagnard dans l'âme !

La jeune femme s'enflamme. Les points d'exclamation s'accumulent dans son discours.

– Mais le plus impressionnant dans toute cette histoire, ce sont les répétitions !

– Les répétitions ? Que veux-tu dire ?

– Tu n'as rien remarqué ? s'exalte la spécialiste. Mais votre arbre frissonne de phénomènes transgénérationnels, il est perclus de syndromes d'anniversaire ! À eux seuls, tous les indices que nous avons détaillés jusqu'ici ne prouvent rien, mais les répétitions... Je peux te garantir qu'il y a au moins un – sinon plusieurs – fantôme qui s'agite désespérément !

Ludovic pâlit. Un imperceptible frisson le traverse. Inquiet, il scrute avec méfiance les hiéroglyphes verts affichés sur le sol comme si le diable en personne allait lui sauter à la gorge.

– Je commence par le plus *soft*, annonce son mentor. Valérie...

– Quoi, Valérie ?

– Valérie a eu un enfant « sans père », en quelque sorte, non ?

– Maëlle ? Oui, on peut dire ça. Mais quel rapport… ?

– Quel rapport ? Mais c'est pourtant clair ! Le fils de Mathilde aussi est né sans père, ou presque, puisqu'il ne l'a pas connu ! La Mathilde de ton rêve te l'a bien dit, et Michel Bogé nous l'a confirmé.

Ludo reste bouche bée. Il n'a pas le temps d'ajouter quoi que ce soit, sa compagne enchaîne :

– Et vu sous cet angle, Maëlle qui ressemble si fort à son arrière-grand-tante, ça ne peut plus être par hasard. C'est un signe !

Le débit de la jeune femme se fait plus rapide. L'adrénaline monte en puissance et fait vibrer sa voix.

– Et toi-même, qui es né pile soixante-quinze ans après cette même Mathilde, tu crois aussi que c'est une pure coïncidence ?

– …

– Magali, l'artiste peintre amoureuse des Bauges, comme Mathilde !

– Il y en a d'autres… tente de protester Ludovic.

– Et qui manque de mourir dans un attentat dans un train, la veille de ses vingt-cinq ans, comme Mathilde ?! Mystérieusement sauvée par une femme qui ressemble furieusement au fantôme de celle-ci !

– Euh…

– Et le meilleur est à venir : les échos à l'histoire de Félix. Tu les as repérés ?

Le garçon a bien perçu des choses étranges au fur et à mesure que la pyramide avançait, mais l'implacable décryptage de la commentatrice lui dessille les yeux d'une manière glaçante.

– Par exemple, tu connais les circonstances de la naissance de ton père ?

– Oui, ça fait partie des histoires numérotées. Mais je ne vois pas…

– Raconte quand même.

– Il est né prématurément, le 3 mai 1968, à cause des événements de Mai 68. Mamina était pour quelques jours à Paris et elle s'est retrouvée malgré elle embringuée dans une manif le 1er mai. Les vociférations, les bousculades, les pavés, la police… Elle a eu tellement peur qu'elle a accouché à l'hôpital un mois avant terme !

– Il s'en passe des choses en mai ! Chez vous comme chez les Bogé. Tu ne trouves pas ça bizarre ? Le 1er mai tout particulièrement n'est pas votre ami. Quand est-ce que ton grand-père est mort ?

– Papy ? Euh, en 2014 ou 2015, je ne me souviens plus très bien.

– En 2014, oui, d'après Tante Mag. Et tu te rappelles la date exacte ? Tu ne l'as pas donnée dans le génosociogramme, pourquoi ?

Ludovic fronce les sourcils.

– Difficile pourtant de l'oublier, on l'attendait pour fêter l'anniversaire de Papa. C'était le…

Ludo écarquille les yeux tout à coup et murmure d'une voix blanche :

– C'était le 1er mai… Le 1er mai 2014. Soixante-dix ans après…

– Après la mort de Félix, parfaitement ! complète Valentine avec vivacité. De mort violente lui aussi, tué par un Allemand lui aussi. Et quasiment au même endroit ! À proximité d'École-en-Bauges ! Ça fait un peu beaucoup de coïncidences, tu ne crois pas ?!

Ludovic est abasourdi. Lui reviennent en mémoire les circonstances du décès de son grand-père, telles que Tante Mag les a probablement décrites à leur amie. L'accident était totalement incompréhensible. La météo, excellente ce jour-là, déployait un vaste soleil dans un ciel dégagé. Papy circulait seul sur la route, savourant le plaisir d'une petite virée dans ce massif qu'il aimait tant. Mamina ne l'accompagnait pas car elle était elle-même en vadrouille avec l'Académie de Savoie dont elle était un membre assidu. Il en avait profité pour rendre visite à un de ses vieux camarades, retraité à Saint-Pierre d'Albigny. Après le déjeuner, il avait poursuivi sa route vers Jarsy où il devait retrouver la famille pour l'anniversaire d'Émilien. Mais, aux abords d'École, une puissante BMW avait percuté sa petite voiture dans un virage, la projetant dans un champ où elle avait violemment heurté un arbre après plusieurs tonneaux. Papy était mort sur le coup. Le malheureux touriste germanique, hébété, en état de choc, n'avait pu expliquer comment il avait dérapé et perdu le contrôle de son véhicule. Certes, le contexte n'était pas le même qu'en 1944, mais la similitude des détails : date, lieu, mort violente et nationalité du responsable, était on ne peut plus troublante. Ludovic contemple Valentine avec effroi.

– Et je garde le meilleur pour la fin, dit celle-ci. Couronnant tout le faisceau d'indices que nous avons déjà cités, sans compter les rêves et les cauchemars des uns et des autres, la fixette de votre bisaïeul sur le prénom Félix... Et les acouphènes et les migraines de Tante Mag qui redoublent à chaque fois qu'elle se penche sur sa toile des martyrs de 1944.

Ludovic retient son souffle : le meilleur pour la fin ? Qu'a-t-elle encore déniché ?

– Mag s'est rappelé le nom de celui qu'elle appelle « l'assassin » de son père, même si c'était involontaire. Cet Allemand n'était pas un touriste ordinaire. Il venait de quitter les cérémonies du souvenir à École-en-Bauges. On peut penser qu'il était dans un état d'intense émotion…

Elle plonge son regard clair dans celui de son compagnon :

– Oui, tu as compris… Cet homme, c'était bien…

– Tobias Schwarz ?!

Valentine acquiesce en silence. Puis lentement, solennellement, le regard rivé sur le génosociogramme étalé au sol, elle articule :

– Je mettrais ma main au feu que Paul Aviernoz était bien le fils de Mathilde Dunant et de Félix Bogé. À soixante-dix ans d'intervalle, la vérité frappe désespérément à la porte du destin : le fils de la victime est tué par le petit-fils même de l'assassin.

Un grand calme pétrifie tout à coup la pièce. Après tant de journées d'incertitudes et de doutes mordants, Ludovic éprouve un incommensurable apaisement. Une sérénité incomparable infuse tout son être, une douceur infinie dilate son cœur, relâche ses muscles tendus, assouplit ses membres et caresse ses paupières. Ses yeux se closent. Une sensation de bien-être intégral, comme il n'en a jamais goûté, pas même nourrisson dans les bras de sa mère. *Unifié*, c'est le mot qui lui vient aux lèvres. Des lèvres qui sourient aux anges, comme un nouveau-né. Un nouveau re-né…

– Je me sens unifié, murmure-t-il en inspirant profondément. Comme si mon corps, mon cœur et mon esprit avaient enfin fusionné…

La psychologue ne répond pas. Elle accueille en souriant ce miracle d'un être que la vérité libère enfin pour le rendre à lui-même. Son sourire est chaleureux, il invite à la paix, au bonheur, à l'avenir.

Le jeune homme se penche et cueille doucement ce sourire sur le sien. Les deux corps roulent dans un froissement de feuilles éparpillées.

***

Le téléphone sonne. Encore. Insiste. S'énerve. Renonce.

Le bip d'un message vocal.

Silence.

Valentine et Ludovic desserrent leur étreinte. Ils sont heureux, émus, embarrassés…

– Si tu regardais ton téléphone, suggère l'Alsacienne, c'est peut-être important.

En tâtonnant, Ludo retrouve l'appareil qui a glissé à terre, y jette un œil, grimace :

– C'est Paulin. Qu'est-ce qu'il me veut encore ?

– Écoute son message, tu verras bien.

Messagerie.

La voix de Paulin.

Tout de suite, Ludo perçoit l'agitation de son frère.

– Allô, Ludo ? Mais que fais-tu, bon sang ? Il faut absolument que je te voie. Tu es chez toi à 19 h ? J'arrive !

Ludovic regarde l'heure : 18 h 43 ! Le désordre de la pièce : la vingtaine de feuilles A4 griffées de signes cabalistiques dispersées à la diable aux quatre coins de la pièce, les tasses à café sales sur la table basse, des canettes de bière à même le plancher, et Valentine sur le tapis, adossée au bas du canapé, hilare et la mèche sanguine en bataille.

– Vite ! Aide-moi à ranger !

– Quoi ? Il a jamais vu une garçonnière ? Je parie que la sienne n'est pas plus en ordre !

– Tu rigoles ? Y a pas plus ordonné que Paulin ! rétorque le locataire des lieux en ramassant deux canettes. Aïe !

Valentine a visé l'épaule mais sa canette vide a atteint le front au moment où le jeune homme se redressait.

– C'est malin ! rouspète-t-il en s'essuyant de la manche, il restait trois gouttes !

Valentine pouffe et Ludovic lui renvoie un coussin dans la figure. La sonnette les surprend en plein éclat de rire.

– Déjà ?

Ludovic ouvre la porte alors qu'un deuxième coup de sonnette impatient, impératif, secoue les décibels avec frénésie.

– C'est bon, j'arrive ! proteste-t-il.

Mais son frère le bouscule presque en s'engouffrant dans la pièce tel un courant d'air froid et humide.

– Frérot ! C'est incroyable ! Je…

Il s'arrête net en découvrant Valentine debout devant le canapé, au milieu des feuilles éparpillées.

– Mais qu'est-ce que vous faites ?… C'est quoi, ce bazar ?

Ludovic referme la porte derrière son frère, se retourne et bredouille avec embarras :

– Euh… Un génosociogramme.

– Un quoi ?

– Un génosociogramme, reprend Valentine. C'est une sorte d'arbre généalogique mémoriel par lequel on tente de repérer les divers liens transgénérationnels d'une famille.

– Et pourquoi vous faites ça ? interroge Paulin, interloqué.

– Pour essayer de comprendre ce qui se passe dans votre famille.

Ludovic se mord les lèvres, inquiet de la réaction de Paulin. Il n'a pas oublié le savon indigné que ce dernier lui a passé l'avant-veille, lorsqu'il a si étourdiment lâché : « Et si Papy était Paul Bogé ? »

À son grand étonnement, Paulin, loin de s'énerver, tend son cou maigre vers les feuilles et demande machinalement :

– Et vous avez trouvé quelque chose ?

Comme son cadet hésite à répondre, il poursuit hâtivement :

– Parce que moi, j'ai fait une découverte ahurissante !

Là, c'est au tour de Ludo et de Valentine de manifester un intérêt surpris. Le visiteur jette fébrilement imperméable et parapluie trempés sur l'accoudoir d'un fauteuil dont le coussin avachi reçoit son séant comme un boxeur fatigué un uppercut au bide : avec un soupir étouffé.

– Bonne idée, la bière, dit-il en avisant les canettes survivantes.

Et sans même reprendre haleine, il débite à ses interlocuteurs sidérés ses découvertes de la journée : ses recherches rue Ronde, aux archives municipales ; sa rencontre avec la jeune archiviste, qui se trouve être la propre descendante de l'officier d'état civil qui a dressé l'acte de naissance de leur grand-pèrc Aviernoz, lequel acte s'est révélé… être un faux !

Stupeur et tremblements. Le cœur fait des bonds dans la poitrine de ses auditeurs. Comment est-ce possible ?

Paulin poursuit : la preuve que l'un des signataires de l'acte était déjà mort à l'heure de son enregistrement. Et il exhibe les photos des documents qu'il a prises sur son smartphone.

Ludovic ne retient pas son enthousiasme. Ainsi tout est vrai ! Valentine a envie de crier victoire, mais elle garde son sang-froid. Elle voit bien combien les deux frères sont bouleversés. Et Paulin n'en a pas fini avec ses révélations :

– Et figurez-vous que, non content d'avoir trafiqué un faux certificat de naissance, Grand-Papa est allé jusqu'à faire baptiser le petit Paul une seconde fois !

Et de montrer maintenant l'attestation de baptême de Paul Bogé à Fésigny et celui de Paul Aviernoz à Tresserve.

– Tresserve ? Pourquoi Tresserve ? s'étonne Ludovic. Je croyais que les Aviernoz étaient d'indécrottables Chambériens…

– Il s'avère que Grand-Papa, à peine marié, a installé femme et enfant dans une petite maison que sa famille possédait en villégiature dans ce qui n'était à l'époque qu'une bourgade du bord du lac. L'adresse a disparu de nos jours, j'imagine que la maison aussi.

– Mais c'est bizarre, j'ai jamais entendu parler d'une maison à Tresserve dans la famille !

– Officiellement, c'était en attendant la reconstruction du centre de Chambéry après le bombardement. Le prétexte était bien commode pour soustraire le petit Paul à la curiosité des amis et connaissances et le faire passer quelques années plus tard pour son fils, quand on ne fait plus la différence entre un gamin de quatre ou cinq ans.

– Ainsi, toi aussi, tu admets que Papy n'est pas le fils de Grand-Papa ?

Un soupir pour toute réponse. À l'agitation du départ succède maintenant un abattement profond qui se manifeste dans toute la physionomie de Paulin. La rectitude morale de l'honnête juriste traduit son désarroi dans l'affaissement de la colonne vertébrale et le laisser-aller du grand corps affalé dans le vieux fauteuil.

Valentine fait cependant remarquer :

– Mais rien ne prouve toutefois que votre aïeul et Paul Bogé ne fassent qu'un.

– En effet, admet Paulin. Mais les similitudes entre les deux naissances sont troublantes, et les actes de baptême…

Paulin ne dit rien de plus, mais agite son smartphone avec perplexité.

– Tu as trouvé quelque chose ?

– La marraine de Paul Bogé était… Madeleine Dunant.

– Madeleine Dunant ? La femme de Grand-Papa, donc ? Alors tout s'écroule… réfléchit Ludovic.

– Comment ça, tout s'écroule ?

– Ben oui, si elle était la marraine du petit Paul Bogé, elle ne l'aurait pas fait baptiser une seconde fois, ça n'a pas de sens ! L'Église catholique ne baptise pas deux fois le même enfant, si ?

– Sauf si…

– Si quoi ?

– Si on en a fait son propre fils ! Émile Aviernoz voulait à tout prix avoir un fils reconnu comme le sien propre. Il ne voulait pas se contenter d'un enfant adopté. Il fallait faire disparaître toute antériorité. Dans cette logique, il fallait absolument le faire baptiser, sous son nouveau nom. À l'époque, il était inimaginable de ne pas baptiser un enfant. Il ne pouvait pas expliquer que l'enfant avait déjà reçu le baptême, cela aurait découvert le pot-aux-roses !

– Mais tout de même, c'est énorme ! Madeleine Dunant ne peut pas avoir laissé faire ! Le fils de sa sœur bien-aimée, son propre filleul ! s'indigne Ludovic.

Valentine intervient :

– N'oublions pas qu'elle était fragile. Les événements se sont succédé à toute vitesse pour elle : l'arrestation de sa sœur, sa mort et celle de ses parents dans le bombardement de Chambéry, celle si infamante de Félix … Elle s'est retrouvée seule, démunie, probablement choquée, désemparée… Vulnérable… Elle avait tout perdu, avec son neveu sur les bras. Votre Grand-Papa, que vous décrivez tous comme une personnalité plutôt tyrannique, n'en a fait qu'une bouchée. Il a dû se présenter comme un sauveur. Il l'a persuadée de l'épouser, que c'était le meilleur moyen pour elle de s'en sortir, de donner une famille au petit Paul, en lui évitant de porter toute sa vie l'humiliation de la traîtrise présumée de son père. Il l'a convaincue que c'était pour son bien et celui du petit… Quant au baptême, le Bon Dieu n'allait quand même pas damner un gosse parce qu'il aurait reçu deux fois le sacrement !…

Silence. Chacun médite un instant. Ils imaginent la jeune femme mélancolique, dépressive. Avait-elle le choix ? Émile Aviernoz était sa planche de salut…

Valentine commence à rassembler les feuilles du génosociogramme. Elle demande :

– Et qui étaient les parrain et marraine de votre grand-père ? On peut peut-être chercher par là ?

– Là encore, Grand-Papa n'a pas manqué d'astuce pour brouiller les traces et les éventuels soupçons de supercherie : la marraine était sa sœur aînée, celle qui était missionnaire en Afrique. Évidemment, elle ne risquait pas d'être présente au baptême, et ne pouvait donc pas imaginer que le baptisé n'était pas tout à fait un nouveau-né ! En plus, elle est morte du paludisme quelques mois plus tard sans avoir jamais vu son filleul. Quant au parrain, Grand-Papa a manifestement requis les bons offices d'un vieux fermier du coin qu'il s'est empressé de ne plus voir quand ils sont retournés à Chambéry.

– Et le curé ? Il n'a pas posé de question ?

Paulin hausse les épaules. Qu'est-ce que ça peut faire ? Le baptême a eu lieu, avec ou sans interrogations du curé local, probablement un brave curé de campagne qui en avait vu d'autres ! Il se verse une nouvelle bière et soupire :

– J'ai bien réfléchi. Il est évident désormais que nous ne descendons pas de Grand-Papa, mais si des soupçons pèsent sur Félix Bogé, rien ne nous le prouve. Cette situation est extrêmement inconfortable. Pour en sortir, il faudrait un test ADN. Mais, en France, c'est illégal. Si l'on demande une instruction à la justice, cela risque d'avoir des répercussions incalculables sur toute notre famille. Est-ce cela que nous voulons ?

Ludovic ne sait que répondre. Son frère poursuit :

– Voulons-nous une remise en cause de notre état civil ? De notre patrimoine ? De tout ce qui fait de nous des Aviernoz ? Voulons-nous renier tout ça ? Et pour trouver quoi ? Aller disputer leur bout de gras aux Bogé ?... Pour ma part, je n'en ai nulle envie ! Je suis un Aviernoz ! Je ne peux pas me changer, et je ne veux pas changer...

Il a débité cela à voix basse, comme s'il ne parlait qu'à lui-même, contemplant sa canette qu'il tourne et retourne dans ses mains nerveuses. Ludovic est perplexe ; il n'avait pas pensé à toutes ces implications pratiques. Il ne songeait qu'à la tragédie psychologique d'un chamboulement identitaire. Il questionne :

– On ne peut pas faire juste un petit test pour voir ? Juste pour savoir. Sans rien changer à ce que nous sommes. Mais pour sortir de cette question taraudante : qui sommes-nous ? Le génosocigramme...

La réponse jaillit sèche et coupante comme une faucille :

– Impossible. Tu veux tester qui ? Grand-Papa ? Félix Bogé ? On n'a pas le droit de faire des tests sur des morts.

Ludo baisse le nez, penaud. Valentine vient à sa rescousse :

– Dans ce cas, nous devons poursuivre nos investigations : le génosociogramme a déjà révélé pas mal de choses intéressantes dont nous devons absolument te parler. Si tu nous aidais à le compléter de tes lumières ? Mais d'abord, allons dîner ! J'ai repéré un petit restau alsacien qui fait de délicieuses tartes flambées : vous m'en direz des nouvelles !

12
Un poème sibyllin

Dans la pénombre de la petite chapelle perdue dans les bois de Bellevaux, les hautes verrières projettent entre les bancs le reflet pâle de leur grisaille chatoyante. Le jour aventure un œil curieux par la porte au battant grand ouvert. Il a cette haleine tiède des fins de printemps aux forts parfums de hêtre et de résineux. Une mésange peu farouche sautille dans les taches de lumière assorties à sa robe, picorant çà et là des miettes de cierge échappées aux prières. Son petit bec affairé semble agité de tics. D'une dalle à l'autre, le frêle pèlerin remonte insensiblement l'allée usée par un siècle et demi de pieuses processions. Ignorant les multiples ex-voto qui tapissent les murs, il s'arrête un instant devant l'ancien oratoire en hémicycle des moines de jadis, fait un léger salut à sa Pietà de bois, et poursuit sa progression hésitante jusqu'à la grille du chœur qui barre l'accès au maître-autel. Comme interdit, l'oiseau s'immobilise, la huppe penchée sur le côté. Son œil rond contemple un instant le visage impassible de l'orante immaculée, d'une gracieuse simplicité dans sa robe de marbre blanc. Un furtif regard à la ronde, puis l'oiseau s'élance dans un froufroutement d'ailes jusqu'à l'enceinte crénelée qui couronne le tabernacle aux pieds de la Mère de Dieu.

Le mouvement a tiré Mag de sa prostration. Levant la tête, son regard croise celui de l'effronté qui, l'espace d'un instant, s'est pris pour Dieu avant de s'envoler à nouveau. Son vol erratique se heurte aux ogives du plafond d'un intense bleu Marie piqué d'étoiles dorées. Mag le suit distraitement, perdue dans ses pensées. Elle aime se lover là, elle aussi, dans cette humble église posée comme un refuge pour les pèlerins de la terre et du ciel. Elle y puise la sérénité nécessaire à son équilibre interne, sans cesse menacé par ses angoisses d'artiste. Et ce matin, elle est particulièrement troublée. Le tumulte de ses réflexions ressemble davantage au flot bouillonnant du torrent voisin qu'à la paisible immobilité de la Vierge en prière. Les découvertes de ses neveux ces derniers jours la perturbent profondément : son aïeul n'est pas son aïeul ! Elle avait beau s'en douter depuis que son jumeau le lui avait susurré un jour, cette idée était toujours demeurée à l'état d'abstraction, de fiction, voire de mauvais rêve repoussé dans les limbes perdus de l'imaginaire. Mais, aujourd'hui, la preuve tangible apportée par Paulin a mis en branle de nouvelles interrogations, qui tournent désormais en boucle dans sa tête de manière lancinante et lui donnent le vertige : si son père n'est pas le fils d'Émile Aviernoz, qui est-il donc ? Se découvrir orpheline à presque cinquante ans, c'est rude ! Du moins est-ce l'impression qu'elle éprouve et qui fait tituber son cerveau : orpheline…

Qui est son père ? Ou plus exactement : qui est Paul Aviernoz ? D'où vient-il ? Qui sont ses vrais parents ? Un faisceau d'indices fait dangereusement pencher la balance vers Paul Bogé. Pourquoi ce terme *dangereusement* ? En quoi serait-ce une menace ?

La grande femme pousse un soupir et secoue machinalement la tête. Ses doigts nerveux tâtent ses poches à la recherche d'une cigarette. Elle se ravise : pas ici, pas dans ce sanctuaire où flottent encore les parfums d'encens et de cire du dernier pèlerinage, en début de semaine. Un sourire falot chargé d'ironie se dessine sur ses lèvres : le week-end de Pentecôte, l'heure de l'Esprit Saint, celle où tout est dévoilé, où tout prend sens… Le Bon Dieu a de l'humour ! Pour ce qui les concerne, les Aviernoz sont plus perdus qu'avant : qui est Paul Aviernoz ?

Remuant son grand corps inconfortablement installé sur le petit banc de bois rustique, à l'assise étroite et au haut dossier trop droit, ses mains attrapent l'épais carnet de cuir de sa grand-mère – du moins celle qu'on prenait pour telle… – et le tournent et le retournent pensivement. La clé de l'énigme serait-elle là-dedans ?

La veille, dans son agitation extrême, elle a de même tourné et retourné le volume dans tous les sens. Elle a scruté chaque page, chaque ligne, chaque mot même, à la recherche d'un indice, d'une explication quelconque. Madeleine Dunant, à n'en pas douter, cachait un secret, et ce secret l'avait tuée, Magali en était certaine. Son poison avait imbibé la tunique du cancer qui avait corrodé les chairs de la poétesse, délité son esprit et asphyxié son âme. Quel était ce secret qui transpirait dans chaque goutte d'encre du journal intime sans jamais se dévoiler ? À bout d'espoir, dans un état d'exaspération intense, sa petite-fille avait jeté à terre le maudit carnet. Et le miracle s'était produit… Sous le choc, la lourde reliure s'était partiellement arrachée au dos des vieux cahiers fatigués. La page de garde, dont les points de colle s'étaient quelque peu desséchés avec le temps, s'était légèrement déchirée. En ramassant l'objet, honteuse de son geste capricieux, l'artiste avait caressé délicatement les pages. En lissant celle-là du plat de la main, elle avait soudain constaté son épaisseur anormale. Intriguée, elle avait entrepris de soulever doucement le papier déchiré. Et c'est là qu'elle avait découvert l'astucieuse cachette de Madeleine Dunant !… La page de garde recelait une mince feuille de courrier du type « avion » d'autrefois, ingénieusement glissée entre elle et le support de la couverture. Habilement recollée, rien ne laissait soupçonner ce travail d'orfèvre ! Incrédule, le cœur battant, Magali avait dû s'asseoir d'émotion. Elle avait attendu un instant avant de déplier le feuillet. Une crainte superstitieuse avait suspendu son geste : qu'allait-elle trouver ? N'était-il pas sacrilège de déflorer le secret d'une aïeule ? Mais cette aïeule elle-même avait remis le Saint-Graal à son fils. N'était-ce pas pour qu'on le découvrît un jour ou l'autre ? Magali, hypnotisée, fixait le papier plié avec méfiance, comme s'il allait lui sauter à la gorge. Enfin, n'y tenant plus, elle déploya avec précaution le fragile billet dont les plis acérés par des années de sommeil menaçaient de se fendre au moindre tiraillement. Qu'allait-elle découvrir ?

La lecture des douze lignes écrites d'une main maladive l'avait laissée perplexe après l'avoir déçue. Ce poème de médiocre facture, sans rimes ni raison, au sens propre des termes, n'avait aucun sens. Pourquoi le dissimuler ainsi comme un secret d'amour ?

Toute la nuit, l'inventrice de ce trésor étrange avait ressassé le poème dans sa tête, incapable de trouver le sommeil. Et ce matin, abandonnant ses stagiaires à leurs travaux, elle avait prétexté une migraine carabinée justifiant une consultation médicale pour venir se réfugier en ce lieu. Mais la quiétude de l'endroit semblait impuissante cette fois à apaiser ses tourments ou à lui apporter l'inspiration escomptée.

Ses mains tournent donc et retournent le journal de Madeleine Dunant. Une fois de plus, elle déplie le poème mystérieux qu'elle connaît maintenant par cœur :

« Parfois la vie s'en vient, parfois la vie s'en va
Avec son flot de rêves, avec son flot d'épav
Un songe n'est-il pas un mensonge trahi
La vérité toujours hante l'antre d'un crime
Bourrelée des remords d'un souvenir amer
Où pourrais-je enfin fuir le spectre du Destin ?

Gardez-moi, ô mon Dieu ! (Satan, vade retro !)
Et confessant mon crime ici, me pardonnez.
Te tairas-tu, mon âme, ces remords sont de trop
Un bien est-il si mal quand nul ne le saura
En avais-je le droit… Mon pauvre cœur perdu
Souffre de ne savoir si c'est bien ou c'est mal. »

« Non, décidément, ce poème est bien sibyllin… regrette l'artiste peintre. Sainte Vierge, viens à mon secours ! »

Après tout, pense-t-elle, peut-être n'y a-t-il rien à comprendre. Madeleine Dunant n'avait probablement plus toute sa tête, dépressive et malade comme elle l'était. Il faut être bien malade pour dissimuler si soigneusement des alexandrins si mal tournés ! Elle était capable de bien mieux, comme le prouvaient ses autres textes.

Une ombre massive obstrue momentanément la clarté de la porte. Une voix familière s'élève :

– Mag, tu es là ?

Se retournant d'un bloc, l'interpellée répond, surprise :

– Michel ?! Qu'est-ce que tu fais là ?

Le grand gaillard s'avance, explorant la pénombre de ses yeux qui tardent à s'y accommoder.

– Attends, je sors. De toute façon, j'allais sortir. J'ai besoin d'une cigarette.

Rassemblant en hâte carnet et billet dans son sac fourre-tout, elle extirpe sa grande carcasse du petit banc exigu et rejoint le nouveau venu. Tous deux quittent la chapelle et vont s'asseoir sur la margelle de l'imposante fontaine aux multiples résurgences, juste sous la hiératique statue de la Vierge qui présente sobrement l'Enfant sauveur au monde. L'eau émet un gargouillis régulier comme une présence qui rassure. Un carré de soleil réchauffe la pierre grise et les membres engourdis de Magali. On dirait un frère et une sœur en train de deviser.

– Je me doutais que je te trouverais là, explique Michel Bogé. J'ai vu ta voiture sur le parking.

– Tu me cherchais ?

L'artisan hausse les épaules sans répondre.

– Je suis contente que tu sois là. Je me pose bien des questions depuis ce week-end.

– Tu m'étonnes. Il y a de quoi…

Puis, après un silence :

– Moi aussi, je m'en pose.

Nouveau silence. Magali avale une bouffée de tabac. Elle hésite un instant, puis lâche nerveusement :

– Mon neveu a la preuve que mon grand-père n'est pas mon grand-père.

Michel la dévisage sans comprendre. Elle lui explique alors les découvertes de Paulin.

– C'est incroyable ! répète-t-il à plusieurs reprises, incapable d'imaginer d'autres réparties. Incroyable !

Mag approuve d'un hochement de tête.

– Mais alors, ton père, c'est qui ?

Mag sourit avec amertume en secouant la cendre de sa cigarette d'un tapotement sec.

– C'est bien la question qui me taraude depuis un bout de temps. Depuis bien avant ces découvertes, d'ailleurs. Et d'autres questions encore…

Et de lui raconter alors ce qu'elle ne lui a encore jamais confié. L'attentat du RER, ses angoisses, les acouphènes et les migraines, le « rêve » de son neveu… Elle a besoin de parler à quelqu'un, de se confier, et elle est heureuse que ce quelqu'un soit Michel. Et, en même temps, un pincement pénible sous le sein gauche à l'évocation de l'histoire supposée de Mathilde et de Félix… et de Paul.

Elle revient aussi sur les révélations de Michel lui-même en ce lundi de Pentecôte, et les interrogations qu'elles ont suscitées. Michel hoche la tête pensivement. Oui, lui aussi, les échanges de cet après-midi-là l'ont interpellé. Il y a quelque chose de pas clair dans ces imbroglios Bogé-Dunant-Aviernoz.

Magali lui raconte enfin les circonstances de l'accident de voiture qui a tué son père, le 1er mai 2014.

– Sur le moment, je n'ai pas fait le lien avec ton histoire. C'est un peu plus tard que je me suis rappelé le nom du touriste allemand.

Michel est abasourdi.

– C'est absolument extraordinaire, tout ça ! s'exclame-t-il. Et donc toi, tu crois que ton père et le fils de mon grand-oncle sont… seraient…

Il bafouille, n'osant aller au bout de sa pensée. C'est tellement énorme !

– Ce serait plutôt rigolo, non ? tente de répliquer Mag d'un ton enjoué.

Mais sa voix sonne faux, elle s'en rend compte aussitôt, en même temps qu'elle réalise les implications qu'une telle révélation aurait sur leur relation. Elle prend conscience alors, avec un étonnement douloureux, de ce qu'elle s'est toujours refusé à admettre jusqu'ici : que ses sentiments pour le Bauju vont bien au-delà d'une simple camaraderie, bien au-delà de l'amitié… Oui, l'angoisse qui lui serre le cœur maintenant est on ne peut plus éloquente : elle est amoureuse de Michel. Michel *Bogé*. Et si ce qu'elle soupçonne devait être avéré, alors oui, le terme *dangereusement* est bien approprié.

Pour couper court à ses émotions qui l'effraient désormais, elle tend l'énigmatique papier sur lequel est griffonné le poème de Madeleine Dunant.

– J'ai trouvé cela par hasard. Mais je n'y comprends rien. Peut-être pourras-tu m'aider ?

Elle lui résume les circonstances de sa découverte.

– Je pense que la clé du mystère est là.

Intrigué, Michel se penche sur le feuillet. Une lecture rapide suffit à lui donner une opinion. Relevant la tête, il déclare d'un ton surpris :

– J'y comprends rien, c'est quoi, ce baratin ?

Magali soupire.

– Moi non plus, je n'y comprends rien. Mais il y a sûrement quelque chose. Ma grand-mère – disons, Madeleine Dunant – était manifestement dépressive. Dans un autre poème, elle explique que son cancer n'est que la traduction psychosomatique d'un mal plus secret qui la ronge. Ici, elle est visiblement torturée, en pleine crise de conscience, du genre dira-dira pas. Mais, hélas, elle s'arrête au milieu du gué… Elle en dit à la fois trop et pas assez ! Regarde – et elle indique du doigt les lignes – là elle parle de mensonge et de vérité, ici de crime et plus loin de remords, enfin, à cet endroit, elle va jusqu'à parler de *confesser [son] crime ici*, pour se raviser juste après ! Et mêler bien et mal, mal et bien… Peut-être a-t-elle cru faire un bien et se demande-t-elle ensuite si ce n'est pas un mal ?…

Elle médite un instant en silence, puis ajoute :

– Ce qui m'intrigue, c'est le soin qu'elle a porté à dissimuler ce billet. Comme si elle voulait à la fois avouer quelque chose et, en même temps, le taire absolument. Elle n'a finalement trouvé que cette solution : confier son secret à son plus sûr ami et confident, son journal intime, mais de telle sorte que personne ne le découvre.

Michel examine à nouveau le billet. Magali poursuit sa réflexion à haute voix :

– Elle ne voulait pas qu'on le découvre, mais elle l'a quand même remis à son fils avec son lot de souvenirs personnels. Pourquoi courir ce risque ?

– Dis donc, remarque soudain Michel sans tenir compte de sa dernière interrogation, il y a quelque chose de bizarre quand même dans son texte. Je ne suis pas un modèle en matière d'orthographe, mais il me semble cependant que « épave » s'écrit avec un « e ». Pourquoi l'a-t-elle supprimé ? Un oubli ?

Magali reprend le papier.

– Oui, moi aussi, ça m'a frappée. Ça devrait même être « e-s » ici, au pluriel. J'ai d'abord pensé que les lettres s'étaient effacées, mais apparemment non. Elle les a vraiment oubliées. C'est peut-être une erreur, mais ça ne lui ressemble pas. Ou alors elle a été interrompue au moment où elle écrivait…

Elle observe à nouveau les alexandrins, et tout à coup se met à frémir :

– Je crois que j'ai trouvé quelque chose ! Attends… Oui, ça marche… Mon Dieu !

– Quoi ? Qu'est-ce que tu as trouvé ?

– Pourquoi ne l'ai-je pas vu tout de suite ?! Bon sang, mais bien sûr ! Un truc vieux comme le monde !

– Mais tu vas me dire ce que tu as trouvé ? s'agace son ami.

– Un acrostiche ! Ce poème est un acrostiche !

– Un quoi ?!

Magali brandit alors le poème et explique fébrilement le stratagème de Madeleine Dunant : il suffit de prendre la première lettre de chaque ligne, et l'on trouve…

– P.A.U.L.B.O.G.E. !

– Hein ?! Fais voir !

En effet, les huit premières lignes ont pour initiales les caractères qui forment le nom de Paul Bogé.

– Mais ensuite ?

– Ensuite ?

Fiévreuse, Mag poursuit son décryptage :

– T.U.E.S.

– Tues ?

– Oui. Ou plutôt « Tu es ».

– *Paul Bogé tu es* ?

– Oui, c'est ça : *Paul Bogé tu es.*

Perplexes, les deux détectives se regardent.

– Mais qu'est-ce que ça veut dire, ça ne nous avance à rien !

Magali se lève, fait trois pas et jette sèchement son mégot à terre, qu'elle écrase vigoureusement du talon. Puis elle se retourne vers son acolyte :

– J'enrage ! On trouve une piste, et la piste tourne court !

– Attends, peut-être que la phrase n'est pas finie.

– Comment ça ?

– Il n'y a pas un autre poème quelque part, qui serait la suite de celui-là ?

– La suite ?

– Oui, quelque chose comme : « Paul Bogé, tu es… Untel ».

Mag regarde Michel avec des yeux ronds. Puis se précipite sur le gros volume abîmé et scrute fébrilement le reste de la couverture : devant, derrière… Rien. Apparemment, la poétesse n'a pas dissimulé d'autres cachettes dans son cahier. Déçue, la fumeuse tend le livre à son compagnon et arrache une énième cigarette à son paquet.

Michel revient alors sur le mot « épav » :

– Tout de même, c'est curieux qu'elle ait écrit ce mot ainsi. Comme si elle voulait attirer l'attention… Mais sur quoi ?

Ses gros sourcils forment un V de concentration.

– Attends, et si elle avait fait aussi un acro-machin-chose avec les lettres finales de ses vers ?

– Cela expliquerait pourquoi il n'y a pas de rimes ! s'enthousiasme Mag. Michel, tu es génial !

Tous deux se précipitent sur le texte et épèlent à haute voix :

– A.V.I.E.R.N.O.Z…

Aviernoz ! Stupéfaits, les deux comparses se regardent, étourdis d'excitation. Et la suite ?

– P.A.U.L. *Paul !*

Magali reprend alors l'ensemble des mots décryptés avec une émotion palpable. Sa voix s'étrangle. Elle n'en croit pas ses yeux :

– *Paul Bogé tu es Aviernoz Paul !*

Un silence de sidération suit. L'univers entier s'est arrêté de bruire, la Terre de tourner : les oiseaux, les insectes, la fontaine, le vent, le soleil même… Tout s'est figé. Le cœur de Mag bat à tout rompre, il résonne dans ses tempes comme un gong assourdissant. Un gong de bronze ou d'airain, gigantesque. Il lui donne le tournis, la nausée. C'est à peine si elle parvient à respirer. Chancelante, elle s'assoit sur la margelle.

– Mon Dieu… Mon Dieu… !

Michel, lui, a perdu sa faconde ordinaire. Son visage s'est creusé. Ses traits se sont altérés sous l'arcade sourcilière froncée, il semble à l'agonie. La tête basse, le regard au sol, il murmure d'une voix rauque :

– Alors, ton père serait bien… le fils de Félix ? Nous sommes donc… cousins ?

Magali hoche la tête sans rien dire. Michel pousse un soupir et se redresse lentement. L'âme en peine, il se soulève avec effort et sa haute taille dessine une ombre étrange sur la structure de la fontaine. Il fait quelques pas dans la lumière et Magali ne voit plus que les contours auréolés de sa silhouette à contre-jour. Dos tourné, le regard perdu dans les arbres environnants, il énonce :

– Je n'imaginais pas que ça prendrait ce tour-là… J'avais rêvé les choses autrement. Un genou à terre dans un cadre romantique… Je t'ai toujours blaguée sur mon béguin pour toi…

Magali opine à nouveau en silence, hésitant entre un sourire ému et une grimace de détresse. Sans se retourner, l'homme mûr poursuit :

– J'avais tellement peur de la consanguinité dans nos campagnes, dans ma famille. Quand tu es arrivée, j'ai cru que c'était le Ciel qui t'envoyait. Je suis immédiatement tombé amoureux fou de toi. Mais c'était juste fou… Tu avais bien raison de ne pas répondre à mes avances.

Un bref silence, puis :

– Mais je t'aime, Mag… Je t'aime vraiment. M'aurais-tu épousé si… ?

Sa voix se brise. Le campagnard jovial de cinquante-deux ans, solide et sûr de lui, n'est plus qu'un misérable personnage de tragédie, malheureux et désarticulé. Sa silhouette s'affaisse sous le poids de son cœur trop lourd.

Magali est écartelée. Le choc de la découverte a sur elle l'effet de chutes d'eau vive se déversant dans un bras mort de l'Amazone : des gerbes de lumière jaillissant en étincelles de vie dans les remugles d'une boue fétide. Une incommensurable sensation de liberté, de libération, propulse son âme vers des cieux éperdus et, en même temps, la succion d'une sourde menace impossible à cerner la happe et l'aspire dans les sables mouvants d'une indicible angoisse. La vérité à la fois éclaire le passé et assombrit l'avenir… Son désarroi est immense, mais celui de son ami la bouleverse davantage encore.

Sa voix s'élève, douce et triste :

– C'est vrai, je t'ai bien malmené… Je ne savais pas jusqu'à maintenant combien je tenais à toi… Et c'est maintenant, alors que je te perds, que j'en prends conscience. Ce secret de famille qui me libère enfin, en éclairant d'un jour nouveau tout ce que je ne comprenais pas chez moi, ce secret-là va-t-il nous condamner ?

Cependant, après un temps de réflexion, elle ajoute gauchement :

– Mais, après tout, nous ne sommes tout de même pas cousins germains. Est-ce que c'est si grave ? Surtout à notre âge… Des mariages entre issus de germains, ça s'est déjà vu…

– Justement, ça se voit un peu trop dans nos vallées, répond amèrement le Bauju, et c'est ce qui me fait si peur !

13
Stupeurs et tremblements

C'est un tsunami qui déferle sur les réseaux sociaux d'un bout à l'autre de la planète Aviernoz, de Chambéry à Tokyo en passant par Paris. Les réactions sont diverses, mais les conversations ne bruissent que de ça : les révélations de Paulin, le poème caché de Grand-Maman, le « rêve éveillé » de Ludo, l'affaire Félix Bogé, le génosociogramme de Valentine, l'accident de Papy… On veut savoir, on interroge, on réclame des développements, on commente. Les réticences de Grand-Papa à évoquer sa belle-famille, son opposition violente au prénom Félix, son antipathie pour les Bauges… La dépression de Grand-Maman, son mal-être permanent, son air de toujours s'excuser de tout… Et jusqu'aux cauchemars inexpliqués de Papy, Paul Aviernoz *alias* Paul Bogé… Tout prend sens à la lumière crue et limpide des dernières découvertes, et chacun revisite son histoire personnelle au sein de l'histoire familiale à l'aune de ces nouvelles donnes.

Nolwenn, qui a mis quelques années à assimiler le divorce de ses parents, accuse le coup. Ce scoop éveille un douloureux écho dans sa poitrine, il lui fait l'effet d'un second divorce. Un divorce avec elle-même, avec son identité. Son patronyme, Aviernoz, est comme vidé de sa substance. Elle porte un nom qui n'a rien à voir avec elle. Pour ne pas perdre pied, elle affecte une attitude calquée sur la philosophie de son père : le passé importe peu, c'est ce que l'on décide d'en faire pour l'avenir qui prime. Le patrimoine culturel Aviernoz vaut autant, sinon plus, que le patrimoine génétique Bogé. De plus, relativise-t-elle, à son niveau, la distinction ne porte que sur un huitième du sang qui circule dans ses veines. Autant dire qu'il est noyé dans le flot ! « Peu me chaut, écrit-elle dans un langage précieux, que je vienne de l'un ou de l'autre ; c'est ce que je suis et décide d'être à l'avenir qui m'intéresse. » Bref, elle est son propre référentiel. Un égocentrisme salutaire qu'elle fonde sur Descartes (qu'elle n'a pas lu) : « Je pense, donc je suis. » *Je* n'est pas un autre, voilà au moins une certitude d'où découle tout le reste. Cette vision individualiste la réconforte. Elle lui permet de s'affranchir des repères traditionnels de la chaîne des générations et renforce sa foi en elle-même. Elle est un électron libre et le revendique crânement, au risque d'offusquer ses amis japonais – ce qui l'amuse plutôt.

Son frère Théo, lui, est mortifié. Ce brillant représentant de la jeunesse dorée parisienne aimait bien se targuer de sa « noblesse de robe » savoyarde auprès de ses amis. La haute lignée bourgeoise de ses ancêtres paternels avait même noué quelques alliances avec l'une ou l'autre particule aristocratique locale dont il restait quelques illustres traces dans l'argenterie familiale. Et voilà que tout cela n'était qu'illusion ! Théo se sent floué, déclassé, rejeté au rang de bouseux. Inutile de lui parler de l'héroïsme d'un Félix Bogé, de la noblesse de caractère de bien des membres de cette famille, et même de la diversité de destins de nombre d'entre eux, éparpillés dans la diaspora savoyarde de par la France et le monde, dans toutes sortes de secteurs économiques, culturels et même politiques. Il refuse cette origine trop rustique à son goût, et s'accroche aux lumières urbaines des Aviernoz. Oubliant son attrait pour le terroir, l'environnement et l'écologie qui a orienté le choix de ses études et ses perspectives professionnelles. Ludo se demande maintenant avec tristesse si cet intérêt de son cousin pour ces thèmes ne relevait pas davantage de la mode verte idéalisée qui sévit au sein des citadins que d'une véritable proximité avec la nature et les gens qui la façonnent.

Les deux « petits » de la cousinade, Félix et Alexandre, se disent qu'après tout, c'est l'amour qui compte. « Du moment qu'on s'aime… » dit le premier, élevé dans le sillage de sa mère et du compagnon de celle-ci ; « je dirais même plus », renchérit son binôme, le demi-frère de Maëlle, qui a toujours trouvé si naturel de partager la tendresse paternelle avec son aînée qu'il ne s'est même jamais interrogé à ce sujet. Sa famille, c'est son père, sa mère et sa grande sœur adorée. Son esprit encore enfantin n'imagine guère que cette dernière puisse souffrir de l'absence d'un père qui n'a jamais vraiment existé, puisque son vrai père, du moins celui « digne de ce nom », qui l'aime tendrement et l'a élevée avec autant de soin que son fils, c'est Régis Ferrand. Pour Alexandre, donc, la mystification de l'arrière-grand-père n'est rien de plus qu'une adoption. Certes camouflée, et alors ? Où est la différence ? L'amour ne suffit-il pas amplement à pallier les accidents de la vie ? De toute façon, pour ces deux Dupon(d-t), dont l'histoire a démarré il y a une quinzaine d'années à peine, celle des aïeux relève de la préhistoire ! Cette étonnante découverte n'est, au mieux, qu'une émoustillante péripétie à raconter pour épater les copains. En outre, Alexandre ne s'appelle-t-il pas Ferrand ? Il se sent moins concerné que son cousin. Mais Félix non plus n'est guère bousculé par ce remous de l'histoire : déjà trois générations portent ce patronyme depuis les faits, il y a prescription !…

Ces façons de voir ne font pas l'unanimité. De vifs débats agitent les ondes. Tout de même, découvrir que l'on n'est pas qui l'on croyait, c'est plutôt déstabilisant, quoi qu'on en dise. L'oncle Jean-Paul lui-même, malgré son dédain ostensible des conservatismes « petits-bourgeois », est ébranlé : pallier les

« accidents de la vie », certes, mais mentir à leur sujet, comme l'a fait le grand-père, pour en tirer avantage, est-ce juste ? A-t-on le droit de brouiller sciemment les traces, d'effacer les repères ? Peut-on trafiquer l'identité d'autrui, d'un enfant, d'une descendance ? Ces questions l'importunent. Elles ne sont pas de son ressort. Lui est un scientifique. Il raisonne à partir d'équations claires : deux et deux font quatre. Les végétaux sur lesquels il travaille ne posent pas de problème existentiel. Mal à l'aise, il préfère se cantonner à sa ligne primitive : évitons de déterrer les secrets de famille, le grand-père avait ses raisons que la raison ne connaît pas. Laissons les morts enterrer leurs morts !

Se dessinent peu à peu des pro-Aviernoz, des pro-Bogé. Les premiers revendiquent l'héritage de Grand-Papa, effrayés à l'idée de déboulonner sa stèle tutélaire. Ils défendent sa détermination, même peu orthodoxe, à reconnaître le neveu de sa femme comme son fils légitime et à part entière. Ne l'a-t-il pas choyé, élevé avec un soin et une attention de tous les instants ? Un zèle jaloux, objectent les autres, et par trop possessif ! Ceux-ci l'accusent d'ignominie, de mensonge, d'avoir « volé » le petit Paul, abusé de sa faiblesse, de celle de Madeleine. Il a fait de ces deux êtres « ses choses », s'écrient-ils, indignés… Il les a utilisés pour fonder sa propre famille, assurer sa lignée, en faisant croire à toute force à une filiation naturelle alors qu'elle n'était que fictive. Ce n'est pas une adoption, c'est un détournement ! Une spoliation ! Émile Aviernoz s'est approprié un membre de la famille Bogé, dépouillant sciemment toute une descendance de son arbre généalogique. Le génosociogramme ne prouve-t-il pas combien de tels non-dits ont de répercussions, parfois tragiques, sur les générations suivantes ? Sans compter les risques qu'une telle dissimulation fait courir, comme de tomber amoureux d'un cousin ou d'une cousine sans le savoir…

Les mots s'entrechoquent, les réactions se heurtent, l'immédiateté des réseaux empêche toute réflexion apaisée, sereine. Ludo a la tête qui tourne, il ne sait que penser. La tempête qui sévit dans les cerveaux et les cœurs de ceux qu'il aime le navre profondément. Désorienté, il ne réagit pas aux nombreux messages qui tourbillonnent sur ses écrans.

Son père, le « chef de famille » imbibé depuis l'enfance des préceptes et des dogmes d'Émile Aviernoz, s'est réfugié dans un déni glaçant de la réalité. Hors de question d'évoquer devant lui la transgression de son aïeul. Un tel acte est tout simplement impensable. Les Aviernoz sont depuis toujours d'exemplaires serviteurs de l'État, nul ne peut les soupçonner du moindre manquement à l'Administration. L'acte de naissance de son père ne peut en aucun cas être un faux !

Paulin, lui, après un temps de profond désarroi, a décidé d'assumer son héritage Aviernoz, déterminé cependant à « laver » cette tache éclatante sur le blason familial par un surcroît d'honnêteté et de rigueur morale. Il nourrit un profond ressentiment vis-à-vis de la duplicité de cet ancêtre indigne, coupable à ses yeux d'un « mensonge d'État » à l'échelle familiale. Parallèlement, cet incorrigible historien féru de généalogie mène de profondes investigations du côté Bogé. Il ne cesse de harceler Michel, l'ami de Tante Mag, avec qui il arpente les Bauges à la rencontre d'autres branches de la famille. Inlassablement, il questionne, il interviewe, il consulte des albums de photos, écoute des anecdotes… Il prend des notes, enregistre, photographie à son tour… Pour un peu, on croirait qu'il veut écrire un livre ! Il y a certes matière, avec une famille aussi nombreuse, aux ramifications largement étendues et parfois bien enchevêtrées. On est loin du chétif arbre généalogique des Aviernoz, à la faible ramure ! Paulin est fasciné.

Ludo a pitié de son frère, en colère non seulement contre leur arrière-grand-père, mais aussi contre leur propre père à cause de son refus de se rendre à l'évidence, d'accepter l'inadmissible. Il s'inquiète aussi de cette boulimie d'informations qui l'agite comme un hamster dans sa roue : où est passé le rat de bibliothèque qui se confinait dans ses livres ? Il ignore qu'il s'est trouvé une précieuse assistante en la personne d'une jeune archiviste de la Ville, et que celle-ci l'accompagne aussi souvent que possible.

Ludovic, lui, se réfugie auprès de Valentine. La psychologue n'est pas étonnée des remous qui agitent la famille de son ami depuis que la vérité a éclaté. L'onde de choc fait toujours cet effet-là. Résignée mais attentive, elle accompagne de son mieux le jeune homme. La vérité, assure-t-elle, libère toujours. Mais, parfois, une nouvelle naissance passe par un accouchement difficile ; il faut juste attendre… C'est long, regrette Ludo. Long et douloureux. Long parce que douloureux.

– Et Maëlle ? Comment va-t-elle ? s'enquiert Valentine un après-midi.

Ludo soupire :

– Je ne sais pas trop… C'est silence radio chez elle. Elle ne répond à aucun de nos appels. Aucune réaction sur les réseaux. Encéphalogramme plat… J'avoue que cela m'inquiète. J'espérais que tu en saurais plus que nous.

La jeune femme secoue négativement la tête.

– Non. On ne la voit plus à la fondation non plus. Elle est malade, dit-on. Mais elle ne réagit pas non plus à mes messages.

Soucieux, son ami la dévisage un instant, triturant son téléphone. Puis il se décide :

– J'appelle sa mère.

***

À l'autre bout des ondes, le mobile vibre inaudible et seul le répondeur se déclenche. Sa propriétaire ne semble pas l'avoir perçu, immobile dans sa cuisine, assise à la table couverte d'une toile cirée à fleurs usée par les fréquents passages de l'éponge. C'est l'heure douce de l'après-midi. Valse en sourdine le *vouloum-vouloum* hypnotique des masses d'eau lourdement brassées du lave-vaisselle. Un bourdon agonise en buzz intermittents dans un halo solaire au pied de la fenêtre. L'horloge tique, métronome monotone. Les murs absorbent la rumeur de la rue en contrebas. C'est le silence.

D'ordinaire, Valérie apprécie la quiétude douillette de cette pause hebdomadaire. Le mercredi après-midi est son sanctuaire, le lieu temporel de ses retrouvailles avec elle-même, où elle se régénère. Sa recréation. Elle ne pense à rien, se laissant flotter au fil de sa songerie. Des instants heureux, des instants paisibles, des instants tranquilles comme des îlots dressés en travers du courant frémissant des jours, écartant les flots tumultueux du quotidien en mourantes cascadelles. Mais, aujourd'hui, c'est différent. Aujourd'hui, ses sourcils forment un pli disgracieux entre ses paumes serrées. Les coudes appuyés sur la table soutiennent un front lourd et des épaules fléchies. Les yeux clos et les lèvres rentrées, la silhouette figée semble uniquement occupée à essayer de respirer. Un filet d'air étouffé va et vient patiemment, longuement, entre les narines pincées. Cet intense effort de concentration tente en vain d'absorber l'hébétude dans laquelle l'ont plongée les cavaliers de l'Apocalypse.

Car c'est bien l'Apocalypse qui s'est abattue sur elle ce matin en la personne de Maëlle. Un « maëlle-strom », comme elle aimait à dire autrefois devant les colères de la petite fille d'alors, vive et spontanée, aux émotions bouillonnantes comme des geysers. Sauf que là, ce n'était pas une colère d'enfant, ça n'avait rien d'un maelström ordinaire, plutôt un désespoir contenu de longue date dans les replis incertains de la conscience, et qui explosait soudain au grand jour comme un champignon nucléaire dans le ciel bleu d'Hiroshima. L'heure de vérité, cette heure que Valérie redoutait depuis tant d'années, qu'elle avait tant de fois repoussée – ce n'était jamais le bon moment, n'est-ce pas ? – cette heure avait sonné. Et le choc était brutal.

Maëlle avait surgi sans prévenir au moment même où Valérie rentrait de son dernier cours. Elle était bouleversée. Une détresse sans nom disloquait tous ses gestes. Ses yeux verts fulminaient dans un buisson de cheveux sombres en bataille. Ses pommettes fiévreuses luisaient d'un éclat pourpre. Elle haletait, sa bouche tremblante déversait des discours incohérents. Effrayée, sa mère l'avait entourée de ses bras et tenté de l'entraîner vers le sofa du séjour, mais la jeune fille s'était violemment écartée, parcourant à grands pas la pièce en cercles désordonnés, les bras gesticulants, en proie à une crise de nerfs sans précédent qui terrifiait sa mère. Celle-ci, spectatrice impuissante et désolée, se tenait debout comme Marie au pied de la Croix, le cœur traversé du glaive qui torturait sa fille. Celle-ci répandait sur elle ses larmes, sa colère et sa rancœur en invectives incontrôlées :

– Mensonges ! Mensonges ! Pourquoi tous ces mensonges ? Vous mentez tous ! Tu es une menteuse ! Grand-Papa est un menteur ! Sa femme est une menteuse ! Menteurs ! Menteurs ! Je vous déteste tous ! Je vous hais ! Vous n'êtes que des menteurs !...

Paralysée, sa mère ne savait que dire ni que faire.

– Prends un verre d'eau, assieds-toi, je t'en supplie, calme-toi ! avait-elle fini par articuler, désespérée.

Mais Maëlle ne voulait rien entendre et poursuivait sa lamentation ambulante en se tordant les mains et les bras. Voyait-elle seulement sa mère ?

– Qui suis-je, Maman ? Qui suis-je ? finit-elle par énoncer, en plongeant enfin son regard de jade sombre dans les yeux effarés de Valérie.

– Comment ça, qui es-tu ?… avait balbutié celle-ci, interdite.

– Qui suis-je, Maman ? Qui es-tu ?

De plus en plus perdue, Valérie l'avait suppliée à nouveau de s'asseoir avec elle et la jeune fille s'était effondrée dans le canapé. Elle hoquetait interminablement :

– Qui suis-je ? Qui es-tu ?

Peu à peu, le torrent s'était fait rivière, puis ruisseau entrechoqué de galets. Maëlle pleurait toujours, mais son débit devenait moins saccadé. Valérie ne disait rien, se contentant de la serrer dans ses bras et de lui caresser les cheveux, la berçant comme autrefois, la laissant déverser toute sa douleur et ses interrogations angoissées :

– Maman, qui suis-je ? J'ignore tout de mon père, tu n'as jamais rien voulu me dire de lui. Sais-tu seulement qui il est ? Je me le demande parfois ! Je m'appelais Aviernoz, et puis Ferrand. Et voilà que je ne suis ni Ferrand ni Aviernoz, mais Bogé ! Tu ne comprends pas, Maman ? Tu n'es pas une Aviernoz, je ne suis pas une Aviernoz ! Ni une Ferrand ! Ni même une Bogé car Grand-Papa nous a volées aux Bogé ! Je ne suis personne ! Personne ! Tu peux comprendre ça, Maman ? Personne !

La jeune fille s'était échauffée à nouveau, la détresse était remontée au galop, les derniers mots avaient claqué à la figure de Valérie comme des gifles retentissantes. Un trou noir fondit sur cette dernière et la fit disparaître dans le néant. Elle plongea la tête en avant pour échapper à l'étourdissement. Le sang reflua vers son crâne et elle parvint à éloigner le voile noir de ses yeux. Maëlle était de nouveau sur ses pieds, en nage.

– Maëlle, tu es ma fille ! commença Valérie d'une voix incertaine. Et je t'aime !

– Tu m'aimes ?! Tu m'aimes ?! Comment oses-tu dire que tu m'aimes ?! avait répliqué Maëlle avec violence. Tu ne comprends pas, Maman, tu ne comprends vraiment rien à rien ! Tu ne m'as jamais comprise ! *Je-ne-sais-pas-qui-je-suis !* martela-t-elle avec force. Tu ne peux vraiment pas comprendre ça ? C'est insupportable !

– Mais, ma chérie…

Maëlle tapa du pied et recula avec fureur.

– Comment peux-tu oser dire que tu m'aimes ! Tu m'as toujours caché la vérité au sujet de mon père ! Tu m'as menti ! Tu ne vaux pas mieux que Grand-Papa ! Tu m'as volé mon père, toi aussi ! Pourquoi ? Pourquoi ? Tu me voulais pour toi toute seule, c'est ça ? Comme on veut une poupée, ou un animal de compagnie ? Comme Grand-Papa voulait son fils ? Pour avoir une famille, ne pas finir comme Mag ?

Les dents serrées, le regard métallique, elle avait intimé à sa mère :

– Maman, je t'en supplie, aujourd'hui je dois savoir. Je veux savoir !

Et, avalant une forte bouffée d'air, elle avait lâché avec rage :

– Dis-moi *maintenant* qui est mon père !

Prise de court, Valérie s'était affaissée dans le canapé, nichant sa tête dans ses mains, recroquevillée sur son estomac comme un boxeur qui aurait baissé sa garde. Elle était restée longtemps comme ça, prostrée sans dire un mot. Maëlle attendait, le regard terrible, dans un silence glacial. Le temps s'était figé, mais les tempes de Valérie battaient à en crever. Dans un effort surhumain, elle avait fini par relever la tête et avait fixé un point invisible au plafond. Et sa confession avait suivi. Enfin. Un quart de siècle plus tard…

– Avant toute chose, murmura-t-elle, je dois t'expliquer le contexte. Tu me jugeras après…

Le contexte… Valérie soupira. Les couleurs, les sons, les odeurs, les lumières et les ombres, les rêves d'une jeune fille en fleur, une jeune fille de vingt ans, pleine de vie, d'enthousiasme, de poésie et d'amour. Une jeune fille débordante d'entrain, qui voulait croquer le monde à pleines dents, chanter, danser, explorer… Qui s'enivrait d'amis, de musique, de vertiges… Et surtout d'art !

Elle avait débarqué à Rome pour sa troisième année d'études en histoire de l'art, dans le cadre des échanges Erasmus qui se développaient un peu partout en Europe. Et ç'avait aussitôt été un tourbillon des sens, happés par les innombrables merveilles de la Ville éternelle. Celles de l'art, bien sûr, mais aussi celles de la nature que l'art ne faisait que sublimer. Le corps en pleine sève réagissait à vif aux stimuli de la terre et du ciel et à la si chaleureuse effervescence italienne : la peau s'abandonnait aux frissons du soleil, les pupilles bravaient la luminosité céleste, les narines se grisaient de multiples fragrances aussi diverses qu'exotiques, les tympans s'étourdissaient du brouhaha urbain au rythme des Vespas, des klaxons et des chantantes interpellations, quant au palais… le palais découvrait les saveurs ineffables de la gastronomie romaine que dominait encore, dans son souvenir, l'envoûtante volupté du *cappuccino*. Oui, songeait-elle alors, la gastronomie était un art, sans lequel on ne pouvait prétendre percevoir l'esprit d'une culture. Mais son caractère éphémère l'empêchait de s'aligner sur la même étagère que ces arts si nobles qu'étaient l'architecture, la peinture, la sculpture, la musique, la danse ou la comédie… et tant d'autres encore qui l'avaient alors tellement éblouie, saisie, ensorcelée dès son arrivée sur le sol italien. Pouvait-on parler d'ensorcellement ? Valérie croyait que oui. Comment expliquer autrement cet état de transe continuelle qui l'avait habitée tout au long de ce séjour enchanteur ? Un séjour qui s'était achevé en cauchemar, un paradis basculant dans l'enfer…

Que s'était-il passé ? Elle avait été bien écervelée, reconnaissait-elle. Ses cours d'histoire de l'art la passionnaient. Atteinte d'une boulimie féroce, elle écumait les lieux les plus divers pour se repaître d'art : musées, églises, bâtiments antiques, théâtres, concerts, opéras, jardins… Elle écarquillait les yeux, les oreilles et le cœur pour absorber pêle-mêle cette débauche de splendeurs, s'en goinfrait sans crainte d'écœurement. L'art italien n'était-il pas l'écho, ou le reflet, de la *dolce vita* ambiante, sur fond de ciels azuréens traversés de cyprès, de marbres bigarrés et d'antiques robes pourpres ?

Elle s'était fait de nombreux amis, autochtones ou étrangers, des camarades d'université aussi passionnés qu'elle, des artistes de tous horizons et toutes spécialités, joyeux et fêtards, avides de vivre et de jouir de tous les bonheurs. Après s'être repus de beauté, ils allaient boire, danser et rire des nuits entières dans les *trattorias*, les cabarets et les boîtes les plus branchées de la capitale. Et bien sûr flirter avec l'insouciance de leur âge, jouer avec leur corps comme si leur âme n'y vivait pas, et jouer à s'aimer comme si l'amour n'existait pas, jouant avec le feu comme si le feu ne brûlait pas…

À ce stade du récit, ses yeux avaient rencontré ceux de sa fille. Celle-ci ne bronchait pas, elle l'écoutait fixement, attendant la suite. Valérie soupira et poursuivit sa narration.

Parmi ses amis, il y en avait un qui, féru d'art lyrique, courait les opéras. Il avait toujours de bons plans dont il faisait souvent bénéficier ses camarades. Et parfois, grâce à ses relations, il leur permettait de rencontrer des artistes plus ou moins renommés, étoiles montantes ou stars reconnues. Et c'est ainsi qu'elle avait fait la connaissance d'un baryton espagnol en pleine ascension.

Espagnol ! La surprise avait ébauché une exclamation sur les lèvres de Maëlle qui avait toujours cru à son italianité. Elle se laissa tomber sur un pouf.

Les paupières closes, Valérie recevait en *flash-back* une avalanche de souvenirs comme autant de clichés échappés d'un album un peu jauni, photos surexposées, cartes postales surannées, enluminures tachées où scintillaient encore cependant quelques éclats dorés, miettes d'une époque rassise qu'elle croyait occultée au tréfonds de son âme à défaut de l'avoir effacée. Mais voilà que la carte-mémoire s'enclenchait avec force au premier clic de son PC cérébral, faisant apparaître tous ces dossiers oubliés en une suite infinie de fenêtres ouvertes en abyme sur son écran interne.

Le visage de Paco emplit tout l'espace. Séduisant comme au premier jour, avec sa moustache à la Clark Gable, son œil de gitan et cet irrésistible sourire creusé d'une fossette – la même fossette qui l'attendrissait tant chez Maëlle – dans son visage de cuivre. Il n'était pas très grand, mais avait la prestance d'un matador en habit de lumière. Quand il était sur scène, la puissance de son chant irradiait toute la salle, fouaillant jusqu'aux entrailles ses auditeurs captivés. Il l'avait fascinée.

Maëlle écoutait, le visage tendu vers sa mère, suspendue aux mots qui tombaient de ses lèvres, n'en perdant pas une lettre. Elle les déposait un à un dans l'écrin de son cœur, comme autant de gouttes d'eau sur une terre altérée. Oui, on pouvait dire qu'elle buvait les mots à la source maternelle, tant sa soif était ardente.

Paco, précisa Valérie, avait trente-cinq ans, soit une quinzaine d'années de plus qu'elle. C'était un homme fait, sûr de lui, de ses conquêtes, de son aura. La vie lui souriait. Il avait de l'argent, qu'il dépensait généreusement. Il aimait la fête, les rires, les chansons. Il avait un ascendant considérable sur les autres, sa petite troupe d'amis en particulier. Ceux-ci étaient flattés de l'intérêt qu'il leur portait. Et elle, Valérie, simple violette dans ce parterre de roses altières qui entouraient le maître, n'en revenait pas d'avoir retenu son attention. Il avait immédiatement flashé sur elle. Elle n'avait pas résisté. Il l'emmenait partout avec lui, à ses réceptions, à ses concerts. Elle avait visité maints *palazzi* inaccessibles, rencontré maintes célébrités – jusqu'à Pavarotti lui-même, tu te rends compte ? C'était une ère de fêtes, de nuits passionnées dans des endroits de rêve, des féeries orientales qui lui tournaient la tête, dans des parfums d'alcool et de substances secrètes. Cela avait duré quelques semaines, puis…

Puis… ? avaient interrogé les prunelles de Maëlle, toujours muette.

Au bout de quelques semaines, Valérie s'était réveillée un matin avec une sorte de gueule de bois, un certain dégoût qu'elle n'aurait su préciser alors. Elle était nauséeuse, avait le sentiment de flotter dans un édredon inconsistant, de ne pas toucher terre. C'était un jour gris. Son amoureux l'avait ramenée la veille chez elle avant de s'absenter pour une courte tournée à l'étranger. Seule dans sa petite chambre d'étudiante, en tête à tête avec elle-même, elle avait pris conscience de l'inanité de cette effervescence artificielle brodée de strass et de paillettes. Elle était lasse de cet ersatz de vie sans sommeil, sans profondeur, sans amitié réelle. Certes, Paco était gentil, très gentil même, affectueux, sensible, empressé, bref : amoureux. Amoureux à l'extrême. *À l'extrême…* Cette expression l'avait fait frémir. Oui, cet amour était excessif. Ce qu'elle avait d'abord pris pour un flirt amusant, assurément flatteur, mais sans lendemain, avait atteint des proportions chez son adorateur qui l'effrayaient. C'était un amour comme seuls peuvent en éprouver les véritables artistes : romantique, exalté, jaloux, possessif… En un mot : étouffant. Terrifiant. Et elle se rendit compte que jamais elle ne pourrait répondre à un tel amour. Pas avec Paco en tout cas. Elle ne voulait pas d'une vie sous les projecteurs, toujours en mouvement, d'une ville à l'autre, d'un pays à l'autre, d'une fête à l'autre, à la remorque d'une vedette adulée et fantasque dont elle ne serait jamais qu'une ombre. Elle aspirait à une vie plus tranquille, sédentaire, et surtout authentique. Elle ne croyait pas en la pérennité de l'amour d'un Paco. Les gens comme lui sont surtout amoureux des passions, grandioses, flamboyantes... Et les passions ne durent jamais… Ce qu'elle avait vu de ce milieu ne la rassurait pas : elle ne serait jamais de taille à lutter avec les ravissantes starlettes aguicheuses et surtout ambitieuses qui ne voyaient dans le *maestro* qu'un moyen « d'arriver » dans le monde. Qui nouaient des amitiés qui ne servaient que leurs intérêts. Elle percevait la solitude de ces êtres qui n'étaient jamais seuls, comme ces bulles de champagne dans des flûtes en cristal, essaims légers autant qu'inconsistants, aussi pétillants qu'éphémères, et qui, une fois l'ivresse passée, ne laissaient au palais qu'un arrière-goût soufré. Les remous du paraître l'emportaient sur la stabilité de l'être, et elle ne se faisait aucune illusion sur sa capacité à être le point d'ancrage d'un tel homme pour un bonheur durable. Et elle ne le souhaitait pas.

Elle avait donc résolu de quitter son soupirant dès son retour de tournée. Elle avait repris ses cours, négligés pendant tout ce temps, et entrepris de rattraper le retard accumulé. Elle voulait oublier ces semaines de folie dont elle n'était pas fière. Mais, au beau milieu de ses derniers partiels, elle comprit qu'elle était enceinte…

Maëlle frémit et se fit plus attentive encore. Percevait-elle toute la misère morale qui avait submergé sa mère à l'époque, le désarroi sans nom qui l'avait entraînée dans un abîme sans fond ? Le vertige des questions, l'angoisse du qu'en-dira-t-on, des réactions de sa mère, de son père, et, plus terrifiante encore, de Grand-Papa ? Et surtout, la honte qui l'accablait, la désinvolture de sa conduite qui la dépassait… Elle n'avait pas prévu cela. Elle n'avait pas voulu cela. Tout ce qu'elle voulait, c'était s'amuser, et voilà que le ciel lui tombait sur la tête ! Pourquoi elle ? Pourquoi maintenant ? Elle ne savait qu'une chose : elle n'en voulait pas !

Valérie murmura, confuse :

– Je suis désolée, ma chérie, ce ne fut pas une bonne nouvelle...

Elle se leva avec effort pour aller se verser un remontant au petit meuble-bar près de la fenêtre. Elle avala une longue gorgée avant de reprendre la parole. Elle n'osait pas regarder sa fille. Celle-ci ne voyait pas ses traits, à contre-jour devant le voilage clair qui tamisait la lumière extérieure.

– Tu... Tu as voulu avorter ? osa interroger d'une voix inquiète Maëlle, pour la première fois de sa vie.

Le cœur de Valérie se tordit. Elle n'eut pas le courage de répondre, mais son silence l'accablait. Elle y avait pensé, bien sûr...

– Je ne suis qu'un accident... gémit doucement la jeune fille. Tu n'aimais pas mon père...

– Non, ne dis pas ça ! s'affola Valérie.

– N'est-ce pas ce que tu viens de dire ? s'enflamma Maëlle.

– Si... Non ! bredouilla sa mère. Je veux dire... Je l'aimais quand j'étais avec lui, bien sûr. Je l'aimais dans nos étreintes... Je l'aimais quand il chantait pour moi. Il ne chantait que pour moi d'ailleurs, c'est ce qu'il disait, que j'étais sa muse, son inspiration, son soleil !... Ses mots étaient du miel, sa voix...

– Alors, pourquoi ?

Pourquoi ? Valérie avait soupiré. Comment expliquer à Maëlle les méandres de l'âme humaine, les circonvolutions du cœur, du corps...

– Je te l'ai dit, c'était un amour sans issue. Nous n'étions pas faits l'un pour l'autre. J'ai eu peur. J'ai fui...

– Et tu ne lui as pas dit que tu attendais un enfant ? Tu ne lui as jamais dit ? insista Maëlle. Pourquoi ? Tu crois qu'il t'aurait obligée à avorter ?

Obligée ? Valérie n'en savait rien. Rien du tout. Ou plutôt, elle avait craint le contraire. Que, trop heureux de la nouvelle, il n'exigeât sa main. À sa manière, insistante, capricieuse, lyrique, d'artiste hypersensible, à qui rien ne résistait. Il avait trente-cinq ans, rêvait de fonder une famille, de poser dans les magazines *people* avec un enfant dans les bras... Mais elle n'avait que vingt ans, elle ne voulait pas s'engager et, surtout, elle ne voulait pas de cette vie en trompe-l'œil. Alors, non, elle n'avait rien dit à Paco. Comment expliquer cela à Maëlle ? Celle-ci avait le même caractère que son père, enflammé, entier, écorché vif. Le même tempérament d'artiste. Et le même don... cet incomparable talent, cette voix qui bouleversait les étoiles.

La jeune fille s'était relevée à nouveau, agitée à nouveau dans la pièce.

– Tu crois que tu as droit de vie et de mort comme ça sur un enfant, sur moi ? Que tu peux en disposer à ta guise, sans même en parler à son père ? Il n'aurait peut-être pas voulu que je disparaisse, lui, si ? C'est quoi, ce monde qui nous soumet au libre arbitre d'une seule personne ? Une personne qui de surcroît est trop perdue pour réfléchir ? Un enfant, ça se fait à deux, non ? Pourquoi les pères n'ont pas leur mot à dire ? Vous les écartez comme ça de vos vies, de *nos* vies, vous les encouragez à se détourner de leurs responsabilités !

Sa rage vibrait *crescendo*. Valérie tenta d'endiguer le flot :

– Mais tu vois bien que je n'ai pas avorté !

Elle aussi s'énervait.

– Encore heureux ! Il faut que je te remercie ! N'empêche que tu n'as rien dit à mon père... Tu l'as jeté dehors, hors de ta vie, hors de la mienne, comme un faux bourdon ! Qu'est-il devenu ensuite ? Dans quel désespoir l'as-tu laissé ? Tu m'as volée à lui ! Comme Grand-Papa ! J'avais raison ! Vous êtes tous des menteurs et des voleurs !

Elle avait tapé du poing contre le mur, puis s'était à son tour versé une rasade du whisky de sa mère. Et, vivement, se retournant d'un bloc, elle avait brusquement ajouté :

– Et quand bien même il n'aurait pas voulu de moi, j'ai quand même le droit de savoir qui il est ! Même si c'est pour le rejeter à mon tour… Mais, au moins, je saurais qui je rejette !

Et comme sa mère ne bougeait pas, elle avait hurlé :

– Mais, bon sang, tu vas me le dire, son nom ? Tu vas me dire qui c'est ? Il est trop connu, peut-être ?

Valérie avait alors fait quelques pas depuis la fenêtre, s'était approchée de la chaîne qui siégeait discrètement dans un coin de la pièce, avait farfouillé quelques secondes dans le tiroir où elle stockait ses disques, en avait sorti un qui datait de ses jeunes années et, le frôlant délicatement de ses doigts tremblants, avait lâché doucement :

– Paco Alvar ? Oui, je crois que tu le connais. Mais peut-être davantage sous son nom de scène…

Et elle avait tendu le disque à sa fille qui écarquilla les yeux de stupeur :

– Alvaro del Prado ? *LE* grand del Prado ?… Plus grand que Pavarotti lui-même ?!

14
Épilogue

– Eh bien, quelle histoire, n'est-ce pas ?

Ludovic approuve en silence. En ce soir de fin d'été, le panorama de falaises blanches se drape de soieries roses et orangées ourlées d'or fin et brodées de sequins dorés. Le lac au loin renvoie au ciel son reflet solaire comme une plaque de cuivre fraîchement astiquée. Le figuier qui a grandi à l'abri du mur éboulé déploie son parfum lourd et poisseux au-dessus de sa tête. S'y mêlent en polyphonie sucrée les notes aromatiques des pruniers alentour, en contrepoint des poiriers et pommiers d'été déjà chargés de fruits précoces. Quelques guêpes inoffensives vont et viennent, gourmandes, d'un arbre à l'autre, creusant des cavités profondes dans les drupes mûres à point, ne laissant que la peau, comme une coquille à moitié rongée. Les pierres de taille rescapées de l'ancienne bâtisse sont encore tièdes de la chaleur du jour. Le jeune homme s'étire d'aise et entoure de son bras les épaules de sa belle amie. Il est heureux de la retrouver après plusieurs semaines d'absence : entre les camps de jeunes qu'il a encadrés et ses congés à elle au sein de sa famille, en Alsace, le temps lui a paru bien long.

Valentine et lui ont pris goût à se retrouver ici, dans l'ancien royaume de Félix et Mathilde Bogé. Ils aiment s'imprégner de l'ambiance champêtre et imaginer le bonheur paisible qui était promis à ce jeune couple avant que la guerre ne s'en mêlât. La première fois que Ludo avait emmené sa compagne sur les lieux de son hallucination, il avait été surpris de n'y découvrir qu'une ruine éparpillée parmi les arbres en fleurs. L'abreuvoir, clepsydre brisée infestée de ronces et d'orties, n'égrenait plus sa ritournelle, les antiques ruches en bois étaient disloquées par les intempéries, mais le chœur immuable des grillons psalmodiait toujours la même lancinante mélopée et le vieux pommier à la branche cassée était toujours debout. Un coucou siffleur occupait un nid déserté au sommet de la ramure. Cela avait troublé le garçon, comme un heureux présage : la vie se réveillait dans ce verger dormant.

Ces derniers mois avaient été bien chahutés pour la famille. Un sacré bouleversement ! Ils se souviendraient tous de l'année 2019. Malgré les fortes présomptions d'identité tronquée, une requête judiciaire de test ADN à visée généalogique n'avait pas été possible car les faits étaient prescrits depuis longtemps. Sur les instances de sa sœur jumelle, cependant, dont la romance avec Michel Bogé avait pris un tour dramatique, l'oncle Jean-Paul avait fini par demander ce service à l'un de ses proches amis, généticien suisse. Et celui-ci avait été formel : l'analyse des prélèvements effectués sur Ludovic, Michel et le botaniste lui-même avait confirmé sans plus aucun doute possible leur appartenance commune à la même lignée paternelle. Ils partageaient tous le même chromosome Y, en l'occurrence celui des Bogé.

Après un temps de sidération généralisée, qui avait eu raison de toutes les polémiques, la vérité rétablie avait en fin de compte opéré une remarquable libération des esprits et des cœurs, ainsi que l'avait prédit la psychologue. À l'exception notable de son père, encore choqué et qui refusait d'admettre les faits, l'ensemble des protagonistes se relevaient plutôt bien de la crise. Même Tante Mag, paradoxalement. Ses acouphènes et ses migraines avaient totalement disparu, un vrai miracle ! Ses œuvres irradiaient désormais d'une sérénité remarquable, étonnamment contagieuse pour les admirateurs qui se pressaient dans ses expositions. Son tableau mémorial du martyre d'École-en-Bauges avait fait l'unanimité au sein de la population. Elle l'avait légèrement modifié après les révélations familiales : la Pietà, troquant son sobre voile contre une abondante rivière de boucles, portait l'empreinte de Mathilde Dunant, penchée sur le visage supplicié de Félix Bogé. Tandis que les différents halos qui repoussaient les ténèbres s'ornaient comme autant de médailles pieuses des visages fantomatiques des douze héros assassinés en juillet. L'artiste avait pris soin de tracer à leur suite un sillage lacté à la mémoire de toutes les victimes de toutes les guerres, dans lequel brillait plus particulièrement la constellation des sept martyrs de mai. Le résultat était saisissant. Mais le plus remarquable était sa propre métamorphose : la grande femme dégingandée aux allures masculines avait cédé la place à une fraîche créature tout en souplesse, rieuse et gaie comme un pinson, à la démarche élastique de gymnaste. Elle ne fumait presque plus et, plus surprenant encore, elle avait changé de coiffure et se maquillait légèrement. Michel et elle avaient annoncé leur mariage pour le premier samedi de septembre, dans l'intimité de la chapelle de Bellevaux. Paulin n'était pas étranger à cette mutation : n'avait-il pas rassuré le fiancé, inquiet de leur consanguinité, par une savante démonstration de son arbre généalogique, bien plus mélangé qu'il ne le croyait ? Le quinquagénaire libéré de ses phobies ruisselait donc de bonheur lui aussi, à un point qui le rendait attendrissant.

– Paulin aussi est transformé, me semble-t-il, non ? sourit Valentine.

Son compagnon hoche à nouveau la tête, souriant à son tour. Eh oui, l'austère érudit a également succombé à la piqûre de Cupidon ! La flèche fatale a pris l'aspect de la clé qui a déverrouillé le secret d'Émile Aviernoz aux archives de Chambéry, et l'angelot les traits de la charmante archiviste.

– Ils sont plutôt bien assortis, tu ne trouves pas ? rétorque-t-il. À ton avis, combien de temps encore avant qu'ils ne s'installent ensemble ? Je lance les paris !

La jeune femme éclate de rire, de ce rire en régalade qui émeut tant Ludovic. Craignant que la conversation ne verse sur un terrain glissant, elle enchaîne :

– Tu as des nouvelles de Maëlle ?

– Rien depuis sa carte postale de la semaine dernière, où elle disait qu'elle allait bien et goûtait un bonheur tranquille dans la quiétude de son petit monastère.

– Il se trouve où, déjà ?

– Quelque part dans le Sud de la France, vers Carcassonne, je crois.

– Et elle revient quand ?

Ludovic hausse les épaules dans un geste d'ignorance. Sa dernière conversation avec sa cousine remonte à un mois environ. Les camps d'été des jeunes de la fondation qu'ils avaient encadrés tous les deux, lui en tant que moniteur accompagnateur de montagne, elle dans ses fonctions « d'éduc' spé », s'étaient déroulés sans anicroche, mais non sans fatigue, et ils aspiraient tous deux à souffler un peu. Ils s'étaient retrouvés chez Tante Mag un week-end, avec Michel, Paulin et Chloé.

Ils étaient bien évidemment revenus sur les événements des semaines précédentes, et en particulier sur la révélation stupéfiante de l'origine paternelle de Maëlle. La jeune fille elle-même avait du mal à digérer l'information. Elle avait imaginé tant de choses au sujet de son père inconnu ! Mais jamais elle n'avait pensé qu'il pût être autre chose qu'Italien, et certainement pas une personnalité aussi mondialement connue que le grand, l'illustrissime del Prado, l'homme à la voix d'or !

– Sa voix ne lui vient donc pas de Madeleine Dunant, alors, on se trompait tous ? murmure à part lui Ludovic.

– Ou au contraire elle bénéficie d'une conjonction des deux côtés, suggère Valentine. Elle a la chance d'être gratifiée doublement de ce don.

Quoi qu'il en soit, cette découverte avait rassuré Maëlle qui doutait sans cesse de son talent jusque-là, et elle avait pris la décision de s'inscrire à l'académie de chant fondée par Alvaro del Prado lui-même à Madrid. Elle avait prévu de s'y rendre en septembre, après le mariage de Tante Mag.

– Elle compte dire la vérité à son père ?

– Je ne sais pas. Ce n'est pas sûr. Elle-même n'en sait rien, j'imagine. Tante Valérie n'approuve pas ce départ, mais Maëlle est décidée, et quand Maëlle veut, Dieu veut ! Rien ne la fera changer d'avis. En plus, elle dit que c'est la meilleure école de chant d'Europe, voire du monde. Rien de tel pour se tester et voir ce qu'elle vaut, selon elle ! Mais, de toute façon, il n'est même pas sûr qu'elle le voie beaucoup, del Prado, il est constamment en tournée, paraît-il.

– Mais il ne s'est pas marié, lui, depuis vingt-cinq ans ? Il a des enfants ?

– J'en sais rien du tout ! Je crois que non, mais j'en sais rien, en fait.

La psychologue contemple les lumières déclinantes du soleil. Un oiseau invisible lance une note mélancolique dans le soir tombant. Elle espère mentalement, le cœur serré, que Maëlle trouvera son château en Espagne.

– Et pourquoi ce séjour dans un monastère ? C'est un peu étrange, non ?

– Oui, cela aussi nous a étonnés. Je pense qu'elle a besoin de calme pour faire le point, se ressourcer peut-être, et quoi de mieux qu'un monastère, quand on y pense ?

En se remémorant cette dernière conversation et les comportements de sa cousine le fameux week-end de Pentecôte chez Tante Mag, ses emportements, sa difficulté première à assumer sa ressemblance avec Mathilde Dunant, Ludovic se dit que la pauvre a dû passer par des moments bien difficiles, en effet. Le matin de ce lundi-là, où elle avait disparu jusqu'au déjeuner, elle était en fait allée jusqu'à la chapelle de Bellevaux. La nuit avait été pénible et elle avait éprouvé un irrépressible besoin de mouvement. Elle avait donc pris la voiture quand tout le monde dormait encore, et s'était éloignée un peu au hasard, sans autre but que celui de chasser ses idées noires. Sans trop savoir pourquoi, peut-être parce que cela avait été évoqué la veille, elle avait pris la direction du vallon de Bellevaux, oubliant que c'était le jour du pèlerinage annuel des chrétiens du coin. Quand elle aperçut la petite foule, elle en fut d'abord contrariée. Puis elle se dit qu'en définitive, cela pourrait être un bon dérivatif à ses angoisses. Après tout, n'était-il pas écrit quelque part, dans un de ses lointains souvenirs de catéchisme : *« Venez à moi, vous tous qui peinez sous le poids du fardeau, et moi je vous donnerai le repos*[1] *»* ? C'était le moment ou jamais de vérifier cette promesse !

Elle avait donc garé la petite voiture dans le vallon, à la suite des autres, et avait emboîté le pas au petit troupeau de pèlerins qui se pressait sous les parapluies. Ils avaient du mérite à affronter la grimpette sous ces averses torrentielles, avait-elle pensé en resserrant elle-même la capuche de son blouson sur sa tignasse déjà humide. Il régnait cependant une atmosphère bon enfant dans les groupes ; les gens semblaient bien se connaître, ils riaient et échangeaient des nouvelles tandis que le curé et sa garde rapprochée lançaient des prières et des hymnes sacrées. Celles-ci étaient reprises en chœurs plus ou moins ordonnés,

1. Évangile selon saint Matthieu, chap. 11, verset 28.

plus ou moins discordants, la queue de la procession terminant un couplet quand la tête entonnait déjà le suivant.

Maëlle avait d'abord été tentée de se moquer de ces fidèles qui bravaient les intempéries cahin-caha en chantant des paroles insensées sur des mélodies bondissantes comme leurs gamins dans les flaques d'eau. Mais la pluie s'était calmée en atteignant la petite esplanade qui précédait l'arrivée à la chapelle, et la messe, dite à l'extérieur faute de place dans la modeste église, avait même bénéficié d'un miraculeux rayon de soleil, pour la plus grande satisfaction des participants qui s'émerveillaient naïvement de ce « clin Dieu », comme ils disaient. Au fur et à mesure que la célébration progressait, Maëlle avait été touchée par la sobre ferveur qui se dégageait de tous ces gens. La simplicité de leur prière, la candeur de leur démarche, finirent par l'interpeller. Et elle se demanda ce qu'ils pouvaient bien venir chercher ici, par ce froid et cette grisaille. Puis elle se demanda ce qu'elle-même était venue chercher, et elle n'eut plus envie de les brocarder. La prière du *Notre Père* la frappa en plein cœur : « Notre Père, qui es aux cieux… » Les chrétiens ont un Père ! Et ils savent où il est… Soudain, elle souhaita ardemment connaître ce Père. Puisqu'elle ignorait quel était le sien, celui-là pourrait-il le remplacer ? Le reste de la cérémonie se perdit dans cette distraction de son esprit. À l'issue de la messe, les fidèles se débandèrent sous les arbres et autour de la fontaine pour déballer leurs pique-niques en devisant gaiement. Maëlle se glissa dans la chapelle pour calmer son cœur en émoi. Se promenant par les travées, elle fut impressionnée par le nombre d'ex-voto placardés sur les murs. Celui qui l'émut le plus était le plus récent : un humble post-it jaune collé sur une rambarde et portant ce simple message : « Merci Marie ! » Il y avait donc encore des âmes au XXIe siècle qui présentaient des requêtes à la Vierge et à son Fils, et qui en plus étaient exaucées ! À nouveau, l'interrogation la saisit : qu'était-elle venue chercher ici ? Et lui revint cette autre citation, entendue elle ne savait plus où : « Tu ne me chercherais pas si tu ne m'avais trouvé[1]. » Troublée, elle quitta furtivement le bâtiment et se hâta de regagner sa voiture.

Elle n'avait pas le sentiment d'avoir obtenu le repos, cependant. Au contraire, cette forme d'expérience mystique avait ajouté à ses questionnements. Cela plus les révélations de Michel Bogé l'après-midi, le suspense de l'identité de Paul Bogé, les renvois à sa propre énigme, tout cet ensemble avait achevé de la perturber considérablement. Et pourtant… Cette expérience lui revenait en boucle dans sa tête, si bien qu'elle avait repris le chemin de l'Église. Depuis peu, elle se rendait régulièrement à la messe dominicale des pères salésiens, fondateurs de l'institut du Buisson. L'un d'entre eux l'avait prise sous son aile et elle échangeait beaucoup avec lui. C'était lui qui lui avait conseillé de prendre un temps de recul dans une abbaye, au calme.

– C'est sûr que de naviguer d'un patronyme à l'autre – Aviernoz, puis Ferrand, Bogé, enfin Alvar, mais qui se fait appeler del Prado… – il y a de quoi perdre la tête !

– Et tu ne sais pas tout, ajoute Ludovic, del Prado lui-même est un enfant trouvé !

Valentine porte la main à sa bouche arrondie de surprise.

– Del Prado ?

– Oui, il a été recueilli sur la place du Prado à Madrid, d'où le choix de son nom de scène.

– Mon Dieu ! Encore un phénomène de répétition… Le problème de Maëlle n'est que rétrogradé à la génération précédente. C'est incroyable !

La jeune femme médite un instant en silence.

1. Blaise Pascal, *Pensées*, 553 (Section VII « La Morale et la Doctrine »).

– C'est fascinant, cette question du patronyme. Ça n'a l'air de rien, mais en fait c'est toute l'identité d'un être qui en est affectée. Et qui ricoche sur sa descendance… Le patronyme détermine la personne en quelque sorte. C'est pour ça que c'est une question si grave.

– Certains pensent rendre les choses plus faciles en donnant le nom de la mère.

– Je ne suis pas sûre que cela soit une bonne idée. La mère, en général, on la connaît. Son enfant lui est viscéralement attaché, au sens propre du terme. N'est-il pas le fruit de ses entrailles mêmes ? Mais le père… Il est plus extérieur, le père. Il peut être absent à la naissance, voire complètement ignorer sa paternité. Or, l'enfant est constitué à parts égales du père et de la mère. Cinquante pour cent de chaque ! C'est pourquoi le don du patronyme – qui veut littéralement dire « le nom du père » – est si important : il fonde le père, lui donne sa légitimité. Le patronyme n'est pas tant la reconnaissance d'un enfant que celle d'un père. Donner juste le nom de la mère, c'est violent ! Cela évacue complètement le père et réduit le triangle familial à un binôme mère-enfant, comme si le père n'existait pas.

– Ça simplifie le problème œdipien.

– Ou ça l'accroît ! Le père joue un rôle essentiel dans l'autonomisation d'un enfant, il l'aide à quitter sa mère, à couper le cordon… Dans le fameux complexe d'Œdipe, l'enfant veut symboliquement tuer le père. Mais comment faire s'il n'existe pas ?

– C'est ce qui m'effraie chez les abeilles, vois-tu. Les mâles y sont presque traités en parasites, réduits à leur seule fonction de géniteur, et cette fonction les détruit à l'instant même où ils l'exercent. J'te jure, c'est vrai ! insiste-t-il devant la mine incrédule de son amie, ils explosent réellement – pop ! – au moment même de l'éjaculation. Et tant qu'ils ne se sont pas exécutés (dans tous les sens du terme), ils vivent entre eux, plus ou moins séparés des autres abeilles, en essaims constitués uniquement de mâles qui vont de ruche en ruche jusqu'à trouver une reine à féconder… et donc mourir. Et s'ils échappent à ce sinistre destin, ils sont de toute façon éliminés à l'approche de l'hiver par les charmantes viragos qui jettent dehors ces bouches inutiles, quand elles ne les tuent pas elles-mêmes.

– Mais c'est horrible !

– Ouaip, je n'envie pas leur sort. Tu imagines, si les sociétés humaines faisaient pareil ?

– Une société matriarcale ? rêve un instant Valentine, narquoise. Composée uniquement d'Amazones… Les hommes seraient nos esclaves, on mettrait le sperme des plus beaux spécimens dans des coffres-forts, et on vous ferait tous disparaître définitivement quand on n'aurait plus besoin de vous ! Mais non ! reprend-elle en riant devant la mine renfrognée de son ami, ce serait bien trop triste, un monde sans hommes !

– Et sans femmes ! L'humanité ne serait plus l'humanité sans ces deux faces complémentaires !

Les rires basculent dans le crépuscule qui tire doucement sa traîne sombre du fond de la vallée. L'ombre serpente sur le flanc des montagnes. Les falaises rose orangé virent maintenant au violet. Le disque blanc de la lune s'élève paisiblement au-dessus des sommets tandis que disparaît le dernier rayon d'or du couchant.

– C'est la lune gibbeuse, explique Ludovic. Tu vois, elle est encore bien renflée, mais elle n'est plus tout à fait ronde. Elle est en phase décroissante, là.

– C'est fou comme elle monte vite !

– Oui, cela me fascine à chaque fois. Et le spectacle vu d'ici est sublime ! Je comprends que Mathilde et Félix aient éprouvé une passion particulière pour elle.

– Tu penses souvent à eux ?

Le garçon réfléchit un peu avant de répondre. Oui, il pense souvent à eux. Mais de manière totalement apaisée, désormais, comme on pense à de vieux parents endormis dans les pages d'un album de souvenirs, un cyclamen séché entre deux images sépia. Ou deux aquarelles…

– Tu sais quoi ? J'ai envie de m'installer ici, de racheter le terrain. Il ne doit pas être bien cher. Je me suis renseigné déjà. Personne ne sait à qui il appartient. Les Bogé les plus proches de Félix l'avaient même oublié, ils ne verraient pas d'inconvénient à ce que je m'y installe.

– Et tu y ferais quoi ?

– J'y installerais des ruches !

– Des ruches ? Mais tu t'y connais en abeilles ?

– Je vais apprendre ! J'ai décidé de devenir apiculteur.

– … ?!

Ludovic sourit devant l'incrédulité de Valentine. Il la rassure tout de suite : ce n'est pas un fantasme. Elle se souvient de la première fois où ils ont échangé sur le parking de la fondation ? Il partait cet après-midi-là accompagner les collégiens chez un apiculteur. Une fois sur place, il avait éprouvé un étrange sentiment. Comment dire… Un coup de foudre. Oui, c'est ça, un vrai coup de foudre. De se trouver là, au milieu des ruches, des abeilles qui bourdonnaient à qui mieux mieux autour d'eux, déguisés en *Storm-troopers* du miel, il avait ressenti un bien-être extraordinaire. La conviction profonde, pour une fois dans sa vie, qu'il était là à sa place. D'ailleurs, le propriétaire l'avait complimenté, lui affirmant qu'il avait un don inné avec les abeilles : il avait les gestes naturels, l'intuition nécessaire… Il ne lui restait plus qu'à apprendre la technique ! Ludovic avait d'abord rigolé, mais l'idée avait enfourché un petit vélo dans sa tête et, désormais, il était convaincu. Dès septembre, il entrait en apprentissage.

– Et ton job de montagne ?

Ce n'était pas incompatible, et il poursuivrait certainement ses courses en altitude. Mais il ne comptait pas là-dessus pour vivre : trop sujet aux fluctuations saisonnières, pas assez rémunérateur. Cependant, l'apiculture non plus ne pouvait suffire, en tout cas dans les premiers temps, à lui assurer un revenu suffisant. Il avait donc opté pour une troisième voie, qui lui permettrait de vivre correctement en lui laissant assez de temps libre pour ses autres activités.

– Et c'est… ?

– Un emploi à La Poste ! Mon intérim a pris fin avec le retour de Jojo, mais cela m'a permis de tester le métier. J'y ai pris goût, c'est un métier de contact, on circule… J'ai donc postulé. J'attends la réponse prochainement. J'ai bon espoir d'être recruté !

La psychologue contemple son ami avec stupéfaction. En trois mois, le jeune homme a fait du chemin ! Où est passé *l'adulescent* incertain qui jetait ses angoisses dans les mots de Goldman un soir d'anniversaire ? Un soir presque comme celui-ci, veillé par la lune indiscrète. Elle a devant elle un homme réfléchi, fort d'une ambition nouvelle et de projets nourris. A-t-il enfin atteint son « là-bas » ?

– Ne t'identifie pas trop à Félix Bogé quand même ! Tu veux prendre son métier, son terrain… Ne me dis pas que tu vas y reconstruire sa maison !

– Ne t'inquiète pas, je ne suis pas Félix Bogé et je n'ai pas l'intention de le devenir ! Mais je voudrais bien construire une maison, cependant, je ne vais pas vivre à la belle étoile ! Sa bâtisse avait beaucoup de charme, mais elle manquait du confort moderne. Je rêve d'une grande villa en bois pleine de baies vitrées ouvrant sur le panorama ! Qu'en penses-tu ?

– Ce que j'en pense ? Je n'ai rien à en penser, c'est ta vie, pas la mienne.

Ludovic lui jette un regard de côté :

– Mais si ça devait être la tienne, tu en penserais quoi ?

Un frisson inattendu parcourt l'échine de Valentine. Elle rétorque, moqueuse :

– Si ça devait être la mienne ?… Que veux-tu dire par là ?

– Eh bien… si tu devais vivre ici…

– Toute seule ?

Le jeune garçon détourne le regard. Ses doigts nerveux arrachent sans y penser des touffes d'herbe à côté de lui.

– Non, pas toute seule… Avec moi…

Ça y est, c'est sorti ! Affolé de sa propre audace, il tourne avec effort sa tête du côté de sa voisine. De saisissement, celle-ci oublie de respirer.

– Qu'est-ce que tu dis ? articule-t-elle enfin, éberluée.

Le pauvre garçon est au supplice : ne risque-t-il pas de perdre son elfe du Rhin avec un tel aveu, si inconsidéré, probablement prématuré ? Il n'avait pas prévu cela, pas ce soir. Mais il est trop tard pour reculer. Alors, rouge d'angoisse et de confusion, le cœur en vrille, il lâche péniblement :

– Avec moi… si tu veux bien… si tu veux bien être… ma compagne… Ma femme ! corrige-t-il précipitamment.

Stupéfaite, Valentine reste sans voix. Elle n'est pas sûre d'avoir bien compris. Elle non plus ne s'y attendait pas.

– Ta… ta femme ?! Mais, Ludo, j'ai cinq ans de plus que toi !

La réplique surprend Ludovic :

– Et alors ? Qu'est-ce que ça fait ?

Verdissant tout à coup :

– Cela te pose un problème ? Pourtant, je croyais… Tu avais l'air…

Le malheureux est décomposé, le cœur en déroute. Valentine répond en hâte :

– Non ! Bien sûr que non ! Mais… je suis troublée… Je ne m'y attendais pas… Pourquoi ta femme ?

Se redressant, elle se lève et fait quelques pas nerveux dans l'herbe sèche. La nuit commence à peindre des aplats anthracite sur l'indigo du soir. Une petite brise fait frissonner ses épaules. Ludo est déconcerté. Pourquoi sa femme ? Il ne comprend pas la question. N'est-ce pas évident ? Elle lui a tellement manqué ces dernières semaines ! Tous ses projets professionnels, tous ses rêves, cette assurance nouvelle qui l'habite désormais, tout cela ne tient qu'à une seule clé de voûte : elle. Sans elle, tous ses plans d'avenir basculent, s'effondrent. Un château de cartes… Se levant à son tour, il balbutie :

– Mais… Je t'aime ! Tu ne peux pas savoir à quel point tu m'as manqué tout cet été ! Le temps était interminable… Je n'ai tenu que par tes messages, tes appels, et quand tu es partie en Allemagne et que les communications ont été coupées, j'ai cru mourir d'impatience ! Je ne peux plus me passer de toi, Valentine, je ne veux plus que tu t'en ailles. Plus jamais… C'est trop insupportable.

Il fait un pas vers elle. Les épaules frémissantes de la jeune femme sont à portée de ses doigts. Il brûle de les étreindre, mais il ose à peine les effleurer. Il poursuit doucement, tout près de ses oreilles, dans un souffle chaud qui la fait tressaillir :

– Je ne peux pas envisager l'avenir sans toi. Tu es mon point d'ancrage.

Valentine s'écarte avec effort. D'une voix nerveuse aux syllabes plus germaniques que jamais, elle articule sans le regarder :

– Mais tu ne connais rien de moi…

– J'en sais suffisamment pour savoir que je t'aime.

– J'ai connu d'autres hommes… Des trahisons… Je n'ai plus confiance. Et toi aussi, tu as connu d'autres filles. Comment peux-tu savoir si je suis la bonne ?

Ludovic est peiné. Il le sait, c'est tout. Ne le perçoit-elle pas, elle aussi ? La voix hachée poursuit, incertaine :

– Ne peut-on juste faire un bout de chemin ensemble ? On n'est pas bien comme ça, tous les deux ?…

Le garçon reste muet. Il a l'impression d'être enfermé dans un puits profond aux parois assourdissantes. Les mots résonnent autour de lui comme un vol de chauves-souris dont le sonar s'affolerait. Mais, dans la confusion des sentiments, il perçoit une discordance. Prenant appui sur cette intuition, il remonte à l'assaut :

– Je n'ai pas fait que réfléchir à mon orientation professionnelle, tu sais. Oui, j'ai connu d'autres filles. Ça n'a jamais duré. De déceptions en trahisons, moi aussi je commençais à perdre confiance. Mais tu es arrivée. Tu m'as aidé à comprendre qui j'étais, ce que je voulais être. Tu m'as donné confiance en moi ! Tu entends ? *Confiance !* Ce mot est magique. Et j'ai compris… J'ai compris que je ne pouvais plus me contenter d'amours de surface. D'amours terre à terre, où chacun reste sur sa réserve, prêt à reprendre ses billes au moindre coup de vent. On ne bâtit rien sur la défiance. Cela n'a pas de sens. Moi, je suis un alpiniste. Je suis fait pour les cimes. Mais les cimes, on ne les atteint qu'en cordée. Et, pour cela, il faut être en confiance. Moi, j'ai confiance en toi. Mais toi, n'as-tu pas confiance en moi ? Ne veux-tu pas atteindre les cimes avec moi ?

La tirade laisse son auteur pantois. Il n'a jamais autant parlé de sa vie ! Tétanisé, il observe avec inquiétude le fin profil debout dans la pénombre. La jeune femme semble lutter contre la petite brise, ses mains vont et viennent frileusement sur ses bras croisés, mais l'amoureux comprend qu'elle lutte avec elle-même. Enfin, les yeux slaves tournent vers lui leur regard clair, grave et triste. La petite mèche rouge ne taquine plus le front, mais pend mélancoliquement vers l'arête nasale. Le visage est plus pâle que jamais sous la clarté lunaire.

– Ludo, mon Ludo… Tu es un garçon adorable, charmant, idéaliste, poète… Je t'aime plus que tout au monde, mais… il faut que je te dise quelque chose, quelque chose de terrible…

Alarmé, Ludovic sent son cœur s'entortiller autour de sa cage thoracique.

– Quand je suis partie en Allemagne, là, pendant mon séjour en Alsace, j'ai fait une découverte affreuse…

Elle réfléchit un instant, puis reprend :

– Je ne savais pas comment te le dire. Voyons… Tu connais l'histoire de Roméo et Juliette ?

– Oui, bien sûr, mais qu'est-ce que ça vient faire…

D'un geste doux, elle l'interrompt :

– Eh bien, ce que j'ai à te dire ressemble un peu à l'histoire des Montaigu et des Capulet…

Elle triture machinalement une frêle tige du figuier sans tenir compte de la sève poisseuse qui se colle à ses doigts. Et, sans oser regarder son ami, énonce faiblement :

– Konrad Schwarz, l'homme qui a tué Félix Bogé, ton arrière-grand-père, eh bien… C'est mon arrière-arrière-grand-père !

– ??!!

– Et Tobias Schwarz, qui a tué accidentellement ton grand-père, au même endroit et à la date anniversaire, est donc mon grand-oncle, le cousin germain de ma grand-mère, en fait…

La stupeur, l'effroi saisissent un Ludovic épouvanté. Il se laisse choir sur le gazon, les yeux au ciel. Cette histoire est donc sans fin !

Un silence accablé suit la révélation de Valentine. Pendant un long moment, aucun des deux ne bouge. Ils ne sauraient dire combien de temps est resté suspendu ainsi, mais la lune en a profité pour étendre imperceptiblement sa lumière noire sur le décor. Enfin, le garçon s'ébroue, se relève d'un coup de reins énergique, puis enlace tendrement sa compagne, dépose un délicat baiser sur ses lèvres tremblantes, et murmure gaiement :

– Bon, et si on allait dîner, maintenant ? Tu me raconteras tout ça à la pizzeria. En tout cas, pour moi, il n'y a rien de changé, et ma proposition tient toujours ! Alors, oui ou non, veux-tu être ma femme ?

Entre rire et larmes, soulagée d'un poids énorme, Valentine se jette dans les bras de son fiancé. Déséquilibrés, ils vacillent tous deux dans l'herbe folle sous l'œil attendri de l'astre décroissant qu'aimaient tant contempler Mathilde et Félix autrefois, en ce même endroit.

***

En fait de pizzeria, c'est un vrai palace où Ludovic a invité sa Dulcinée – ou plutôt sa Juliette. Ce soir est soir de fête, il veut le marquer d'une pierre blanche. Le restaurateur les a installés à une table discrète, tout contre le parapet qui surplombe le clapotis du lac de Lamartine. Les vaguelettes scintillent sous la lune comme autant de chandelles d'argent. Valentine explique en quelques mots son histoire.

Sa mère, Angela Altmann, Allemande de l'Est, avait rencontré Sébastien Schneider, Alsacien, au sommet du Mur de Berlin en novembre 1989. Ils faisaient partie des foules qui avaient déferlé sur le symbole déchu de la tyrannie communiste, dans l'euphorie de l'ouverture des frontières. Ils avaient dansé toute la nuit, participé au démantèlement du mur, applaudi Rostropovitch et son violoncelle, et ne s'étaient plus quittés depuis. Dit pudiquement, Valentine était en quelque sorte le fruit de l'union de l'Est et de l'Ouest, l'incarnation de la réconciliation.

– Il se pourrait après tout que telle soit ma vocation, suggère-t-elle alors en plongeant son regard brillant dans celui de son compagnon. Je suis peut-être destinée à recoudre les déchirures : l'Est et l'Ouest, les psychismes blessés, et maintenant les familles Schwarz et Bogé…

Pour toute réponse, Ludovic lui presse tendrement la main par-dessus la nappe blanche. Elle poursuit son récit.

Ses parents s'étaient installés à Strasbourg. Sa mère, devenue Française, avait résolument tourné le dos à l'Allemagne. Elle ne voulait plus en entendre parler. Tout juste échangeait-elle quelques nouvelles avec son frère plus jeune, Friedrich, resté à Berlin-Est. Celui-ci s'était marié quelques années plus tard et avait eu des enfants, mais Valentine connaissait peu ses petits cousins. Elle avait tout de même passé deux séjours chez eux dans son adolescence, pour renforcer son allemand et, en retour, Ursula, l'aînée, qui avait choisi le français au *Gymnasium*, avait fait de même chez ses parents. Mais, pour le reste de la famille élargie, les contacts étaient inexistants. Aussi avait-elle insisté pour que ses parents l'accompagnent au mariage d'Ursula qui avait eu lieu en juillet. C'était pour la psychogénéalogiste une occasion en or de découvrir *in vivo* quelques branches de son arbre familial ! Elle n'avait pas été déçue…

– Mais comment se fait-il que tu n'aies pas percuté aux noms de Konrad et Tobias Schwarz quand Michel nous en a parlé ? s'étonne Ludovic.

– Tu sais, Schwarz, c'est un nom courant en Allemagne, comme Martin ou Lefèvre chez nous. Konrad Schwarz est mon arrière-arrière-grand-père ! Trois générations nous séparent ! Et trois générations de femmes de surcroît, qui ont toutes perdu leur nom de jeune fille en se mariant, de quoi brouiller les pistes… Ma mère est née Altmann, la sienne est née Baüer, et c'est donc mon arrière-grand-mère qui était une fille de Konrad. Tu connais le nom de tes arrière-arrière-grands-parents, toi ?

Ludo doit reconnaître que non. La jeune Franco-Allemande poursuit :

– Au mariage, j'ai fait la connaissance d'Oncle Tobias, qu'on m'a présenté comme le spécialiste de la généalogie familiale. J'ignorais encore son nom de famille. Avec le décalage des générations, j'appris que cet homme qui avait vingt ans de moins que ma grand-mère était cependant son cousin germain.

Ces deux passionnés de généalogie avaient donc commencé à échanger sur leur sujet favori, quand Valentine comprit enfin quel était le patronyme de l'oncle. Croyant d'abord à une coïncidence, elle avait évoqué la singulière homonymie avec le visiteur d'École-en-Bauges. L'oncle Tobias avait alors pâli d'un coup et lui avait confirmé qu'il était bien ce visiteur…

– Tu ne peux pas savoir le cauchemar que ça a été pour moi de découvrir cela ! Par quels curieux chemins le destin nous fait passer ! Dire qu'il a fallu que je croise votre famille, que je te croise, toi, que nous tombions amoureux… Je me sentais abominable, criminelle, même si je n'y étais pour rien. Doit-on porter la culpabilité de nos pères ? Leurs fautes doivent-elles retomber sur nos têtes ?

La jeune femme plonge le visage dans sa serviette damassée, submergée par l'émotion que cette histoire réveille. Ludovic lui prend la main à nouveau :

– Ma chérie, tu l'as dit toi-même : nous allons recoudre les déchirures. Ne vois-tu pas que c'est là notre destinée ? Nous sommes faits l'un pour l'autre, comme Félix et Mathilde. Et c'est pour ça que je tiens tellement à passer devant monsieur le maire : pour que la couture soit solide. C'est peut-être mon côté Aviernoz, ajoute-t-il dans un sourire, ou superstitieux de montagnard, je ne sais pas, mais je sais une chose : je ne suis pas un faux bourdon. Je ne veux pas errer d'une ruche à une autre, d'une reine à une autre. Je ne veux pas te perdre, je veux connaître mes enfants, et je veux qu'ils portent mon nom.

– Ton nom ? Quel nom ? remarque en reniflant Valentine, amusée.

– Le nom qui me réconcilie avec mon histoire, le nom que j'ai demandé officiellement à porter désormais : Aviernoz-Bogé. Je ne veux plus d'embrouilles. Je veux qu'ils sachent d'où ils viennent et qui nous sommes. Nous ne leur cacherons rien. Je ne veux plus de fantômes… Tu es d'accord ? Dis-moi que tu es d'accord.

Valentine essuie une larme, apaisée, et sourit. Son fiancé poursuit :

– Et j'irai même plus loin – si tu veux bien, bien sûr : je voudrais aussi passer devant monsieur le curé. Parce que l'amour, c'est sacré, et une famille aussi, et que je veux mettre toutes les chances de notre côté !

Là, Valentine rit franchement :

– Va pour monsieur le curé ! Et tant que tu y es, demande-lui de dire aussi une prière pour les âmes de Félix et Mathilde. Cela devrait leur assurer enfin le repos éternel et nous permettre d'enterrer définitivement ce maudit passé…

– Konrad Schwarz aussi, alors, il doit en avoir besoin lui aussi !

– Et ton aïeul, Émile Aviernoz !

– Tu as raison, n'oublions pas Grand-Papa !

– Et sa femme, Madeleine !

– Et enfin Papy, Paul... Bogé.

Insensiblement, le ton se fait plus grave au fur et à mesure que s'égrène la litanie des disparus. Des anges passent entre les deux convives. Leurs ailes légères les caressent au passage comme une délicate brise d'été. Dans la pénombre, Ludovic jurerait avoir perçu le frémissement soyeux d'un baiser de boucles brunes. Pour un peu, il se signerait.

– Et tous les autres... murmure-t-il à part lui.

Dans le silence argenté de la nuit, les ombres apaisées s'éloignent une à une sur la pointe de l'âme, tandis qu'au firmament éclosent l'une après l'autre de nouvelles étoiles que le jeune homme ne connaissait pas.

Une interpellation joyeuse le tire de sa rêverie de l'autre côté de la table :

– Dis-moi, maintenant que tu as pris le patronyme de Félix, la maison de Félix, le métier de Félix, etc., tu comptes aussi appeler ton premier fils Félix ?

Pris de court, Ludovic réplique :

– Je n'y ai pas pensé ! Mais on va peut-être clore le chapitre Félix, maintenant, tu ne crois pas ? Nous devons ouvrir le nôtre désormais.

– Très bien, alors, pour notre premier enfant, je propose un prénom alsacien.

– Alsacien ? Ici en Savoie ? Ludovic considère un instant l'idée, surpris. Et tu proposes quoi ?

– Arbogast.

– Arbo quoi ?!

Valentine rit.

– Arbogast ! C'est le prénom le plus adapté qui puisse être. Il veut dire « celui qui entre dans l'héritage d'un autre » !

Dans le ciel maintenant tendu de satin noir, la lune promène son œil maternel sur la campagne assoupie. Abandonnant les amoureux à leurs projets d'avenir, elle s'apprête à tirer le rideau sur l'ancien domaine de Félix et Mathilde Bogé. D'un dernier coup de projecteur, elle balaie le sommet du pommier à la branche cassée. Dans le nid abandonné qui n'attend que le retour du coucou printanier, un matelas douillet est installé. Un matelas fait de plumes légères, de duvet oublié sur des brindilles séchées. Et, dans un entrelacs de paille et de papier, des lambeaux délavés d'un chiffon de courrier portent ces vieux mots oubliés : *« Ma chère, très chère Mathilde… »*

Pour aller plus loin

Sources bibliographiques :

ANCELIN SCHUTZENBERGER, Anne, *Aïe, mes aïeux !*, Desclée De Brouwer, coll. « La Méridienne », 2009, 16e éd. Ce livre passionnant met en évidence les liens transgénérationnels, transmissions des traumatismes, syndromes d'anniversaire, non-dits secrets et leur transformation en « impensés dévastateurs », et présente la pratique du génosociogramme.

DANTZER, Françoise, *Les Bauges, terre d'art sacré*, La Fontaine de Siloé, 2005. Ce très beau livre décrit minutieusement le patrimoine religieux du cœur des Bauges.

FEJOZ, Henri, « En Savoie sous l'Occupation. Le Martyre du plateau des Bauges. 1er mai – 4, 5, 6 juillet 1944 », plaquette in-4° agrafée, non paginée, texte dactylographié, 28 p. Ce récit est le témoignage poignant du curé d'École-en-Bauges présent au moment des massacres de 1944.

GIRON, Christian, *Les Bauges à petits pas, randonnées entre lacs et montagne*, Le Génie des glaciers, 1998. Des tas d'itinéraires qui fourmillent de petites infos à grappiller sans façon.

TARBOURIECH, Marie et NOUAILHAT, Alexis, *Le Massif des Bauges*, Éd. du Fournel, 2008. De belles aquarelles mises en paroles dans une authentique rencontre avec le massif et ses habitants.

VEILLET, Guillaume, *Le Pays d'Alby-sur-Chéran, entre Bauges et Albanais,* Éd. Alan Sutton, coll. « Mémoire en images », 2006, t. I et II. Deux ouvrages de photographies accompagnées de multiples anecdotes sur la vie quotidienne dans cette partie des Bauges.

Sources Internet :

Wikipédia regorge d'informations en tout genre qui m'ont aidée à bâtir mon récit.

https://www.altituderando.com/Mont-de-la-Coche-2070m-et-Tre-le-Molard-2035m-par-Riere-Bellevaux-en-boucle, site qui décrit la randonnée à Tré le Molard, avec force photos.

Le Parc naturel régional du Massif des Bauges :
www.parcdesbauges.com/fr

Table des matières

Achevé d'imprimer en janvier 2021
sur les presses des Éditions Téqui
53960 Bonchamp-lès-Laval
Imprimé en France
Dépôt légal : février 2021